U0108047

see you
AROUND
the world

林則良 總策劃

麥田出版　cité

魔音之

音樂之

尹安‧亞貝里 著

黃馨慧 譯

本書第九章所附樂譜為
馬斯莫・努恩茲（Massimo Nunzi）的作品。

獻給席亞拉（Chiara）

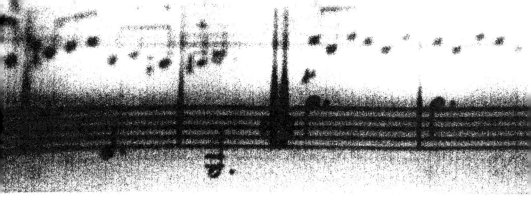

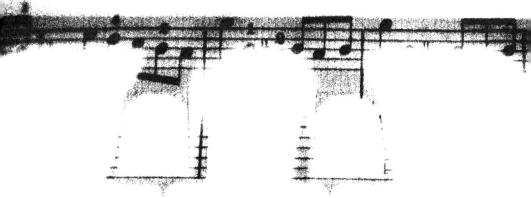

1

　　我望著拉撒路・耶穌活[1]，在那個掛著紅布窗簾的廳裡頭不知過了多少分鐘，指頭還按著象牙鍵，不敢稍離，心裡怕得要死，怕那個就要臨到我身上的欣喜若狂，怕那種即將到來的高潮以及解放。我坐在鋼琴前面，節拍器的擺桿還在晃，然後他就流血了，細細的兩條，從鼻孔下面鑽出來，分別沿著嘴角，順著脖子，淌進襯衫領子裡，淌在喉結的兩邊。

　　節拍器繼續打著節拍。擺桿白費力氣地來回擺動，押著時間答答答往前走。tempo rubado（彈性速度）。只見那桿尖，辭

了這個去投那個，輪流指向我倆凝結在廳中的身影。單調的節奏在寂靜中穿梭並將之一一擊破，但我知道它唯不能拿我如何，只見那股黑血好像泉水似的湧出來，混著汗水，滲過他的衣裳，濕透他的襯衫、他的褲襠，連兩隻鞋子裡面都灌滿了。

拉撒路在笑。他一手伸進口袋裡，八成想找手帕，那條上頭繡了他姓名縮寫的絲質方巾。但這隻手再也無法回到他的臉龐，再也不能剝開他那些牛軋糖上的玻璃紙，再也不能滑過那些五線譜，仔細檢查是否有錯排和表情記號的誤植，也不能再敲鋼琴、再彈開眼角的淚珠。那手就像有些野獸臨死前會找地方躲起來一樣，在他的口袋底縮成一團，另外一條胳膊則垂著。

我剛奏完我那首尚未經過修改的敘事曲。這是一支寫給鋼琴和機械節拍器的簡單練習曲，而這曲子的管絃樂版，目前還只能存在夢中，在某些特別清明的黎明時分裡。偌大的公寓深處，一只報時鐘響了一下。我想起那次我們在亞達花園（Villa Ada）散步時的那一場驟雨，那一頂避雨的柳樹蔭，那個令人尷尬的問題，還有我對拉撒路所作的回答。我記得我對他說，在所有的死法當中，我覺得淹死最不難看，最符合人類的本性，尤其當他們已經麻木不仁，靈感稀薄到像海嘯一樣鋪天蓋地而來的話。我對拉撒路說，若把各種可能的死法比成自然音階，我要選擇船難的方式。如果可以的話，時候到了，我會用力彈出這個增九度和減十三度的A小調和絃。我想我在失去意

識的那一瞬間，一定不會有什麼感覺，至少無特別新鮮之處：繽紛而虛浮的思緒傾巢而出、持續的急促節奏、十六分休止符[2]、叫人睜不開眼睛的空無，然後是永恆的終止線，而且要盡可能地快速劃下。因為，我跟他說，我絕對不願意事情沒做完就撒手人寰。

我真希望能夠見識到那真正的一刻。那會是一個過渡音嗎？還是一個悶音？一個強拍？某種不協和和絃？還是根本沒有聲音？我願意付出一切來換取答案，激動之下竟然忘了坐在拉撒路旁邊的自己，根本一無所有。我什麼都沒有。我拿什麼去跟人家換？除了從我那只鄉村醫生用的舊皮箱裡掏出來的空白五線譜，除了我那個一九一八年出廠的帕卡牌（Paquard）節拍器，除了這場我剛完成的獨奏會？

照說，我本該一如往常那樣和拉撒路約在半夜十二點，坐到鋼琴前面，啜一杯調了杏仁糖漿的咖啡，嚼一塊牛軋糖，聽他指導，什麼中古世紀的記譜法，哪個演奏會上是怎麼處理低音大號，另外一個演奏會上的巴松管獨奏又如何，而我也會舉威廉・湯瑪斯・史崔洪[3]某個主題的前面幾個小節來回應，來跟他「punctus contra punctum」（對位法）——他聊天時動不動

2　十六分休止符（un quart de soupir）：soupir在樂理上指四分休止符，本義則是嘆息的意思。

3　威廉・湯瑪斯・史崔洪（William Thomas Strayhorn, 1915-67）：美國爵士鋼琴家。

就會搬出這個——然後看他閉上眼睛，假裝生氣；史崔洪過世的時候，他那個死忠夥伴艾靈頓公爵是這麼寫的：poor little sweet pea, God bless Billy Strayhorn, the biggest humain being who ever lived（主佑比利史崔洪，可憐的小甜豆，有史以來最偉大的人類）。

願主佑拉撒路・耶穌活和他那個可笑的名字。主佑這會兒從他耳朵裡滲出來的鮮血顆粒。請保佑他在言語和穿衣打扮上頭那種無微不至的假高尚。保佑他的討厭握手和說客套話，討厭親戚關係、收到請帖、首演、凳子、抒情女歌手、做夢、心理分析診所（其實凡不能自己一個人進去的所都討厭）、私人日記、紙巾、摺了角的書頁、沒關上的門和釘死的窗。保佑他在該笑的時候給我的那些微笑。願主保佑這個叫做拉撒路・耶穌活的人，我低語，內心充滿一股無法壓抑的快樂，覺得自己從此就要無所不能了，客廳裡一片昏昧，那面威尼斯玻璃鏡中是沒有星星的夜，沒有星星的夜裡是無盡的虛空，而夾在它們之間的我說：「起來走路！」[4]

我們就這樣一直待著，我的節拍器和我這個一輩子不過像一場冗長的開場白的人；一個終於達到目的的人，和他的犯罪工具。

4　語出聖經（路加5: 23），耶穌行使神蹟治癒一個癱子時說的話。

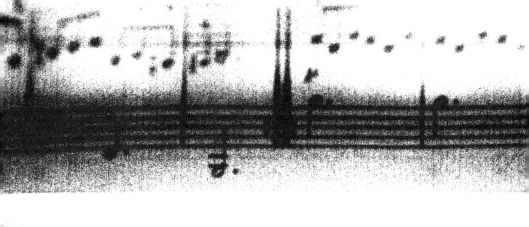

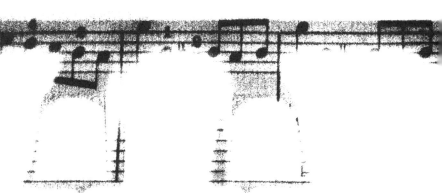

1

　我，莫哀，現在要來說說我出生的經過和名字的由來。L'eterno riposo dona a lui, o Signore, risplenda per esso la luce perpetua, riposi in pace amen（賜予他永恆的安息，哦天父，讓他看見永恆的光亮，安息吧，阿門〔拉〕）。一隻我不認識的手，撫過一張我不認識的臉，輕輕地為那人闔上眼。

　在那個封閉的房間裡，有三條影子，霎時都不動了。一條躺著；一條站著。最後一條離得稍遠，坐著，擦了一根火柴，將床頭桌上的那枝蠟燭點起來。他的手臂又垂下去。然後，那些影子再度凝止不動，我終於可以好好地把他們看個清楚。

　第二條影子是艾吉鳩（Egidio）神父的。它緊接著把第一條影子——也就是斯濟蒙（Sigismondo）老爺，我父親的父親——那兩隻慘灰灰，死沉沉的手交叉起來。坐在椅子上的是奧塞羅·巴達薩爾·英撒根（Otello Baldassare Insanguine），他的額頭往前傾，上面顫動著一抹橙紅色的光亮，把底下的

淚水給遮住了；手指間的火柴頭還在冒煙。他還不知道他的兒子，也就是我，已經出生了。他不知道我剛在貝更（Berg-op-Zoom）街上的醫院裡呱呱落地，等著人家給我取名字。他在哭他那個即將一命嗚呼的老父，哭他就要沒指望了。

L'eterno riposo dona a lui, o Signore, risplenda per Sigismondo la luce perpetua, riposi in pace amen（賜予他永恆的安息，哦天父，讓斯濟蒙看見永恆的光亮，安息吧，阿門［拉］）。神父的聲音靜止了。那聲音，我幾乎一聽就可以把它記錄在我那張完美無暇的心靈五線譜上，將那條規律的曲線拆開，讓它的每個片段都捲起來，變成一些黑頭或帶鉤的音符，這是一支遲緩的、用變化音唱出的無伴奏獨唱曲，唱到最後，因為唱的人嗓子都破了，所以是以一個多重聲來收尾，裡頭兼有高亢的感傷，以及沉鬱的粗糙不平。從第一條到第二條陰影，是一個減四度的下行音程。在斯濟蒙老爺和他的兒子之間，則是一個上行的、增五度的音程。在奧塞羅和艾吉鳩神父這兩個一起長大，連生日都是同一天的人之間，我覺得唯有齊唱能夠表達出他們胸中共同的痛楚。這個痛，在前一天夜裡將兩人同時召到老頭床前。

我就這麼凝視著這座不為人知的三位一體，外頭是亂按的喇叭，亂叫的小孩，雪球飛來飛去，汽車輪胎在結冰的路面上和霓虹燈下吱嘎作響。我父親靠著牆，他在那張椅子上已經坐

了一天一夜。幾隻黑影飄進屋裡，帽子脫下來，肩膀上沾滿雪花，大衣上還淌著水，全是像他那樣沒有臉孔也沒有什麼話好說的陰影，或跪或坐在床的另外一側，那張扶手椅的邊上，從前斯濟蒙就愛挺著大肚子坐在裡面，從這個死巷子的角上觀察來往行人。然後，見那被送終的很不耐煩揮揮手，艾吉鳩才制止了那些不斷湧進來的黑色身軀，這時候路燈也點上了，照亮了一整條泥濘路。

　「父親，」他叫道。斯濟蒙的手在打顫，凹陷的掌心裡握著一只圓形相盒吊墜，這是他祖母傳給他媽，他媽再傳給他的。上面用金字刻著祖母的閨名瑪莉德瑞莎，裡頭那幅祖母肖像則已經斑駁，顏料都褪成鉛色了，那些斷成一截一截的線條，活像幼兒書中那些用虛線畫的迷宮，巴不得有一隻肥嘟嘟的小手，舉著鉛筆將那些點連起來，漸漸地讓那張消逝的臉再度浮現。

　這件首飾最後到了我手上。我只打開過一次，裡頭掉出一些細細的釉料碎片。我看到的肖像又更模糊了，成了一個五官無法辨認，誰都不是的女人。從那以後，這個相盒吊墜就一直沉睡在一只抽屜裡。不過我偶爾會自問，在那個即將成為他生命的轉捩點，而且對他來說永遠——對我來說則是一直到他死——不會結束的黑夜降臨之際，這件遺物在我父親眼中究竟有什麼價值？我很想知道那塊鑲在相盒蓋子上的圓形蛋白石，

那天晚上對他來說有什麼意義？他有沒有注意到那塊石頭那種會發光的特性，它似乎會一直放射出一種蒼白的光芒；更確切地說，它那種打磨之後的透明感，好像會吃光，它吞噬著從百葉窗簾滲進來的黯淡光線，也吸吮著蠟燭的火星，以及映在地板和家具上，在艾吉鳩的錶帶和眼鏡片上，還有黃銅門把上的燭光。我很想知道他是不是因此也覺得——就像很久以後，我決定自我了斷，往池塘邊走去的那天一樣——那塊石頭其實是一種非物質性的東西，一道無限迴轉的月光，或一條捲起來的火蛇，一朵盤起來的燐火，其中那團混沌，夜以繼日地在它那金色眼眶中聚集了所有的光線，以及靜止不動，好像被催眠了的時間——由此可見它仍受制於星辰之間的微妙物質。唯有音樂能夠逍遙於這樣的法則之外。而此一事實，如果我父親不是曾經在靈魂的某個角落裡，體會到他因為嫌惡我而對我心生恐懼，想置我於死地的話，他是永遠不會想要去搞清楚的。

「爸，」他喃喃地說：「跟我說吧。」

我還沒出生，斯濟蒙還沒斷氣，滲出的黏液在他支氣管深處轟隆作響，聽在兩個男人的耳朵裡，就像一口被堵死的氣挣扎著發出的咕嚕咕嚕。我還沒出生，而我母親，羊水都流光了，身子前後扭動，一個醫生和一個助產士在旁邊很擔心地看著她。就是同一天晚上，同一個時候，在貝更街上的「紀念醫院」裡，有個小孩來到這個世界上。七個blocks（街區）之

外，丹伯利大道十八號，一個老人向那神祕客又多凹了幾分鐘的心跳。而在那用強光照射的產房和家中陰暗的臥室之間，在他那身為人父的責任和做人獨子的神聖使命之間，不用打就知道輸贏了，對他，對我母親和對我來說皆是如此。因為他永遠也沒有辦法從斯濟蒙口中得到他想到知道的事情，因為我母親還沒來得認識她兒子、再見她丈夫一面，就死了。

我只能從我母親的身分證明書來認識她。她的出生地點和日期，父母是誰，哪個時候結的婚，當然還有哪個時候死的——就在我出生的那天晚上——她的身高、眼睛和頭髮的顏色、無特殊體徵、血型（和我一樣是 O 型陽性。沒記錯的話，我們應該可以捐血給所有的人）。我想她應該喜歡看書和看電影（兩張剪了洞的電影票，夾在一本翻成義大利文的阿爾尼姆[1]裡面）。我還知道她過節的時候都會唱歌，歌聲婉轉動聽（「佩比諾叔叔一面聽她唱，一面給他的小提琴調音，」有天我們去打椋鳥時，聽我父親說），她很懷念家鄉（有一封給一個住在費城的女朋友的信，開頭是這麼寫的：「Quando finalmente touneremo，come mi l'ha promesso Otè，pianterò un olivo nel giadino e non permetterò che la gente possa prendere i suoi frutti…」

1　阿爾尼姆（Achim d'Arnim, 1781-1831）：德國浪漫派作家暨詩人。

（將來像奧弟答應過我的那樣，搬回到家鄉去的時候，我要在院子裡種一棵橄欖樹，然後誰都不許偷摘樹上的果子……〔義〕），她覺得自己算是戀愛結婚，想要有個兒子，還有她笑起來很迷人。我這輩子只有一個遺憾。就事論事的話，我現在要說的也許像一句讓人起雞皮疙瘩的俏皮話，有點馬後砲，但我實在願意付出性命來換她活著。

奧塞羅抓起那隻手，握得那麼用力，讓斯濟蒙忍不住做了一個鬼臉。一顆淚水面無表情地滾進他深陷的太陽穴裡。他眼皮翻了翻，認出那個用兩道飢渴眼光正望著自己的人，一副好歹都要了了自己的心願才肯讓他斷氣的樣子。「爸，跟我說吧。我不會讓你就這樣走的。」

「不要煩我。」

「你把她怎麼了？」

「忘了。」

「饒了他吧，」艾吉鳩說，一面想把兩人分開（斯濟蒙一隻手被兒子緊緊扣住，掌心裡還握著吊墜），不料奧塞羅自己決定放掉，手一鬆，因為太用力，結果在神父肚子上結結實實地搥了一記，害他直不起腰來。奧塞羅踉踉蹌蹌地往後退，想說話但說不出，嘴巴一張一合，只能發出微弱的嘶嘶聲。「你跟我說這事跟你一點關係也沒有。我就知道不是這樣。」

「小聲一點。」

「你有給錢嗎？你是不是派了人去？你把她弄走了？你到底做了什麼？⋯⋯」

2

　另外那個叫珠笛思的女人，我既不知道她的全名，也不曉得她哪個時候出生，哪個時候去世，再說吧，我甚至不知道她如今是不是還在人間。我對她的聲音、微笑和臉孔都沒有概念，然而她的陰影，就像兩道浪頭交會時激起無數浪花那樣，已經和相片上那件我母親在婚禮上穿的白色絲袍，還有我母親那張抹了淡妝的臉，結合在一起。這張相片被我藏在皮夾裡，不敢再拿出來看，就怕曝光多了會褪色。這兩個我一輩子都忘不了的女人，她們的樣子就是這樣交疊在一起，彷彿兩個從兩邊彎腰往下看的天使，用同樣的聲音在唱歌。常常，她們會來干涉我作曲，一下子嫌那些音符不夠和諧，一下子又要加點可以暗示晨間寧靜感的絃外之音，如果說我母親專管休止符，那麼某些大調和絃、延長音和解決，就是珠笛思的勢力範圍。

　我之所以會對她略知一二，這個都要歸功於艾吉鳩。後面我會提到我跟他怎麼遇上的，真是非常巧。話說我父親的

心思，並不在他的合法妻子斐迪娜‧德費麗思‧德凱薩里（Fernandina de Felice De Cesaris），而是在一個紐約來的——如果可以拿奧塞羅對這個城市的特殊情感來解釋的話——年輕女人身上。那女的主修鋼琴，到芝加哥來跟一個名師（叫皮歐‧瓦蘭傑 [Piotr Wrangell]，出過一本沒有人看得懂的《對位法原理概論》）繼續深造，並開始接觸交錯節奏、不規則切分法和那些去不得的城區裡頭，那些黑皮膚的即興樂手那種打砲似的漸強句，而不像其他那些學生，跟著瓦蘭傑教授在講堂上，或拚命往巴哈的一支賦格裡頭鑽，或要死不活地幻想著一個沒有音階、沒有琶音的無聲世界：在那樣一個烏托邦裡，布魯克納[2]一輩子都在山上的村子裡當小學老師，未曾為了謀個微不足道的管風琴手而去拜託人，接著又聲名大噪，德弗札克[3]則專給內拉何茲夫斯鎮上的一家肉店跑腿；德布西[4]一家，父子兩個，做的是中國藝品的買賣；還有，在這個世界裡，五度音程指一種咳嗽的聲音（quinte）[5]，而貝多芬的意思是甜菜園[6]。

2　布魯克納（Bruckner, 1824-96）：奧國作曲家。

3　德弗札克（Anton Dvořák, 1841-1904）：捷克作曲家，位於布拉格以北四十公里處的內拉何茲夫斯（Nelahozeves）是他的出生地，父親則在鎮上經營客棧和肉舖。

4　德布西（Claude Debussy, 1862-1918）：法國印象派作曲家，父親是一名瓷器商，德布西日後作曲亦採用中國的五聲音階來營造其特殊音樂風格。

5　quinte 這個法文字兼有五度音程和陣咳的意思。

6　貝多芬 Beethoven 可拆成 beet（甜菜）和 hoven（農場 hof 的複數形）兩個德文字。

她的名子是珠笛思（Judith）[7]。看來她應該沒有那麼討厭他們祖先的音樂，因為有段充滿喜悅的民謠主題可以為證。奧塞羅每次以為只有他一人的時候，就哼起這支歌兒，後來我又在一張跟拉撒路借來的黑膠唱片上（他收集的唱片可謂汗牛充棟），聽一個唱猶太民謠的女歌手唱過。Zu mir is gekumen a kusine, shejn wi gold is si gewen di grine（來了一個親戚的女孩，天真純潔好像黃金一樣美［意第緒］）[8]⋯⋯我父親用他那懶洋洋的聲音哼著，整首歌只會一直重複前面那兩句歌詞；這兩句用一種被遺忘了的語言偷偷唱出來的歌詞，也許是他唯一留給我的美好回憶，或說唯一會讓我感動的，是他那麼哼上兩句的時候。

　　據神父說，珠笛思與奧塞羅是在一種男方身心飽受創痛和煎熬，女方則因事態荒謬而嚇得渾身發抖的情況下認識的。艾吉鳩說，那時候斯濟蒙對附近有個人很感冒，那人是個花店老闆，店就開在一條巷子裡，對面是間猶太教堂。當年斯濟蒙和那個猶太教士因為一件竊盜案有過互動，這才開始注意到那個住在對面的實在愈來愈過分。

7　珠笛思（Judith）：為Juda（猶大）的陰性形，是一個猶太人的女性名。
8　這是一種用意第緒語唱的猶太民謠，意第緒語（Yiddish）是一種摻雜了希伯來語和斯拉夫語的日耳曼語，從中古世紀開始，就一直是東歐和中歐猶太族群的母語。

那條死巷裡有幾間房子踩到了大家默認的猶太區界，但仍算在斯濟蒙的勢力範圍邊上，這就是為什麼身為黑幫老大的他，要替那猶太教長出頭，懲罰那幾個到教堂聖地闖空門的，並將贓物歸還原主；這也是為什麼他會受不了某個因公受傷（瞎了一隻眼睛），從騎警隊退下來，領國家退休俸，改做花行生意的前任警察，竟敢早晚在那一帶招搖，既沒騎馬，也沒徽沒章沒棍子，任何可以象徵公權力的行頭都沒有，卻一副趾高氣昂、仗義行俠的模樣，專門拿他那隻還沒壞掉的眼睛往黑漆漆的小巷子裡探，把他那根斷掉的鼻子往一堆或多或少跟我家利害有關的計謀上湊。

　　有個唸音樂學院的年輕女人，早晚上下課也會經過那條死巷口。如果那位客串性質的警察伯伯朝她點點頭，她就跟他努努嘴，但一副不太相信對方的樣子，覺得這傢伙怪里怪氣，六十幾歲人，抹了滿頭髮臘，臉上橫著眼罩，細繩綁在頸後，印滿各種花草圖案的粗布圍裙上，常常露出兩支束著安全帶的剪定鋏把手。

　　倒楣的是，那人除了晨昏視察之外，還在不該出現的時候出來壓馬路。那次就是他又三更半夜跑出來巡邏，馬切羅・史特拉德拉（Marcello Stradella）才會被他逮到。馬切羅是我們的一個親戚，綽號仔仔，他那時正顛三倒四地走在人行道上，左邊要躲圍牆，右邊要小心排水溝，還要提防那些消防栓、行

道樹和紅綠燈（無論是紅的還是綠的），以及其他各種出於想像，不是衝著他而來，就是自己在陰影中融化掉的障礙。教仔仔摟在懷裡的，是高貴的卡蘿塔・安布洛斯（Carlotta Ambros），儘管這會兒她血液中的酒精濃度和一個穿羊皮襪跳托烈巴克舞[9]的俄國鄉巴佬也不相上下了。她手上拿著兩支高跟鞋，壓在那片讓她榮膺本區的 Terra Mater（大地之母），讓仔仔成了某種神話英雄的胸脯上——卡蘿塔，又稱卡蘿娜，聽說她想教誰死，就餵那人吃她的奶子。

卡蘿娜跟著馬切羅，東倒西歪地走在大馬路上，但在那護花使者的連勾帶拉之下好歹又總能步入正軌。結果不曉得是他第幾次用肘去撞，可能太用力了，安布洛斯小姐停下來，春心蕩漾地對著她的仔仔擠擠眼，然後一股腦兒地把肚裡的黃湯全吐在他皮鞋上。待她一完事，仔仔也發現自己受辱了，一記耳光便甩過去。她一拳還回來，沒打中，又轉了半圈之後跌倒在地。馬切羅則忙著從那堆穢物裡面找出他的左腳和皮鞋，打算往女朋友的肋骨上踹下去，激勵她再爬起來。就在他正要付諸行動的當兒，那執法的手也落在他肩膀上，讓他一個站不穩。

根據趕至現場的警察的筆錄：「該名男子與該名女子倒臥馬路，二人泡在一起（「那警察的意思肯定是想說他們『抱』

9　托烈巴克舞（trepak）：一種源起於俄羅斯哥薩克地區的快二拍子舞。

在一起〔原件上的用字「entertained」，極可能為「intertwined」之誤〕，」艾吉鳩邊說邊拍拍那份他留下來的筆錄副本，眼淚都飆出來了）。由於二人發出鼾聲，我便作出他們正在睡覺的認定。證人荷馬‧洪克（花店老闆）則坐在該名男子的背上，宣稱這是為了防止男子逃亡，我於是告訴他可以起來了，因為一來該男子很顯然未具備證人所宣稱之逃逸能力，二來除了露宿街頭，該男子也無任何犯行。不過證人堅稱二人曾發生肢體衝突，並交出所謂在該男子口袋中找到的七毫米口徑 HP 自動手槍一把，經查證該件槍械的註冊持有人確為馬切羅‧皮耶特侯‧史特拉德拉，亦即該露宿街頭男子之姓名……」

第二天早上，斯濟蒙得到消息時說了一聲：「夠了！」當下就要我父親帶仔仔過去，但仔仔那廝連杯咖啡都拿不穩，潑得鞋子上都是，只好讓奧塞羅獨自前往，教那賣花的吃上十五分鐘的苦頭，搞不好他從此會學乖一點。

我父親從他那輛泛著金屬銀光的雪佛蘭跳下來，走向那花店老闆，只見他正把一把包著紙、絲絨般的蒲葦花，倒掛在牆上那一束束的歐洲石楠、八角金盤和十大功勞中間。奧塞羅輕扣那扇半掩的門，倒退幾步，待荷馬‧洪克自己轉過頭來用那隻什麼都不會看漏的眼睛，將來人從頭到腳打量一遍，再出其不意地拔槍出鞘，朝著櫥窗開了一槍，玻璃碎成千萬片，其中幾片還濺在我那神槍手老爸的西裝上，把膝蓋處給劃破了。第

二顆子彈轟掉了一株白木槿，射穿了一個澆水壺。第三顆子彈則一頭撞進了那片花店老闆用來釘顧客訂單的軟木塞板。然後，槍就卡住了。洪克趁機撤退，店後門碰一聲地在他背後關上。奧塞羅對著故障的彈夾大發雷霆，正拿那槍柄往手心敲去的時候，一個女人的聲音響起來，把他嚇住了。

「救命啊！」她在他背後大叫。奧塞羅倏地一轉身，正好和她面對面。就在他乍見那美麗臉龐的刹那之間，那顆子彈也衝了出去，珠笛思看到一張發白的臉，一顆迷失的心，然後就愛上他了。子彈擊中了它的主人，我父親的小腳趾就這麼被打掉了。但他不覺得痛。

「救命啊！」她又說了一遍，喃喃地，好像在吐露愛意，好像在告白。猶太教堂前站著那個猶太教士，眉頭皺了起來，不曉得該賦予眼前這一幕什麼樣的涵義。奧塞羅忘了仔仔的醉酒、父親的命令、花店老闆和他應得的十五分鐘教訓，忘了手裡那把垂下去的槍管、腳上那根已經成了稀巴爛的趾頭。他想要跟她說話，想來想去想不出一句好的。她捧著一束鬱金香和百合水仙，因為不曉得怎麼辦，就把花給了他。

「爸，我求求你，是我，是奧弟，你大可以跟我說了，現在。」

斯濟蒙不再理他了，他的神智已經模糊，眼珠子裡的睛光

跟著搖搖晃晃，也許是受到那個祕密吹拂的關係，一個他永遠也不會說出來的祕密。

　　他不用多久就知道奧塞羅喜歡上了一個彈鋼琴的猶太女人。那女的不但要他洗手不幹，而且搞不好還要他跟她遠走高飛，一起到南方去。他不用多久就看得出她對他那個糊塗兒子構成多嚴重的威脅，何況那時他已經跟一個出身良好，知書達禮，而且燒出來的 risotto alla zucca（南瓜飯）絕對是舉世無雙的斐迪娜訂了婚。但那個教他唱意第緒歌曲，介紹一票從前打死也不會來往的人給他認識，讓他因而接觸了調式寫作，走進了那剛起步的，樂句宛如脫韁野馬衝勁十足的自由爵士世界（我可憐的老爸）的珠笛思，後來究竟怎麼了？在美國或以色列的某個地方教鋼琴和樂理嗎？當初是不是有人要她離開那個城裡？她的屍體是不是被燒掉了，因為她相信她的愛情能夠打敗血緣關係，因為她顫動的心所發出的微弱樂音，還要勝過那些恐嚇她的人的肅殺沉靜？還是她最後被人綁起來，扣上一個郵局裝信件的布袋，然後扔進港灣裡？

3

　斯濟蒙的喘息愈來愈急促，愈來愈沉重、刺耳，吸吐之間活像一個掙扎著衝出水面的人在大口換氣。奧塞羅不肯禱告。他把旁邊那張桌子上的蠟燭點起來，身體有氣無力地往牆上靠。喘息聲一直在減弱。這會兒好像沒了，我父親摒住呼吸，以免沒聽仔細搞錯了，不然就是他也想讓自己窒息，好到天堂或地獄裡去找斯濟蒙，再拜託他一次。艾吉鳩上前，再過片刻他就得把死者的雙手交叉起來。他那半睜的眼皮都已經閉上了。L'eterno riposo dona a lui, o Signore, risplenda per Sigismondo la（賜予他永恆的安息，哦天父，讓斯濟蒙看見永恆的光亮［拉］……

　有人敲門。那種感覺就好像不曉得哪裡有一團雪球撞在玻璃上碎掉了。我父親站起來，燭光搖曳。他望著站在門邊的艾吉鳩，兩個人一下子都不知該如何反應，一個想到死神已經來臨；另外一個則開始想像是她回來了，是珠笛思，在歷經多年

的放逐之後，穿著她那件露肩黑色洋裝，胸口上別著奧塞羅送她的別針；一定是她，因為斯濟蒙不希望兒子咒他下地獄，和解的時刻已經到了。然而，響起來的卻是一個男中音，沒錯，很熟的聲音，但也熟得太殘忍了。那是馬切羅，猶太女孩的下落，他肯定也知情。

「奧弟？」那人在門後叫道，因為是四階作一步地爬上樓來的，所以喘得要命：「奧弟！是仔仔啊！還好吧咱們的……」

沒有人看過這麼悲喜交加的臉。但當他發現他的師尊英撒根老爺子正軟綿綿地躺在皺巴巴的床單上時，不管好事壞事全都從嘴邊溜走了。「奧弟……神父……」馬切羅嘴裡不停地說，希望那傳教士還是兒子能夠告訴他這不是真的，好像如此輪流叫他們的名子可以爭取一些時間：「奧弟……神父……奧弟……」，然後他再也忍不住，踉踉蹌蹌地走到床前，跪了下去：「英老爺！」

然後就說不出話來了。他覺得那張臉皮好像抽搐了一下。他的嘴巴永遠合不攏，就像他那個下頷和舌頭總是往下掉的偶像兼大恩人一樣。他樣樣學他，甚至跟他抽同一個牌子的走私雪茄，連原本中分的髮型都要改分左邊，在他那頭叛逆性十足的鬃毛上，抹了不知多少亮光油，終於在讓自己變得有說不出的怪里怪氣之後（從街尾就能認出街頭他那顆金光萬丈瑞氣千條的腦袋），戰勝了大自然。「是我呀，是小馬。我已經盡量

趕了，一路跑過來的，就是要跟您報告，這個跟奧弟有關，當然跟您也有關。我不知道要怎麼說。有兩件事。我不曉得要先說哪一件。是好消息……也是壞消息。」他摸摸斯濟蒙的臉，斗膽捏了捏他的一邊臉頰，然後手好像被燙到一樣甩了起來。蠟燭上的火苗打了個哆嗦，他說：「英老爺，神父……奧弟，你的小孩出生啦，是個兒子。」

說完，大家都很確定看見斯濟蒙的頭動了動。馬切羅趕緊說下去，好像他的話可以替那個死人的血加溫：「沒錯，千真萬確，您有後啦，還不到半個小時前的事，他至少有八磅三，我聽護士說的，是個男孩子！」

鐵漢斯濟蒙又睜開了眼睛，看見馬切羅，濕漉漉的額頭上覆著一抹泛著青光的髮膠。「還不只這個。但最重要的是孩子已經出生而且您也已經知道了。我是要說……斐迪娜她……他們沒有能夠，他們沒有……所以他們只好幫她作那個……com'è che si chiama questo cazzo di imperatore？（叫什麼皇帝老子的鳥來著？［義］）……」

「剖腹產？[10]」

「可憐的妮娜她……」

10　剖腹產（césarienne）：或譯「凱撒切開術」、「帝王切開術」，相傳凱撒大帝（Jules César）之母即以剖腹取胎法產下凱撒。

「爸，」奧塞羅說：「你聽到了嗎？」

三個大男人圍著那臨死的人，而三張面孔中，奧塞羅的靠得最近，嘴巴幾乎都要碰到伊老父的顴骨上頭了。「爸，斐迪娜死了，你聽到沒？她在生你孫子的時候死了，你明白嗎？你該把珠笛思的事跟我說了。」

斯濟蒙舌頭蠕動了一下，同時又想笑，這兩個動作把他累壞了；他的手在床褥上摸索著，摸到他兒子和他那心腹兩隻伸過來摁在被子上的手。

馬切羅和奧塞羅的聲音同時響起，一個問：「我們要給那孩子取什麼名字？」另一個哀求：「珠笛思，她後來怎麼了？」

答案很短——斯濟蒙一說出來就斷氣了——聽起像是一個減三度音，一個由 Do 和降 Mi 組成的和絃。這甚至不算個名，但我的人生從此擺脫不了它的戳印。這甚至不是個字，但我父親將被它一直糾纏到死。一個由子音、母音和詞尾省音構成的三合一單音節，三個小寫字母，斜斜地標在我手腕上，俯視著我的未來，就像那三個圍著先人遺體的男子——或說像巴爾米拉[11]的王子、尼普爾[12]和麥羅埃[13]的國王；誰曉得呢？對我

---

11 巴爾米拉（Palmyrene）：西元三世紀時從羅馬帝國分裂出去的短命帝國，疆域包括今天的敘利亞、巴勒斯坦、埃及和小亞細亞的大部分地區。

12 尼普爾（Nippour）：古蘇美王國的宗教聖地，位於巴格達南方約兩百公里處。

13 麥羅埃（Meroe）：古代城邦，曾於西元前六世紀至西元四世紀之間稱霸非洲，故址約在今埃及南部和蘇丹北部的尼羅河畔。

那希望完全破滅的父親，這個擬聲詞肯定是一句被截斷的話，而珠笛思的去向就在那話裡頭；這也許是某個城市或某個人的名字，也許是一條他追下去就對了的線索，也許是他老父用義大利話在對他說，她已不在人間。

我一生下來，母親就歿了，然後我祖父說：「Moe（莫哀）。」

也許寫成「Moe...」會更恰當：在我名字後面，加上三個還沒乾的點點點，彷彿有個小偷，踮著腳逃離了那看起來幾乎連在一起的 o 和 e；一個小偷，或說一個女人，我想像中的那個女人，像個孩子似的，戴著黑面紗，眼角有淚光。也許我真該在我的教名後面打上刪節號，英國人叫這個作省略法，音樂家則會拿一根黑黑的斜線把它串起來，說這是三十二分休止符，讓你連換氣的時間也沒有。

斯濟蒙躺在那邊，躺在他的床上，嘴巴圓張。我注視著那遙遠的記憶深處，看見他，雙手交握，眼簾垂下。我聽到艾神父在輕輕誦念⋯⋯dona a lui, o Signore, risplenda per lui la luce perpetua, riposi in pace amen（賜予他，哦天父，讓他看見永恆的光亮，在平安中安息，阿門［拉］）⋯⋯我聽到——可以說是滿心歡喜地——我父親放聲大哭，於是我明白了：in nomine patris et filii et spiritus sancti amen（以聖父聖子聖靈之名阿門［拉］），要換一條活命，至少得兩個死人。

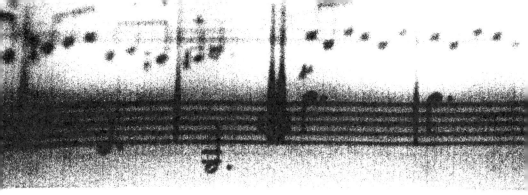

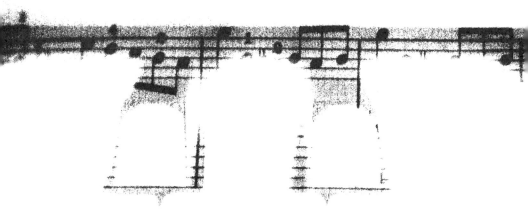

3

1

　不然也可以說說人性。接下來我要講的，是我如何從一個很敬佩的人身上看到人性的故事，那人自第一天認識我，就對我信任有加，但我卻背叛了他。對此我沒什麼可以辯解，只能說音樂之路高深莫測，而我現在種下的惡因，將來也許會結出善果；我說「也許」，不過副詞對我而言主要是有一種裝飾音的效果，過去好幾個世紀的作曲家都會打一個叉來表示，它的意思可能是滑音或顫音。

　當年我在一個燠熱午后跑進那座教堂裡避難的情景，直到最近才又浮現腦海。彼時我正在特里斯特[1]的一個旅館房間裡，眼前一堆數字、記號和菱形音符飛來飛去，那個面目可憎的節拍器就擺在桌上，我盯著它，萬念俱灰，覺得我的問題永遠沒有辦法解決了。一張白紙滑落地上，我彎腰去撿，驀然看

1　特里斯特（Trieste）：義大利東北部大港，濱亞得里亞海。

見還是孩子模樣的自己，做著同樣的動作，然後我就想起那些冷冰冰、纖塵不染的大石板來了，還有那頁飄啊飄到我眼前的紙，上面都是一些不知所云的線條，然後就是當我上前幾步，將紙還給他時，那張陌生臉龐上那種有點焦慮的詫異。

我們是在亮晶晶的管風琴管子下相逢的。有扇窗沒關好，一道門發出砰然巨響，那張紙自那面巨大的譜架上起飛。保羅・盧契諾・杜杭特（Paolo Luciano Durante）不得不停下，在琴凳上轉過身來。站在那兒的是我，莫哀・英薩根，那麼瘦弱，腳下是太大的球鞋，身上是髒兮兮的短袖襯衫和脫了線的短褲，一個野孩子，一個啞巴兒，而他那個跟他一樣野蠻又不愛說話的父親，名下田產就是這放眼望去一百多公頃的樹林、荒地和中間那座光禿禿的小山。山丘上有金色教堂，教堂上有圓形鐘樓。教堂是中古世紀晚期一些同業公會蓋的，到了一百年前，有個特立獨行的先人，又給它加上了一座碩大無朋的管風琴，只因為他高興。我從沒進來過，根本就不曉得那座小山和山上教堂都是我們家的。我只知道這一帶的莊稼人，每年兩次，都會組成遊行隊伍走上去，還有就是教堂會舉行彌撒，而且裡面有人看守，那人就住在一間狩獵小屋裡，離教堂不遠。

那天之前，我很討厭人，除了和我父親的血緣（或說血腥）關係之外，就只能逼不得已地和一間小學校裡那些笨蛋學生和老師來往。不過自從我在課堂上放了一隻嚇得亂撲亂撞的

鴿子，把班上的作業簿和同學制服拉得都是鳥屎之後，他們很快就讓我退學了。然後來了一個精通代數、會講好幾種語言的家庭教師，一個很了不起的大學生，不過他的下場是一隻手被那台教我使盡吃奶力氣軋下去的台虎鉗給夾得粉碎。最後是一個風姿不再綽約的女傭人，她會一點拼音，懂幾句初級法文，用盡全力想奪走我的童真，但我那時年紀實在太小，無法奉陪，她後來又相中我老爸，他則先是展開雙臂歡迎她那把乾癟癟的屁股，待將人家的肚子搞大，便揮著槍桿子逐出門。

就這樣，我踩著兩條瘦腿，懷著海枯石爛永不渝的憤怒，無拘無束地優游於我家那些我父親在我出世後推著嬰兒車歸隱的土地、草原和山坡上，這千餘畝全靠風兒來播種、靠日光和四月雨露來鋤草的田壤，這些沒有牛羊的牧場，不知春耕秋收為何物的阡陌，這些綿延數里的荒溪和頹籬，那些裝滿空氣的穀倉，積水的地下室！再說我才是它們唯一、真正的主人，因為這一切都是我母親留給奧塞羅的遺產，而我是奧塞羅名正言順的獨生子，他卻只不過是個在為別的女人哭泣的鰥夫。

伴著杜杭特進入了我生命的，是一支頌歌起頭那些轟隆隆的 mezzo piano（中弱）小節。我本蹲在山腳下一塊石頭上，管風琴和絃有如一陣燥熱雨點淋下來，我往草叢裡吐痰，痰中有血。剛在池塘那邊的時候，我手抓著那只吊墜，想要就此一了百了。但那顆蛋白石折射出來的光實在太吸引人，到後來我竟

也不想死了，決定暫別我那映在水波上的倒影，以後再說。

　　那天我遵照慣例，一早醒來就抓塊麵包放進口袋，揹著水壺出門。那時我家的規矩是我父親每晚都會攤在一張沙發裡，一個人自言自語（睡意加上醉意，讓他產生這種和鎮日一語不發大相逕庭的反應）直到第二天中午，然後他就會受到責任感的驅使，一路跌跌撞撞來到客廳，那兒等著他的是一個托盤，上面擺著一瓶琴酒、一壺橙皮酒，這時如果他有那個勇氣去和鏡子裡的自己打照面，然後隨便洗把臉的話，就一定要先把那壺苦苦的燒酒和白白的酒精，混成一種玫瑰色的飲料，先灌它兩三杯。他也有日出而作的時候，或純屬偶然（譬如他前一晚倒在車庫或工作室那邊，天一亮，他那隻不准進門的狗就會來對著他的耳朵汪汪叫），但大部分是為了我前一天的調皮搗蛋要來跟我「講道理」。在這種情況下，就算他整晚的酒興不會因此而稍減，他仍有辦法在曙光初露之際就醒來，埋伏在院子裡，等我現身。

　　話說奧塞羅那個泡在酒精裡的大腦皺褶上，藏著一個神準的計時器，而我之所以會提到這個祖傳特性，是因為我覺得他一輩子就只給過我這樣東西，除非他這種分秒不差的本能是來自於他的壞習慣：就跟所有醉仙一樣，我父親的酒癮也會準時發作，而且少喝一會兒都不行。再說好了，這就是為什麼拉撒路・耶穌活會主張：爵士樂手皆可成為優秀酒鬼，反之亦然。

為了避免不好的驚喜，我每天晚上都會換地方睡覺，就好比一個戰略專家會不停移動他的部隊以混淆敵人視聽那樣；或者說，我會週期性地輪流在幾個地方過夜，而且我很確定我父親不會有那個耐心去找出我的移動路線。所以那一夜我是睡在洗衣間裡頭那堆已經洗過但仍皺巴巴的被單上，我家那個懷了身孕的女傭，因為被趕跑了，沒時間燙。天剛亮，還霧濛濛的，奧塞羅在院子裡將我逮個正著，著實管教一頓，打掉了我一顆乳牙。

　　於是我就這麼來到了那管風琴手面前：血紅嘴唇、烏青眼睛和藍紫色的額頭，簡直就是一隻渾身變得好像教堂彩繪玻璃的人形變色龍。我們兩個都很尷尬：站在他眼前的是一個髒兮兮瘦巴巴，剛被修理過的小孩，眼神充滿防備，手裡拿著一張五線譜紙，似乎要遞給他，又彷彿為了將自己藏起來；而我，方才還坐在外面石頭上，聽見某種聞所未聞的東西，一大堆不可思議的彩色聲音凝聚在我頭上，好像藍天裡的一朵白雲，接著那一整片變成了一張臉，一個孤伶伶的小人兒，被推到一頭鋼牙怪前等著被吃掉，只見那怪獸的嘴又闊又高，裡頭生著一排排直挺挺殺氣騰騰的利刃。巨妖不動如山，在牠那副緊咬不放的獠牙下面，有個人讓我看到了人性。

　　「But oh! what art can teach（「噢！何技藝堪傳授」）[2]？」他說。我雖聽不懂，但亦未覺得特別驚訝。我早就知道除了我說

的那種話之外，還有其他的語言存在，譬如我父親每晚發酒瘋時說的就是一種對我而言沒有意義的話，因為我來往的對象只有斑鶇和田鼠，只有冰雹、冰霜、風塵以及迴旋的花粉；甚至我自己說的話，也是「其他」的一種。他刷地一下把那張紙抽過去，並銜住了我的眼光，將它拉進他那對黑色的眸子裡。他開始笑了起來，笑聲就像他的說話聲一樣，每一聲皆那麼清楚明白，抑揚頓挫，我都還能感受到他剛說出的那幾個字——原來那是《Ode for St. Cecilia's Day》（聖西西里亞日頌歌）序曲中的一首歌名——裡頭的細膩紋理。

「你會看譜嗎？」他問。見我不回答（這場介於一個講個不停的孤獨大人和一個患失語症、憤世嫉俗的小孩之間的對話，後來一連持續了好幾個禮拜），他便拿指頭指著那張紙，從高音譜記號開始，一面唱一路指，從這頭直到那頭。「你瞧，這種話是不是簡單多了？它不用說的，不需要語言來做一些無聊的詮釋。」

然後換到低音譜表上，又唱了一遍，手指從這個記號跳到

2　原為英國詩人 John Dryden 作於 1687 年之《聖西西里亞日頌歌》（*A Song for St. Cecilia's Day*）中歌詠管風琴之名句：「But oh! what art can teach, What human voice can reach, The sacred organ's praise?」（噢！何技藝堪授予，何人聲差可擬，管風琴的聖潔祝禱？），後韓德爾將該詩重新譜曲，由女高音演唱，管風琴伴奏，廣為流傳。）

那個記號，好像一隻跳蚤，直到碰上最後的那條線：「上面的是小提琴，正對著下來，是中音提琴。然後是海陀螺皇帝[3]，就我剛在彈的那個。後面的是巴松管，還有低音巴松管──這兩個名字取得實在太好，因為無論從字面或引申的意義來看，它們真的都很低[4]。不過最奇妙的還是這些樂器聽起來雖然一齊在響，但它們其實很努力地想要輪流發出聲音來。而這個樂譜呢，要從左往右，從上往下讀。這和一般我們說的話比起來，是複雜了些，我承認，但你不覺得很神嗎？沒有人可以一次用好幾張嘴說話，或看書時一次讀好幾個句子卻不會搞混或弄破嗓子的，即使是那些會說好幾種語言，或那些整天在圖書館中浪費生命的人。但音樂根本不會把這些不足掛齒的限制放在眼裡。」他又回到開頭，繼續讀了一會兒，然後把手抬起來，遞給我那張譜，手掌一翻作了一個請的手勢說：「該你。」

我用食指按住第一個全音符，接著很有規律地將那張紙上所有音符都指過一遍，想像有隻母雞在啄穀子的樣子。剛開始我一聲都沒吭，不過可以感覺到我那師父很認真，而且我每邁入一個新的小節，那種好像士兵操練時的嚴肅和威武氣勢，都能讓他更加專注。到了最後一個休止符，我學他之前那樣重新

3　海陀螺皇帝（empereur Hydraule）：即管風琴別稱。
4　巴松管是basson的音譯，又可意譯為低（bas）音（sons）管。

開始，不過這一次唱了出來，抿著嘴巴，聲音彷彿一隻從巢裡掉下來的雛鳥。我想保羅・盧契諾・杜杭特就是在這個時候開始感到害怕。他也知道我看不懂那些奇形怪狀的蝌蚪文，如果我多少有辦法讓自己的聲音跟那些音符對起來，這都要歸功於我的記憶力，還有我母親遺傳給我的那個形狀勻稱、耳咽管又細又靈敏的耳朵。杜杭特把樂譜從我手裡和眼前移走，而當他說：「Santa madre di Dio」（聖天主之母〔義〕）[5]，一面環顧四周以確定沒有人在跟他開玩笑時，我終於明白怎麼回事。

這就是我的第一堂音樂課，把我累壞了。我走到一張禱告椅上坐下，開始去摳我身上的那些老痂，這是我最喜歡的娛樂之一。杜杭特不見了，消失在管風琴後面，回來時給我端了一杯加許多糖的咖啡，我小口小口地啜，也顧不得沒了牙的牙齦上正在發炎。他又去找了一盆水和一條乾淨的抹布，想幫我拭去臉上的血漬，我擋掉他的手，把抹布接過來自己擦。我還記得那只白鐵盆裡的清水逐漸變成玫瑰色，石頭上映著的彩繪窗影好像淡彩畫，然後有隻狗在叫。我記得我那時覺得這個世界好吵。

「我叫保羅・杜杭特，你一定是英撒根的兒子，」他說，一面拉過他的凳子：「我認識你父親。他讓我住在你家土地

5　呼叫聖母瑪麗亞之意。

上，要我管教堂。我只見過他一次，那時他旁邊還有個小鬼，站都站不穩，在那邊追著蚱蜢亂跑。你那時還不到兩歲，我想。你怎麼過了這麼久才來。」

2

今天，我總算知道這話是什麼意思。他真正想說的是，你怎麼過這麼久才來找我；既然你好不容易找到我了，現在我們可以一起做的事可多了。我的意思不是要說他這些年一直在等我莫哀‧英撒根（我是九歲那年跟他認識的），但我非常確定他自從辭去歌劇院中的伴奏員一職，簽了離婚證書，賣了公寓，跳上他那輛塞滿琴譜和木工工具的老車，決定從此遠離京城，不料車子開開開到距離目的地還有三公里的地方，拋錨，只好下來在荒郊野外張望有沒有農人剛好打那邊經過，然後興高采烈地在跳上一輛收割機，走完剩下的旅程……從那以後，他就一直盼望有人來。

保羅把那棟廢棄的狩獵小屋 —— 從前他都會來這裡過暑假，那時他爺爺已經不再給我母親他們家當警衛了，住小屋中，在一條小溪，一片林子和他那些風濕症頭的陪伴下頤養天年 —— 改造成一座迷你城堡，一幢簡單樸素、給單身漢住的

宮殿，陪伴他的仍是同一片樹林和同一條小溪，只是溪水一年比一年枯竭。我很確定當他爬到山上去拔那些管風琴音栓，為那些管子的風道勞心費神，當他打掃教堂走道，劈柴生火，在音樂聲中睡去，又在鑽石唱針走到唱片盡頭時所發出的喀喀聲中醒來時——我很確定，我敢說——一定會覺得這種幸福日子裡少了點什麼。他等了八年，日復一日，八年的寂寞和努力不懈，陪伴他的是富雷斯可巴第[6]，是巴哈（Bach），是柏格茲特胡德[7]和韓德爾（Haendel），一直等到我會站，等到那隻蚱蜢遠遠地從麥穗上跳起來，等到——同樣是在這些沒完沒了的歲月裡——我老爸讓我意識到自己一定要比他活得更久。

但有首曲子，花去他很多時間。這支曲子既未名列那些我再過不久也要加入崇拜行列的大師作品之林，亦不曾出現在任何音樂書店的目錄上。這首曲子，他只在家裡彈，用鋼琴，用某種不斷重複的節奏一直彈到頭昏眼花，而且一彈再彈，週而復始，好像整支曲子是被夾在兩個反覆記號中間，前面那個的兩點畫在雙直線的後面，後面的則畫在前面[8]，他會一直彈到手指都麻了，眼睛再也看不見。不然就是用背的，把它謄在一本空白的五線譜上，謄完又全撕了去，重頭再來。所以有時候早

6　富雷斯可巴第（Frescobaldi, 1583-1643）：義大利管風琴家兼作曲家。
7　柏格茲特胡德（Buxtehude, 1637-1707）：德國管風琴家。
8　記為「‖∶∶‖」，表示記號內的小節須全部重複。

上教堂裡找不到人的話，我就會到他家去，見他頭枕著交叉的雙臂，趴在桌上睡著了。

杜杭特只會利用晚上的時間來研究這部神祕的作品。他不想自己白天的生活因此被攪亂，白天要奉獻給管風琴，給那套神聖不可侵犯的曲目，白天他忙著維修更新，忙著指導學生。不過他並非一個墨守成規的人，我認為他之所以如此堅持，是為了限制住那支曲子對自己的影響。

那支曲子只有一份手寫稿，由作者親手交給我這恩人兼摯友。至於那位作曲女士的真實姓名，我一無所知，杜杭特只管她叫「阿勒芭」，而杜杭特會決定離開城市，過另外一種人生，和阿勒芭的消失大有關係。曲子還沒作完？我不覺得。但手稿上沒有任何指法和速度的指示倒是真的，而且更糟的是譜頁次序全被打亂了。樂句故意寫得斷斷續續，所以有好幾種組合的可能性。

我就要離家去上音樂學院（這段期間對於我日後的計畫來說非常重要，下面我會用許多篇幅來說明），杜杭特認為我能力夠了，便讓我讀阿勒芭的手稿。我發現裡頭受了不少爵士樂的影響。既然師父對這個已成為我的祕密花園的領域毫無涉獵，我於是建議他（嚇了他一大跳）先把艾文斯[9]的哪一張錄

9　艾文斯（Bill Evans, 1929-80）：美國爵士鋼琴家。

音，蕭特[10]的哪一張唱片找來聽聽，並請他特別注意孟克[11]和艾靈頓[12]的鋼琴技巧。儘管我沒有辦法解開這份手稿之謎，但我可以感受到它的美，至少可以找出其中一部分的創作源頭，我對我朋友說他不可能對這份樂譜有所領悟，如果他不試著去了解那些黑人的音樂原理、切分節奏和這個「沒有辦法定義的小東西——」，我邊說邊打了個響指：「swing（搖擺）[13]。」

膽戰心驚的杜杭特於是透過郵局，訂購了那些過去從不願意聽人談起的音樂。

10　蕭特（Wayne Shorter, 1933-）：美國次中音薩克斯風手。

11　孟克（Thelonious Monk, 1917-82）：美國爵士鋼琴家兼作曲家。

12　艾靈頓（Ellington, 1899-1974）：綽號公爵，美國爵士作曲家、樂團指揮和鋼琴家，被公認為當代最偉大的爵士音樂家之一。

13　swing（搖擺）：一種在三〇～五〇年代流行的爵士曲風。四拍搖擺樂曲的強拍在二、四拍，和古典樂的強拍在一、三拍大相逕庭，因而形成一種讓人想隨之起舞的搖擺感。

3

　我離開奧塞羅，來到杜杭特身邊，就像一個天使從地獄回到天堂一樣。只不過我是個沒有翅膀，在地上奔波的天使。

　我記得拉撒路很喜歡想像一個場景，而這個場景，就某種角度而言，正好呼應了保羅跟我說過的那個故事：有天我去找他時，手腫起來，因為我父親得到風聲，知道我在跟他來往，便斷定不讓我進步的最好方法就是打斷我的手。拉撒路的那個寓言裡頭有兩個智者，一個叫利亞撒（Eléazar），另外一個叫阿巴（Abba），他們在黃昏的時候看見天上有兩顆星星，彼此向對方衝過去，撞在一起然後消失得無影無蹤。這兩個博士於是開始尋思——我朋友後來也出現同樣的反應——此一交會之天象有什麼涵義。

　我的恩人兼恩師杜杭特之所以會跟我說那個故事，是因為看到我的手受傷，想個辦法安慰我罷了。然而我日後造孽，竟皆可溯源自他那天的那番話，儘管事隔多年我才又在一個旅館

房間裡回想起來。我的作曲祕訣都是從這裡頭來的，而我的永生敘事曲（ballade ad vitam æternam）應該要歸功於保羅·杜杭特。

「今天，你的手在痛，」他邊說邊將一個錢幣放在管風琴的鍵盤上：「你很痛苦，很難過，因為你沒有辦法彈琴。但是在另外一個地方，在一個離你很遠的時空裡，那個時空和你有關，只不過你現在什麼都不知道（他又在兩個八度外的鍵盤上放了第二個錢幣），那邊有個人，那人也許是你，也許不是你。他過得很開心，覺得自己熱血沸騰，正用一雙靈巧而活力充沛的手在彈奏著，他身體健康，完全不曉得你今天的這個狀況，就像你也不知道他以後會怎麼樣，或說他在他那個當下是怎麼樣。」

保羅把第一個錢幣往右邊移了一個鍵盤，頓了一下然後說：「等到明天，或不久的將來，你還是你，你會……譬如說好了，你會開始談戀愛。而他呢（他把第二個錢幣往下降了一調），他會在愛情走到盡頭的時候，遭遇分手和被人拋棄的傷痛。然後（那兩個錢幣繼續在鍵盤上一階又一階地向彼此愈來愈靠近），假設你失去了一個親愛的人好了，至於他，他終將平撫他的悲慟，並且去認識另外一個同樣喜歡的人。你再聽我說：有天，你會從很高的地方摔下來，他則是攀上一座高山，一個理念，或是一個榮耀的頂峰。稍後，你想起一件事情，並

050

賦予它一個意義，他卻會把這件事情忘得一乾二淨。你會去傷害一個陌生人，他會去維護一個異鄉人的名聲。你會生病，他會痊癒。你眼見黎明來臨，他看到黃昏時的一顆星星。你會寫下一支讓他後來撕掉的曲子。你在半夜作了個夢，他在正午為一件既存的事實而吃驚。你小心翼翼，他卻手下不留情。你摁了這扇門的鈴，他就把那扇門打開，你一進去他就走出來。你吃下去的，他全吐出來，你喜歡的，他統統都不愛。你在一個他瞭若指掌的城市裡迷了路，你高聲吶喊但他只聽見有個聲音在向他呢喃，你四處尋找那些他丟掉的東西，你親吻一張他只想在上面吐口水的臉龐，你脫下衣服，他再穿上，你滿頭大汗，他渾身冰涼。他是你的過去，你是他的未來，你們就這樣愈來愈靠近，而所有人都是這樣過來的。」

最後那兩個錢幣之間只隔著一個鍵盤。保羅讓它們就這麼擱著，然後同時把管風琴最兩端的兩個鍵同時按下：「他就是你，你就是他，而你們雙方只有在呱呱落地和……（他把一個錢幣疊在另外一個上面）……言歸於好的時候，才會碰在一起。」

「然後呢？」我盯著他握緊錢幣的拳頭問道。

「去把那張椅子搬過來，坐在我右邊。別把這天浪費掉。我們從《羔羊經》的前面來開始複習。我幫你彈左手，一直到你手全好了為止。這是一個中庸的快板。好了嗎？來，一、二、三……」

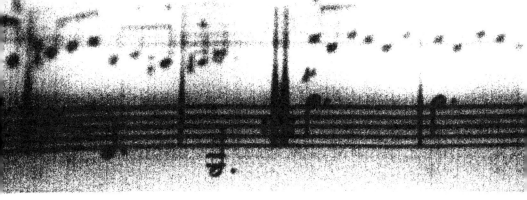

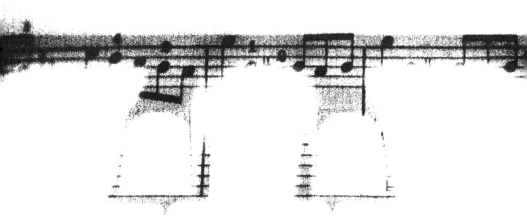

1

　　現在我要來說說我的戀愛經過，像它是怎麼來，又如何走的。至於它的後續發展，我打算等到下面再講，省得我一直在一些毫不相干的事件之間來來去去，儘管我並不樂見到這種一分為二的演變，但這兩條岔線會根據保羅‧杜杭特跟我講過的那個後來證明為真的一切生命之法則，在我這故事的這面凸透鏡裡逐漸地靠攏、聚合。

　　我跟著我師父學習了五年多，每天見面，從來也不曾碰上什麼麻煩事，除了我父親偶發性的突襲之外。不過他因為對杯中物——他有三種最愛：中午喝琴酒，晚上六點到晚餐前喝威士忌，然後就是美國威士忌，一直喝到最後一杯——愈來愈沉迷（照那個賣酒的說法，那人每兩星期就會開著小貨車來我家，免得奧塞羅沒有黃湯灌），以至於腦袋愈來愈不靈光，嚴重到他自己都覺得應該節制一點，所以他的鎮壓行動很快地就變成只有言語上的攻擊。不過他因為太熱愛那些無論滿的還是

空的瓶子——他會把喝光的瓶罐奉若神明地沿著穀倉的牆排成一排，然後享受那一群十幾隻的蒼蠅在上頭盤旋不去，即興給他來上一段嗡嗡嗡的嘈雜畫面——到後來講話都像在打嗝。

講起來，從我九歲一直到滿十三歲的那幾年，儘管被人家拳打腳踢，但仍算過得非常充實。有幾次，我父親在歷經一番苦戰之後，還是把我給打敗了（我因此眼睛烏青過兩或三次，胳臂被劃傷過一次，眉骨被打斷過一次，脖子被香菸燙過一次，嘴唇裂開過一次，肋骨裂開過兩次，腳因為逃跑的時候跌倒扭傷過一次）。有一回則是讓他大獲了全勝：那次他因為神智特別清醒，結果把我的鎖骨給弄斷掉。那天是禮拜天復活節，一直到現在我還是沒搞懂他怎麼有辦法在那個房子的屋頂上逮到我，而我竟也沒有聽到他的腳步聲。那屋頂上的瓦片鋪得亂七八糟，什麼顏色都有，算是我最先認得的幾個地標之一，也是雷雨季節時我在兩場雨之間的藏身之處。要上去的話，有一個很普通的天窗，然後你可以在屋脊上走鋼絲，在煙囪上玩平衡木，把排水管裡的一整窩小鳥全都弄死，或盯著舉目所見的隨便哪一點，眼皮眨都不眨，直到視線迷失在一個太強烈的看法中。

那天早上，我打算趁著晨曦先把我們——我是說保羅‧杜杭特和我——那個時候一起在練習的一首巴哈觸技曲好好地複習過後，再拿出背包小袋子裡的那個電晶體收音機，這是我十

一歲生日時他送的禮物，收音機旋鈕上還鍍了鉻，指針則永遠指著同樣的頻率，一個專門播放古典音樂的電台。

我把背包疊起來枕在頭下面，身體躺平，打開收音機，然後這一個我想像中東南西北面皆有守衛看守，威風凜凜神情蕭穆毫不鬆懈地監督著我成長的世界，開始在另外一個更寬廣的世界的邊緣發起抖來，就好比哥白尼的太空碰上了伽利略的宇宙，不同的是，和那個必須改口承認自己搞錯了的天文學家比起來[1]，沒有任何宗教審判官來質疑我為什麼一聽到《Sunset and the Mocking bird》（日落和嘲鶇）[2]，一聽到艾靈頓，一聽到吉米‧伍德[3]那種寬大到簡直是嚴厲的貝斯聲音時，會這麼又驚又喜。

原來只需要把那根指針在刻度盤上稍微移動一下，只需要讓兆赫數起了一些幾乎察覺不出來的變化，我就可以穿越大洋，飛過好幾個世紀，手中仍緊緊握著那份巴哈的琴譜，然後好像一顆砲彈似地掉進艾靈頓大樂團的簧樂器區，就在強尼‧

---

[1] 哥白尼和伽利略皆主張日心說，但伽利略時代稍晚，得望遠鏡之助，發現的天文現象更多。哥白尼著作在其身後方出版，被教會斥為異端，而伽利略甚至因此受到判刑，並被迫在法庭上宣稱與哥白尼的學說決裂。

[2] 艾靈頓公爵的《女王組曲》（*The Queen's Suite*）中的第一首。嘲鶇是一種產於北美洲的雀形鳥，擅於模仿其他鳥類的叫聲。

[3] 吉米‧伍德（Jimmy Woode, 1928-2005）：艾靈頓樂團中的貝斯手。

哈吉[4]和盧梭‧波羅考布[5]的中間。至於接下來隨著《Queen's Suite》（女王組曲）[6]那些美妙樂章所一一出現的症狀，我一點也沒有誇張。曲子一開始就令我深深著迷。我躺在那邊，整個人彷彿成了一坨樹脂，反而是身軀下面的陶片，竟化為一塊肉，生出毛來，還興奮得通體起雞皮疙瘩。《Lighting Bugs and Frogs》（螢火蟲和青蛙）居然能影響到我的呼吸功能，讓我的橫隔膜開始擴張，氣息變得又深又長。《Le Sucrier velours》（甜蜜蜜糖）搖晃著我，就像一個精神病患亟欲掙脫他的約束衣那樣。《Northen Light》（北國之光）則拚命對我的神經元打出一些不曉得是什麼意思的機密訊號，在我的腦海裡掀起驚濤駭浪。《The Single Petal of a rose》（玫瑰花瓣）訴說著一片花瓣的純潔無瑕，那令人心碎、僅由公爵及其貝斯手擔綱演出的旋律，在我的眼皮底下刺激出一種奇異的分泌物，據保羅‧杜杭特說，這還是自從我會站以來的頭一遭，而且下一次還要等很久。最後，《Apes and Peacocks》（人猿和孔雀）[7]那種沉甸甸的敲擊聲，簡直已經超過了我的忍耐界線；我從來不曾到叢林裡

4　強尼‧哈吉（Johnny Hodges, 1906-70）：號稱有史以來最偉大的中音薩克斯風手。

5　盧梭‧波羅考布（Russell Procope, 1908-81）：擅長單簧管和中音薩克斯風，艾靈頓公爵樂團的資深團員。

6　艾靈頓公爵1959年的作品，為英國女王而作。

7　上述諸曲皆是《女王組曲》中的曲子。

去過，而這些顏色，這種可恨的無微不至和教人暢快淋漓的遊獵，這些貓科動物的狡獪，就像要你跟著一起墮落的呼喚，而我卻沒有辦法做出回應，因為四周有一群又一群的孔雀和猿猴在那邊飛來飛去……逼得我差點要把收音機關掉。

終曲的鼓聲結束之後，一個男播音員的聲音響起來，懶洋洋地招出了作曲家和一班獨奏樂手的名姓（「屌客」，他好像跟人家很熟的樣子：「都剋！」[8]），我正拚命想把它們記住卻又記不住的時候，兩個腋窩就被人提起來，扔了出去，所以說我那天一共摔了兩次。從頭到尾，我都沒看到我父親，無論是出事之前、之中或之後，還是後來郵差發現我掉在院子的地上，送我去住院的那幾個無聊禮拜裡。

「你在這裡搞什麼？」那個穿制服的人望著神智不清、雙臂交叉的我問：「你知道你讓我想到什麼嗎？」

「屌……屌……屌……」

「迪奧（Dio）[9]？」

「都剋。」

「督傑（Duce）[10]？我看你更像旁邊那塊田裡的稻草人。該

---

8 Duke（公爵）是艾靈頓的綽號，播音員連續唸了兩遍，第一次用英語發音，第二次用義大利語發音。

9 Dio，義語「上帝」之意，發音類似「迪奧」。

10 Duce，義語「領袖」之意，發音類似「督傑」，是墨索里尼於一九二三年給自

不會是你把它拔起來的吧？」

　　然後我就昏死過去了，根本來不及跟郵差解釋說我既無意把自己當成上帝，更不用提墨索里尼；我只是剛歷經了一場奇遇。不過他因見我不但站不起來，還眼睛翻白，便了解到我絲毫沒有企圖要冒犯我們偉大祖國的威權代表，也不想去嚇那些烏鴉，於是走進屋子裡去叫救護車。

　　不過我現在要講的不是我這份對爵士樂突然頓悟的愛——這份愛隨著我對正統音樂的學習，一天熱切過一天，更奇怪的是它就像古典音樂的對手，一筆因為接收了過去那些大師的音樂遺產而必須按時繳納的遺產稅，或者就像一個情婦，趁著大老婆享受過了正在打盹，連旁邊有人叫春都渾然不覺的時候才現身。我無視於我那酗酒的老父和他那些麻煩的後遺症，暫時拋下了十二平均律、莊嚴彌撒、邦齊亞力[11]的《Conclusioni del suono dell'organo》（論管風琴音響）、德拉朗[12]的《黑暗日課》[13]以及保羅的諄諄教誨，拋下我們那些在火爐前夜談，拋下我那

己制定的頭銜。在此郵差以為莫哀自比墨索里尼。
11　邦齊亞力（Adriano Banchieri, 1568-1634）：義大利作曲家、管風琴家和音樂理論家。
12　德拉朗（Michel-Richard Delalande, 1657-1726）：巴洛克時期的法國管風琴大師兼作曲家，擅長管絃組曲。
13　《黑暗日課》（*leçons de ténèbres*）：為天主教禮拜儀式之一，在每年復活節前的星期四、五、六連續舉行三天，這裡指的是德拉朗為該儀式所譜的樂曲。

一到八點半、一聽到那個我絕對不會錯過的廣播開播曲《The Theme》[14]的主題旋律，聽到約翰·柯川[15]與愛文·瓊斯[16]如何把它拋回去給作者時[17]就會感到的興奮莫名，只為了與那人相遇。她出現的時間，剛好是在我孜孜不倦地苦學五年之後，並且尚未進城到音樂學院裡去浪費青春之前，算是讓我人生的第二階段有個完滿的結束。她的消失，更讓我理解到一副摸不到的腰肢，有時竟比眼前的一切存在都還要來得真實。

14 《The Theme》：為爵士小喇叭手大衛斯（Miles Davis, 1926-91）的名曲，由小喇叭、薩克斯風和鼓合奏。
15 約翰·柯川（John Coltrane, 1926-67）：美國爵士薩克斯風手。
16 愛文·瓊斯（Elvin Jones, 1927-2004）：美國爵士鼓手。
17 指大衛斯（Miles Davis）。

2

　　我十三歲生日那天，保羅‧杜杭特送我一個古董節拍器。這個節拍器日後在我那件催命之作的創作過程中會扮演一個非常決定性的角色。他同時給了我那件他已經不穿的藍色羊毛大衣，因為後來他更喜歡另外一件醜得要死、上面都是補丁的西裝外套，那既是他的禮服、工作服和風衣，甚至在冷颼颼、爐火快要熄掉的夜裡，還可以充當睡袍。我無精打采地從教堂走出來，渾身發燙，喉嚨發炎，乾咳不停，大衣外套一直扣上脖子，兩隻冰涼的手裡捧著那個節拍器，那天是我十三歲生日，可我實在覺得沒有辦法，只好和我那朋友情商將慶生會改到第二天舉行，他為了給我慶生，還特別去弄來了凍肉、烤雞、霜淇淋和白葡萄酒。

　　我是前一天就病了，因為在水塔上面睡了一覺。那水塔是我的據點之一，像個發綠的大鋼鍋，佇在一座離路邊不遠的小丘上。路從我們莊園上穿過，把最近的村子（東北方四公里

處）和一條高速公路的交流道（我家樓房南邊六公里處）連結起來。隔天我辭過坐在凳子上的保羅‧杜杭特，讓他自己和一首拉索士[18]的曲子去作伴，仍又回到水塔那邊去，因為很確定我把我的彈弓和一整包彩色玻璃珠，忘在那個儲水槽頂端鏽掉的邊緣上。那些彈珠，我只拿來射我覺得最有價值的靶子，譬如那個笨蛋郵差，還有一個可憐走路一跛一跛，講話會口吃的趕牛人，那個踩著腳踏車，歪七扭八地從這站騎到那站，然後在每一站那些住得都很偏遠的教徒家裡大喝特喝的本堂神父，或是各式各樣、三五成群走在一起的退休人士，每次看到他們那種要死不活地抱頭鼠竄的樣子，我就會興奮得不得了。我甚至不再去數他們撤退時所留下的那些枴杖、手杖、草帽、披肩和野花束了。至於其他人，一顆小石頭就夠了。這裡要順便說一下，那就是儘管每個人都知道我喜歡惡作劇，但我師父卻從來不會過問我那些好勇鬥狠的行徑。對保羅‧杜杭特來說，我肯用功、有才華、應該可以出人頭地。我是一個以沉默的激情全心投入正統音樂的孩子，一個不善言辭、永遠熱情洋溢的同伴，我是一個晴朗黃昏時的禮物；這樣的形象不容有任何污損，就像教堂裡那些他每年要爬大梯子上去洗一次的彩繪玻璃。

18 拉索士（Orlando de Lassus, 1532-94）：十六世紀在歐洲非常有名的比利時作曲家。

我穿著肩膀太寬的厚大衣，節拍器裝在口袋裡，立在水塔上，眼見霧從地平線上冒起。還有那些幾乎同時出現的人，從草原的這頭到那頭，一個個間隔大約幾十公尺。幢幢的影子上泛著乳白色光暈，在霧靄中看起來拔絲一般，身體重量好像被人拿掉了，只能靠那些長皮帶上的狗拉著。他們愈走愈近，我發現他們都沒有帶武器，於是開始懷疑這些人要找的獵物會不會是我，會不會是正站在他塔樓頂的莫哀・英撒根。我整個身子貼在水塔那濕漉漉的鋼皮肚子上，聽仔細了那些畜牲的喘氣和那些人踩過草地的腳步聲。在那之前，我也只在狩獵季節時見過人家怎麼將獵物趕出林子來捕殺，後面我會再提到那些獵槍發出的聲響，那些被打傷的野鳥如何呈螺旋狀地往下掉，還有那些看不到的獵物面對生死關頭時的沉默，尤其是在這樣的神聖時刻裡，我身旁有個父親。

　　他們穿過馬路，排成一整排朝著谷底前進。我直起身子，看見那些獵人裡面，有個態度很優雅的風衣男子，帶了一個穿套裝和黃色絲襪的年輕女人。她用小跑步走在他旁邊，一下子挽著他的手臂，一下子又因為走太慢被落在後面。在那些偷跑（因為狩獵季節還要過好幾個月才會開始）的獵人當中，我看到那個小學教員，就是那個因為我的鴿子在他外衣上拉屎所以退我學的老師，還有田莊看守人，好幾個憲警以及那個可憐的鎮長，聖誕節的時候，我老爸還開著車庫裡唯一能跑的剪草車，

在他屁股後面一路把他趕到我家莊園邊上。大霧又再度把這一支詭異的步兵隊伍吞噬了，那些人就像他們剛才是怎麼出現地那樣消失得無影無蹤，看了讓我覺得最好趕快回家上床睡覺。

過沒多久我就知道了那個外地人和他的女伴是什麼來歷；原來我真的沒有在做夢。第二天，我穿過樹林去找保羅・杜杭特，渾身忽冷忽熱。他家裡沒有人，但那份地方報紙（我很喜歡看上面的漫畫和分類廣告）和平常一樣擺在碗櫃上，而頭版開頭的幾個大字，把我對昨天那一幕是真是幻的疑慮一掃而空：「M鎮漏夜搜尋……」

那篇報導是這麼寫的：「昨天晚上，在安提帕提診所（第里雅斯特）頗受爭議的著名心理疾病專家史督肯史密特（Stuckenschmidt）教授的領導之下，曾經展開一場一直持續到深夜的搜索行動，目的在尋獲一位從史博士所主持的療養院中逃出的女性病患。該位女病患前天夜裡搭火車離開港都，並於昨日清晨七點二十五分在本鎮下車，曾引起火車站站長以及數名鎮民的注意……

包括由憲警隊、消防隊和眾多志願人士所組成的搜索隊伍，一直到截稿為止尚未有所斬獲，今日搜索行動將繼續進行。逃跑的女病患為一正值青春期的少女，名字叫做婀娜，至於少女的姓氏，據史教授助理馬納尼瑪（Rolanda Magnanima）小姐表示，基於職業保密原則將不對外公開。但馬助理又接著

表示，少女係出名門，體徵為紅色頭髮，綠色眼珠，身著藍色有花朵圖案的連身裙。」

花兒已經凋謝，裙子也成了棕褐，她膚色和頭髮上的橙黃幾乎是樹皮的顏色，變成了泥黃，變成了地衣青。但那是她沒錯，我的紅色愛人。

我很遺憾這裡沒有一組銅管和木管樂器。遺憾想不出一種旋律，遺憾不能請都剋的那些樂手來幫忙：吹小喇叭的威廉貓[19]、雷・南斯[20]、矮子貝克[21]和克拉克・泰瑞[22]；吹長號的彼特・伍德曼[23]、昆廷・傑克森[24]和約翰・森德斯[25]；吹簧管的強尼・哈吉、盧梭・波羅考布、吉米・哈彌爾敦[26]、保羅・鞏薩爾夫[27]和哈利・卡爾奈[28]，我真恨不得請他們來幫我，不為什麼，

19　威廉貓（William《Cat》Anderson, 1916-81）：美國爵士小喇叭手。

20　雷・南斯（Ray Nance, 1913-76）：美國爵士小喇叭手、提琴手和歌手。

21　矮子貝克（Shorty Baker, 1914-66）：原名Harold Baker，美國爵士小喇叭手。

22　克拉克・泰瑞（Clark Terry, 1920-）：美國爵士小喇叭手。

23　彼特・伍德曼（Britt Woodman, 1920-2000）：美國爵士樂手，擅長低音喇叭、薩克斯風、單簧管和鋼琴。

24　昆廷・傑克森（Quentin Jackson, 1909-76）：美國爵士樂手，吹低音喇叭。

25　約翰・森德斯（John Sanders）：美國爵士樂手，曾任天主教會神父二十五年。

26　吉米・哈彌爾敦（Jimmy Hamilton, 1917-94）：美國爵士樂手，擅長單簧管、薩克斯風，身兼編曲、作曲和音樂教師多職。最為人津津樂道的是他和艾靈頓公爵長達二十五年的合作關係。

27　保羅・鞏薩爾夫（Paul Gonsalves, 1920-74）：美國爵士薩克斯風手，參加艾靈頓樂團二十餘年。

28　哈利・卡爾奈（Harry Carney, 1910-74）：美國爵士薩克斯風手，號稱爵士史上首位中音薩克斯風巨匠，曾是艾靈頓樂團簧管部的靈魂人物。

只因為他們合奏起來好像是同一個人，吹的好像是同一件樂器，而我記得婀娜的出現，和這種完美地融合了各種感覺和音色的豐富性很類似。

　　我只能用文字來描述這個初見面的時刻，所以根本沒有辦法傳達出她的美，說出我的心慌意亂，描述那些煩人的聲聲呼喚，而發出呼喚的人是另外一個我，那個我將和她一起變成的我。不過也有個懦弱的想法，要我別管，把婀娜這個一開始就結束的故事，留在我人生的門檻前，就像把它留在那口她跳下去的井底一樣——我聽到繩子在滑輪上吱吱嘎嘎作響，那時天色已晚，我在院子裡發現她，就在那個奧塞羅一直沒有封死、裡面還積著雨水的洞底下，而她的臉，那抹屬於我的、絕豔而戴著蒼白花朵的橙紅色，就藏在我彎腰探視的影子下。

　　我將掛在邊屋牆上的繩梯拿來，慢慢垂進那條地縫裡面——將來史博士有天可能會看到我這篇故事，我一想到這個就想笑，他一定會拿他那些概念、那些鉗子、那些格言，他那些認知論的假設和無聊又造作的感慨式結語來對此加以一一驗證，但這些背後充其量也不過他小時候一些個人經驗而已——於是她又重獲自由了。我向她伸出手。

　　婀娜站在我面前，頭上是灰色的天，而我的記憶就此打住。一直到現在，我每閉上眼睛，都還能看見她的臉，不同的是當年我的眼光沒有辦法不去看她的眼光、她的額頭、她的鼻

子和她的嘴。她對我說的第一句話是：「伊內姨夫？」，這個我還記得，所有她說過的話我都記得。我記得我房裡那個打開的衣櫥，然後她開始脫衣服，指頭輕輕一彈，她洋裝上的那兩條肩帶便順著肩頭滑落，然後沿著她那既豐滿又瘦骨嶙峋的身子往下墜，她的臀和胸部曲線玲瓏有致，但兩排肋骨卻也清晰可見，還有她的手臂，好像不能再細了，再細的話就是皮包骨了。她愛撫著那些在架子上亂成一團的衣服，從中挑了一件襯衫、一條褲子，並同意讓某條內褲一親芳澤，然後又選了一隻紅色和一隻紫色的襪子，腳套進去，在自己面前踢了踢，坐到我的床上，兩條腿伸直了，心滿意足地看著這兩個顏色的結合。她深深地嗅著每一件衣裳，好確定上頭有我的味道，有泥土的味道。這個我記得，還有她穿上我的衣服之後，又來脫我的衣服，還有我竟然也不抵抗，那種溫馴在我看來簡直比當時的情景還要不可思議，就這樣讓另外一個人來搬弄我的手和腳，來按我的頭，將我推倒在床上，然後把我的褲子脫掉，對著赤裸裸的我端詳了片刻，再拿她那件上面的花都生鏽了的濕透了的棉質洋裝，幫我穿上。

　　我記得她不會對著蒲公英那些棉絮般的種子吹氣，而是用吸的。我記得她會等到天亮才上床睡覺，我記得她會伺機用迅雷不及掩耳的速度把我逮個正著，然後在我尚未發出任何聲音之前就回答我的問題。有時她的回答剛好就是我想問的，但就

算答案和我還沒來得及問出口的問題沒有絲毫關係，就算我覺得這就好像那些「優雅的屍體」（cadavres exquis）[29]是怎麼組合起來的一樣，但我那被墮掉的問題和她那遺腹子似的答案，兩者基本上卻有著一種共同的意義、一個很有說服力的祕密。我還記得我想要知道她手腕上那個半圓型，看起來好像是被咬過的疤痕是怎麼來的，而她預期我會這麼問，便宣稱：「emaf aut alled emaf oh oihcna」——我也是我也餓了你的餓。還有一次，我們看到一道彩虹，我正想叫她許個願，她就說：「Ion a erinev eved ehc iul e」——不它才應該來找我們。還有那天晚上，我希望一個人待在屋頂上看起霧，因為那種已經在一旁等很久，因為婀娜的出現而噤若寒蟬的寂靜，再也不能等了，她於是轉過來對我說：「Onrotir led etra'l et ad erarapmi oilgov」——我想跟你學回來的方法。我還記得她很討厭自己進食，只喜歡吃水果，而且還要我先替她嚼碎，然後用一個吻餵給她。我記得她有次找到一把只剩下骨架的傘，在陽光下一面走一面搓著傘柄，正午的光線反射在那些白鐵做成的傘骨上，害我很擔心她會一下子飛掉了。我記得下雨的時候，她會抬起她的臉，把眼

---

29 「優雅的屍體」（cadavres exquis）：一種由超現實主義者於一九二五年左右發明的集體創作法，參與創作者在彼此不知情的情況下以接龍方式造句。這種創作方式的名稱，據稱來自於以此法所造出的第一個句子：「優雅的屍體將飲下新釀的酒」（Le cadavre exquis boira le vin nouveau）。

睜睜得大大的然後說：「Ognaip emóc adraug」——看我是怎麼哭的。我記得她唱歌時氣是往肚子裡頭吸的，聽起來很像用古提琴琴弓擦出來的聲音。我記得她一看到鐘錶之類的東西就會渾身發抖，但卻可以在我房間裡一待待上好幾個小時，望著那個節拍器擺桿的擺動。我記得她從來不說她的姓名，卻很喜歡叫「Eom」[30]，讓這個聲音在她的喉嚨深處抖動。我記得她送過我一朵頭下腳上的玫瑰，玫瑰花刺全往地下指，玫瑰花瓣被她的一隻大手緊緊握住。

我們的愛情從頭到尾，自她從地底鑽出來，並願意接受我顫抖著伸過去的手的那一刻開始，都是在一種顛倒過來的奇異氣氛下進行的。不消多久，我就開始聽懂她的話，明白她喜歡在偏僻的小路上倒著走，喜歡坐上山纜車，倒著計時，一心一意就只想顛覆這個世界的行進方式。

在這數公頃沒有牛羊的草原中，在這些山坡上和樹林裡，我們是兩個不容分說的立法人（事實上，她雖然從來不會搞錯她那個一切都得顛倒過來的生活原則，但我也從來不會對她做出一個反過來的動作，說出一句反過來的話），即便如此，在這個既定的秩序中，還是有些我沒能及早防範的意外狀況，而當初我要是知道要防患於未然的話，也許我們後來就不會被拆

30　Eom：莫哀的名字倒過來說。

散了。我這麼說絕對不是有什麼後悔的意思，事情過了就算了，後悔也沒有用。愛情和同情之於我，就像罪惡感之於狩獵本能一樣八竿子打不著。但畢竟，在那種只要她還有力氣而我也還有勇氣，沒有什麼不能做的狀況下，我可以了解她那些不讓人們靠近的東西；也許就是因為我知道她到底在拒絕這個世界什麼，所以我們的命運才有所改變，所以她和我的痛苦才能被看穿、被預知，所以我那支會致人於死地的敘事曲，才能奇蹟似地變成一首生命之歌。

　　她都說那是「我的石頭」，那塊河中間的白色石頭。河水來自於冬天結束時會下個不停的大雨和不曉得從那裡流過來的溶雪，她幾乎每天都要走到那塊石頭那邊，站在河岸上，欣賞這個河水平緩下來的曲流，看那些漂流的樹枝擱淺在蘆葦之間的淤泥中。我跟她說過好幾次，我們可以用游的遊到那個小島上去，但她每次總是掉頭就走，那種堅決的樣子讓我覺得很奇怪，就好像還有一次，我要她跟我說她的名字，要她唸出來給我聽，就算我在遇到她之前已經知道她叫什麼了，何況我也會一直喚她的名，心裡暗爽她那種要顛覆一切的意志拿這個名字沒有辦法[31]。她沒有理會我的要求。而我只有在為時已晚的時候，才明白其實有一條看不見的線在牽引著這個婉拒，明白她

31　因為婀娜（Anna）無論正讀或倒讀都是一樣的發音。

前前後後那些似乎毫無關聯的否決，原來都是同一種意思的推卻，就好比門上寫著的「嚴禁入內」的神殿或迷宮，這種地方的入口就是出口，人一進去沒有不迷路的，裡頭的米諾陶[32] 和婀莉婀妮[33] 其實是同一個，而特修斯[34] 在那兒追逐一個有點像怪物的女人，以逃避一個有點像女人的怪物的追逐。

我很快就明白了，我們絕對不會比剛認識的時候更加接近彼此，我們在那口井前初相遇的那一刻，是最水乳交融的時候。她在遇到我的同時，就已經做出了告別的姿勢。如果我的心時常懷念這個絕無僅有的時刻，就像一個過客在某地停留一陣之後，臨去前還要再次回到他最喜歡的景點上，回到那個可以俯瞰懸崖或大海的地方，回到那個他在一無所知的情況下便認領了的處所，日復一日，他是如此喜歡在那兒逗留……如果我會有這樣的心情，那是因為從愛的角度來看，我很確定和婀娜在一起的這段時光，比起那些世俗的激情和戀史都要來得名正言順。這是一段真實的時光。而我的這種直覺，都要歸功於

32　米諾陶（Minotaure）：希臘神話中半人半牛的怪物，由克里特島國王米諾斯的妻子與公牛通姦所生，受米諾斯囚禁在迷宮裡，每隔數年便要吞食由雅典進貢的童男女。後被英雄特修斯所殺。

33　婀莉婀妮（Ariane）：米諾斯的女兒，設巧計幫助特修斯在殺死米諾陶後得以逃出迷宮。

34　特修斯（Thésée）：雅典英雄，混入進貢給米諾陶的童男女中，以便進入迷宮殺死米諾陶。功成後初雖依承諾攜婀莉婀妮前往雅典成婚，但航行至那克索島時卻將婀莉婀妮遺棄島上而去。

她的到來和離去，這直覺前不久在我那部作品的創作過程中，也得到最終的證實。我認為邂逅本身就是一種目的。我認為兩個生命的交會，就在相交的那一剎那，便已體現了無上的智慧、無邊的默契和某種終於領會了、歷經了的共同救贖——即使這只是一個史無前例的片刻，一個無須先決條件、也不會有未來的當下，一個沒有來龍去脈的十字路口。我還認為，所謂的分手其實一開始就有了，最後的那些話、那些淚珠和沉默，根本和起初的那些一模一樣；那些朝結局走去的情人其實才剛剛認識，而他們不過是一些非常了解彼此的陌生人。

3

　　如此大概過了一個月吧，我是指自從那次搜捕以後，自從
婀娜從那條梯子爬上來，而我也用了幾個音符，在一張折起來
塞在門口下面的樂譜紙上給保羅‧杜杭特留了言，通知他說我
不打算再繼續我們這種天天見面的儀式，我們的關係太嚴肅
了，我想趁機到別處去找尋那種他沒有辦法教給我的東西，因
為我可以模模糊糊地感覺到，就在我剛步入十三歲的時候，
這種東西一旦缺乏，就會對我內在的進步構成限制，讓我的實
力無法獲得完全的施展。我用了一個有時會在某些音符下面出
現的音樂術語：Perdendosi ──讓聲音逐漸減弱以至於完全消
失，然後一腔熱血地想從那兩卷序曲集裡面，找出最合適的題
解。我本來笨笨地想把《La Cathédrale engloutie》（沉沒的大教
堂［法］）[35] 剛開頭的那幾個小節抄上去，後來幸虧老天保佑，

35　與下文提到的《中斷的小夜曲》同為德布西為鋼琴所寫的前奏曲集中的曲子。

才又覺得《La Sérénade interrompue》（中斷的小夜曲〔法〕）比較好。後來保羅‧杜杭特又見到我的時候，跟我直說他一接到我那張信的時候，竟然笑出來，說我一心只有戀愛的激情，不惜犧牲這位德布西先生對音樂的熱情，把人家的譜抄得錯誤百出。

我就這樣渾渾噩噩過了一個月。保羅‧杜杭特則充分利用了我不在的這段期間，加倍地鑽研那份謎樣的樂譜，那份那個叫做阿勒芭的女人臨死前題贈給他的手稿——我要一直等到兩年後即將離家進城去上音樂學院之前，才有辦法看出裡頭的爵士色彩和節奏。一個月過去了，而婀娜每天就只睡那麼幾個小時，最後連站都站不穩。

每天晚上，我都覺得她日漸虛弱，每個清晨（也就是她的黃昏）看她臉色，也是愈來愈蒼白。她會跟我沿著河邊一直走，我們游泳過河，在那些激流的漩渦上翻躍，從這根樹枝跳到那根樹枝，比賽看誰先爬到樹頂，我們還會去玩潛水，玩跳水，我們的皮膚被太陽曬得發紅發燙，被蟲咬得傷痕累累，連水泡都生得旗鼓相當，身上青一塊紫一塊，我們兩個講話，中間還不時穿插著那種從一種語言翻譯到另外一種語言所必須的寂靜無聲，我們兩個做愛，她總是會以為我的陽具是她的，然後兩個人都爭著要在上面，爭得你死我活，她一方面把自己當成男人，同時卻又接受了我……這一切，最後的下場是凍僵的

手，是結結巴巴的舌頭、笨手笨腳的擁抱和慢吞吞的動作，是她那張死灰色的臉孔、呆滯困倦的神情，是我那些疲乏厭煩的神經，是我們那一致卻又相違的願望：我想殺了她，而她想自此一了百了。

我不曉得自己是怎麼把她架過去的，在我們這個故事的最後一天早上，從房裡到河岸，越過一片田，穿過一條路和一座樹林，我自己已經是氣若游絲，腳走不動，胸口抽筋。那天，我醒來的時候，雷聲大作，雨打在我房裡的窗上，婀娜坐在椅子上，面對著床，長長的黑眼圈像煤灰似的繞著她的兩隻眼睛，眼白裡都是紅血絲，眼珠子教人毛骨悚然地直盯著。她說：「Atlov amitlu'nu。」

「最後一次什麼？」我問，但我已經知道答案了。

「Aiccor aim al」。

我的石頭，她悶悶地說。

我幫她穿上我的衣服，還有那件保羅·杜杭特送給我的藍色大衣，然後讓她扶著我的肩膀，一路架著腿已經癱了的她，走下樓梯，走上那條長長的通到河那邊去的路。經過玄關的時候，我並未注意到我父親的雨衣其實並未掛在那排掛衣鉤上頭；老實說，在這一整個月當中，我無論行動或是思想上，皆未對他付出絲毫一個孝順兒子對老子該有的心思。因為完全不見他人影，我甚至還想說他是不是正昏死在哪個醫院的病房

裡，在那邊沉思酒精中毒的意義，我壓根兒不會去想說他純粹只是不願打擾我們。

雨愈下愈大，風用大鏟大鏟的雲，把整個天空埋住了，那些雲接著又互相吞噬，一朵一朵漲得又青又紫，一道又一道的閃電落下來，好像是那些從伊甸園裡逃出來的死人在匆忙中扔掉的繩索。快要到河邊的時候，婀娜突然又生出力氣來了，緊緊地拉著我，往前滾過去。然後無論上游還是下游，浪濤爆出一束又一束的沖天水花，那些石階則已經完全隱沒在泡沫中。這裡的水通常流得很慢的，現在卻大發雷霆，水面也撕裂了，轉眼之間洪水就來了。她往河裡跳，把我也一起拉下去。

我們差一點就上不了小島。只不過它看起來也是一副岌岌可危的樣子，強烈的水流隨時可能把它從污泥河床中拔起來，扔進漩渦中。這一次抓住那塊岩礁四周的蘆葦竟然是婀娜，她朝我伸出手，把我拉過去。然後我們兩個就相依偎在那塊岩石中間的那個天然澡盆裡，浸在雨水中，等著……什麼？我還不想死；說真的，我那時再也沒有一點那種念頭了。我只能透過我那些被打得濕透的感官，記錄下幾個印象。首先，就是我們凍僵了。再來，婀娜失去意識，一動不動地靠在我身上。還有，我敢說沒有一個交響樂團，就算是擴大編制的，有辦法發出可以和這場暴風雨媲美的音響，有辦法用一種更大的撞擊，讓所有聽眾的耳朵在那些迸裂和抽搐聲中全都聾掉了，

我發現原來在藝術的領域中，一旦開始想要模仿自然，那便是注定要走向衰頹了。我最後又睜開眼睛看，河水上漲的速度愈來愈快，婀娜島就要淹沒了，到時候我們都會遭遇到和那些紙船一樣的命運——我一度很喜歡到河邊去放紙船，先用作曲家或名管風琴師的名字來為它們命名，然後沿著河岸跟著它們往前走，直到它們全軍覆沒。

「婀娜，」我說：「我們到了，妳看，婀娜，這裡是妳的島，我就在妳旁邊。」

然後，就像兩張幻燈片之間那道打在白色螢幕上的放映機強光，一個亮晶晶的浪頭在那些烏雲雷電下竄起，往我們兩個縮成一團的身軀襲來，接著是一陣沒有辦法計算的遺忘，然後我就醒過來了，渾身冰冷，頭上有太陽，但被一個朝我伸過來的黑影遮住了。黑影彎下腰，太陽又露出來刺得我睜不開眼睛，我兩隻飽吸陽光的眼皮只好往下垂，可以感覺到有一雙手掌落在我肩膀上，將我前前後後地搖晃。一個聲音從那兩隻很粗暴地對待我的手裡頭飛起來，又掉下來，朝著我咆哮：「莫哀！莫哀！你醒醒啊！」

我覺得我是一朵浪花，一下子開一下子闔，一下子收一下子又全放出去，浮到上面之後又被拖進海底，那大海同時還拖著一把全都長得一模一樣、數也數不清的浪花，要把我們全都拖到一個更遠的岸邊去。不過，那個聲音不讓我去，不讓我走

這條在水下翻攪，在水上翻騰的路，它一直叫我的名字，堅稱我不屬於那些輪廓模糊的波浪，無關乎那種大洋行進時的液態呼吸；它讓我想起來了——而且這是跑進我腦子裡的第一個乾燥的念頭——這個叫做莫哀的從來沒看過海，所以莫哀不可能是一朵浪花的名字，何況我們根本沒有辦法替所有的浪花起名字。然後，那種搖晃的感覺開始變得讓我很受不了，我吐出一口鹹鹹的水，接著我就看見東西了。

是村子裡的郵差在搖我，所以我還以為自己剛被我父親從屋頂上丟下來，還以為艾靈頓公爵剛來改變了我的人生，以為再過不久我就會聽到救護車的警報聲，看到那些穿白上衣的擔架員跑過來。

「莫哀，沒事了，莫哀。」

那為什麼婀娜沒有躺在我的肚子上？為什麼我覺得這麼冷？我神情恍惚地看著四周，看著郵差的那兩道八字鬍，我記得他叫做貝恩佐（Benozzo），我還看到他一副有口難言的樣子，當那個聲音又響起：「都過去了，莫哀，沒事了。」

我站起來。保羅‧杜杭特立在那塊岩礁上。蘆葦之間停著一艘小船，空的。岸邊五條人影，有史督肯史密特醫生，有他的女助理馬納尼瑪，還有一對我不認識的夫妻，兩人手牽著手，看不清楚他們的臉，不知道他們的表情究竟是難過、解脫、怨恨還是氣憤；對婀娜雙親的記憶，在我腦子裡可以說完

全缺貨了，他們站在草地上一動不動，就像旅行社擺在櫥窗裡吸引顧客眼光的那種笑咪咪的廣告假人……等一下我還漏掉一個：他就站在後面，在一片雨過天青的湛藍之下，那個跑去告密的人，我的父親，要怎麼忘掉他那種對著一疊鈔票一數再數的樣子，那是他的獎金，是好幾個禮拜以來不停用電話騷擾和討價還價的成果。我不曉得他是怎麼跟婀娜家裡說的，才讓他這會兒收到那麼多花花綠綠的鈔票，可以換那麼多瓶酒，可以去醉死那麼多蜜蜂，我能拿他怎麼辦？

「你過來，」我的朋友保羅・杜杭特說。

然後，我又回到那個大理石聖水缸前，那些絢爛的彩繪玻璃、那些金、銀和木頭柱子和灰泥天使像下面。我們並排坐，他在左邊我在右邊，坐在管風琴的鍵盤前面。我想把說過的話和發生的事情整理出來，找出這個顛覆之謎的謎底。

保羅・杜杭特把一本書上堆積的灰塵吹掉，說：「我來給你介紹這個可憐又偉大的史麥塔納[36]，他最後變得跟貝多芬一樣耳背，跟舒曼一樣憂鬱，他寫過……」

「《被出賣的未婚妻》（*La fiancée vendue*），我知道，我在收音機裡聽過。」

36　史麥塔納（Bedrich Smetana, 1824-84）：捷克作曲家，著名作品有《我的祖國》（*Má Vlast*）交響組曲。

「我尤其想到……」

「阿拿阿鐵母（Anatems）[37]……」

「你在說什麼呀？」

「阿拿阿鐵母……婀娜戀汝……安能得福……[38]」

「莫哀，你的燒還沒退嗎？」

「我還在想說……」

「你有的是時間，相信我，你有的是時間去弄清楚整個事情的來龍去脈。我們開始吧，好嗎？」

「我連她姓什麼都不知道，我在想說……」

保羅・杜杭特把一本波卡舞曲集放在譜架上，旁邊是一本索萊爾神父[39]的《轉調祕訣》（*Clave de la modulación*）和一本阿爾比諾尼[40]的選曲集。

我喃喃自語：「伊諾尼布拉……」（Inonibla）[41]

「聽不到啦？」保羅・杜杭特說：「這倒是真的，我聽不到你在說什麼。這第一首是a小調……」

37　Anatemes，即前文所提到的捷克作曲家Smetana的倒讀隱語。

38　作者在這裡用Anatems這個倒讀隱語玩了兩個同音異義的文字遊戲，一是「Anna T'aime」（婀娜愛你），二是「Anathème」（天主教會對異端者之開除教籍）。

39　索萊爾神父（Padre Antonio Soler, 1729-83）：西班牙作曲家和大鍵琴演奏家，下文提到的《轉調祕訣》為其音樂理論著作。

40　阿爾比諾尼（Albinoni, 1671-1750）：義大利作曲家、小提琴家。

41　Inonibla，即前文Albinoni的倒讀隱語。

「她的名字的意思應該是……」

「她已經走了，莫哀。我不是說你應該把她忘掉，我甚至不會教你要把注意力轉移到其他的事情上面去，可她已經離開了，只會離開一陣子，也許——我覺得我們最好避免把話說死，也最好不要憑意氣來講話——如果有人忘了他作的承諾，那是因為那些話已經不見了。你明白嗎？但歷史還會重演的，用各種不同的方式。老實說，我很懷疑它除了重演之外，什麼也不會。我不太曉得該怎麼跟你說。她是走了，但是穿著那件藍色大衣，把你一起帶走的。你有沒有注意到我叫人把你的名字縮寫繡在上面？」

夜深了。我顛著腳尖穿過那條通到我臥室裡的走廊。樓下廚房裡傳來奧塞羅的鼾聲，可能是在準備一杯威士忌酒的時候突然睡著的，頭歪在桌子上，翻過來掌心裡有一塊還沒完全溶化的冰塊。我跟保羅・杜杭特講好了明後天晚上再去他住的狩獵小屋找他，然後就出來了，把他留給那盆殘火，那張他鋪在客廳沙發的毯子，那壺在爐上滾著的茶和那張在電唱機上轉個不停的，杜內米爾[42]的《奧祕的管風琴》[43]。我根本不用找，

42　杜內米爾（Charles Tournemire, 1870-1939）：法國管風琴家、作曲家。
43　《奧祕的管風琴》（Orgue Mystique）：由杜內米爾於一九二七～三二年專為教堂彌撒儀式所作成的五十一首管風琴組曲。

在我那個整個翻過來的房間裡，在我那堆凌亂的衣物裡，就可以一眼認出它，皺皺的，淺栗色的底上是天空色的花，披在那張椅子的椅背上。我開了床頭的燈，把布料弄平了，湊在燈下看，洋裝領口處，就是第一天晚上她那截長滿雀斑的雪白後頸從那兒伸出來的地方，有幾個字母，繡在一條窄窄的綢布上：「A・L・達洛茲」（A.L. D'Alosi）。

我用顫抖的聲音，喃喃地喚著這個她企圖在沉默和死亡中告訴我的名字。婀娜・麗紗・達洛茲（Anna Lisa D'Alosi）⋯⋯就這樣在我的舌尖上，在這個黑漆漆的房間裡迴盪著，悅耳動聽，而同時浸在河中央的，是那塊石頭，是我愛人的名姓⋯⋯伊左拉・達茲・婀娜（Isola D'Asil Anna）[44]。

---

44 婀娜姓名拼音的倒讀。Isola 即義大利文之「小島」，故此一隱語暗指「婀娜的小島」。對什麼都要倒著來的婀娜，河中小島意味著她的姓名，她既不願告訴莫哀她的名字，所以也不願到河中小島去，直到自覺大限將至，才偕莫哀同往島上。

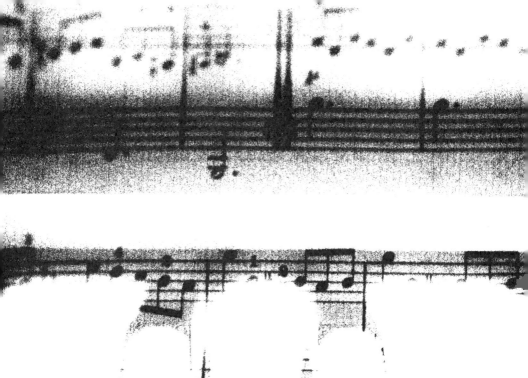

1

　現在該來說說我如何離家求學，音樂學院又如何摧殘我，以及我是怎樣不屈不撓，在歷經了一年充滿敵意、平庸和昏昧的學院生活之後，於六月時獲得和聲學的首獎。

　我們是坐火車進城的。我的良師兼益友，保羅・杜杭特，因為前一天曾按照他之前告訴過我的那樣，「親自」到我家去找我父親，好拿給他看那封音樂學院院長簽了名、正式准我在最神聖的音樂殿堂裡註冊的信，然後將我們即將動身一事知會他，所以現在一隻臂膀吊在三角巾裡，走路一跛一跛的好不可憐，自己下不了火車，還得靠我攙著。他跟我說：「從沒想到有人韌帶裂開了還會覺得那麼高興的，」一面走進旅館的旋轉大門。我們已經講好了先在濟慈大酒店（Palazzo Keats）住一個晚上，然後我再搬到學校（就住宿舍四樓的四一四號房）去，開始上課。我們也講好了我每個月至少要給他寫一封信，他則每隔兩個禮拜打電話給我，以確保我一切安好並了解我的學習

進度。

　　我一進到城裡，就開始覺得渾身無力。倒不是因為城裡那股混合了悶熱、廢氣和灰塵的烏煙瘴氣——話說它還真的是無所不在，即便號稱最大的公園裡；有時候，我們可以在一條大道盡頭的那截露出來的地平線上見到它，黃黃的，好像包在傷患頭上的紗布；也不是那些嘈雜的人聲和機器聲，對此我很快就學會充耳不聞，把它們當成和天籟一樣自然，和我老爸在三更半夜時所進行的那些無意識話語[1]實驗——我是指他那些在鄉間一片靜悄悄之際發出的自言自語和鼾聲大作——一樣不足掛齒。真正讓我一下子就受不了的，是那些到處氾濫，沒完沒了，沒有一間酒館一間鋪子、沒有一面搖下來的汽車玻璃窗裡會不流出來的流行歌曲，那種一成不變、令人頭昏腦脹、不曉得是怎麼湊起來的節奏，無孔不入，從白天到黑夜時時刻刻一再重複，讓我想到打手槍時的那種單調動作，那是一頭紅毛猩猩，無精打采地靠在籠子欄杆上，我進城那天下午在波給賽花園[2]裡的動物區那邊看到的——因為保羅‧杜杭特說想要去聽那些熱帶鳥兒歌唱。更糟糕的，是你會在公共場合、在商店裡聽到任何堪稱之為音樂的音樂，無論是古典或爵士，簡直就是

1　無意識話語（parole automatique）：隨心所欲地發出各種聲音和言語，是超現實主義者的一種創作方式，後亦有心理醫師援引為治療手段

2　波給賽花園（Villa Borghese）：位於羅馬市區的一個著名公園。

一場對這些優秀作品的聲響火刑，把它們用汽車廢氣，在一片汽油、機油、垃圾和煙草的味道中燒掉。

就這樣，就在保羅‧杜杭特進去打算買一盒阿斯匹靈的藥房裡，我非常不幸地聽到了——在收銀機的「忒靈、忒靈」和一個排隊等著給她那哭鬧不休的小寶寶買尿片的母親的「嘰哩、嘰哩」之間——梅湘的《期待復活》（*Et expecto resurrectionem mortuorum*）！回到飯店之後，我又在餐廳廁所裡，歷經了一種很奇怪的自發性便祕，也就是說我褲子都已經脫下來，人蹲到馬桶上，一支我最喜歡的，由米開朗基利[3]彈奏的拉威爾[4]的曲子，竟然應時響了起來。我扣上褲子，跑去找那個酒店的經理，要他解釋為什麼我們在他們這家三星旅館的廁所裡面會聽到這種東西，而且還是從一個黏涕涕、鼻屎大的喇叭中發出來的：「你知不知道這是《水的嬉戲》（*Jeux d'eau*），是《水的嬉戲》哪！」我叫道，也不曉得自己一隻手正指著那個搪瓷馬桶。

「先生您要是覺得不好聞，只要按下沖水按鈕就行了。」

至此我實在忍無可忍了。一整天，那些汽車音響、電視機、店面、書報攤、咖啡館、車站大廳和地下道，不停地發出

3　米開朗基利（Michelangeli, 1920-95）：義大利著名鋼琴家。
4　拉威爾（Ravel, 1875-1937）：法國二十世紀最重要的作曲家之一。

那種震耳欲聾、根本不能叫做音樂的鬼叫，而對那些已經麻木不仁的耳朵來說，噪音和寂靜沒什麼兩樣，聽見和聽不見都差不多。回房後，我便趁保羅走進浴室洗手時對他說：「拜託拜託，我們回去吧！」

「我在這個地獄裡還住了四十年咧，」保羅‧杜杭特答道：「後來我就知道如何在自己的內心保持沉默。你也應該這麼做。有一天，你會發現自己又重新可以聽到寂靜了，在你的心裡，到時候你就知道原來它從來就沒有離開過你。」

第二天早上，我們叫了一輛計程車到國立音樂學院去。學院大門就在一條暗暗的石板路上，路瘦巴巴的就像我那裏著新制服的身子和第一次套上領帶的脖子。我望著計程車後窗裡保羅‧杜杭特那張愈來愈遠的慈祥臉龐，他一面跟我道別，一面拍拍他那個上頭並沒有任何手錶指針在轉動的手腕，算是最後的叮嚀：叫我要準時，不可落人話柄。

歡迎我的，並不是我每天晚上夢見的那種有金碧輝煌的浮雕的雄偉長廊：我那些最傑出校友的全身畫像，一個都不缺地掛在走廊兩邊，從這頭到那頭，我經過時，他們先是高高在上地看了我一眼，然後又對著那些畫在壁板上的音樂女神之一沉思，女神則用一種充滿母性驕傲和天一般的慈愛望著他們。我只找到一個看門的，就蹲在橢圓小窗後面的櫃檯上，一個面有菜色、骨瘦如柴的女人，那種一半是人一半是鳥，讓人總覺得

她出嫁當天就已經在守寡，或結婚都三十年了卻像老處女，小孩子都長大了竟還完璧無瑕的怪物。

管理員太太叫做博埃狄厄，和徹魯比尼[5]的那個同事，也就是《白衣女》（la Dame Blanche）的作者同姓——博埃狄厄[6]曾任沙皇亞歷山大一世的宮廷指揮，後來因為嚴重的喉結核發作，治不好，讓他痛得再也不能唱歌，而他又從來只寫一些高音的曲子，所以就不再作曲了。博埃狄厄太太（不久我就看出她其實也患了一種治不好的失聲症）踩著僵硬的小步伐，滿頭髮捲上還罩著一頂粉紅色的紗帽，我在她的帶領下走上那條巨大的樓梯，然後穿過那些剛剛打掃完畢、迷宮似的走廊，來到我分配到的宿舍房間門前（一個八平方米的小房間）。她站在房間前的擦鞋墊上，轉過身來跟我面對面，行了一個好像軍禮的手勢。

在空無一人的學校餐廳草草用過晚餐之後，整個晚上我就靠在我的窗子上，望著那些來來去去的行人，如果看到其中一對躲進陰影處接吻，就會想起我那塊沉沒的亞特蘭提，想起婀娜・麗紗・達洛茲，想起她那從潤澤變為乾裂，由鮮紅變為蒼白的嘴唇，想到她那對有點不太一樣大的乳房，想到她的聲

5　徹魯比尼（Cherubini, 1760-1842）：義大利作曲家，作品頗受包括貝多芬在內的同代作曲家推崇。

6　博埃狄厄（Boieldieu, 1775-1834）：法國十九世紀初的重要歌劇作曲家。

音，先是澄澈後是沙啞，想到那種炙熱和接踵而來、有如千刃刺骨的冰寒，想到那場大洪水和水退，想到公路上那輛黑色長型轎車，在我的視線裡愈行愈遠，直到照後鏡上反射出最後一道鑽石般的陽光。而那些我眼睛看不到、耳朵聽不見的牆角和路邊所進行的每一個擁吻，每一個愛撫，在在提醒我愛情還存在這個人間，在街上、在城裡，口口相傳，抱來抱去，然後結成一張看不見的、覆在地球表面上的網，網裡頭那些被纏住的人，那些膠著在銀色網絲裡頭的囚犯，一個個就像孤立無援的傀儡，心中知道對那張嗜肉的血盆大口來說，死和食這兩個字並沒有什麼差別，知道他們就要被活生生地吞掉。

鈴響了，我在刺眼的陽光中醒過來，身上還穿著前一天的衣服，躺在沒拉開來的鋪蓋上。我隨著我那些睡眼惺忪的同學，往食堂那邊走去，只吃了一小塊麵包。然後一扇很高的門，伊呀一聲地朝著一間教室打開，我走進去，開始上課。

2

　阿尼拔・梅爾里尼（Annibale Merlini）教授君臨天下似地坐在講台的桌子上，底下是幾排噤若寒蟬的學生。他帶著一頂從來不脫的帽子（但髮膠還是照塗，這從他那幾根跑出來的瀏海可以看出），下唇很厚，肩膀非常闊，再加上墊肩，整個身材給人一種長比寬還短的印象。他的大衣上別著一枚徽章，兩隻眼睛銅玲般大，瞳子都碰不著眼皮邊。一種光芒四射的蠻橫，和他的懷錶、真絲領帶、漆皮皮鞋和那個星形勳章，一身專門發明來給文明人佩帶的行頭毫不搭調。那些東西出現在他那身肥滋滋、毛茸茸的身體上，感覺有點突兀，活像美洲印地安人騎馬出巡時身上掛著琳瑯滿目的紀念品，全是從那些被打死的白皮膚敵人身上搶來的衣物、槍枝和首飾，被當成戰利品以茲炫耀。所以說，阿尼拔・梅爾里尼教授的姿態再明顯不過了，連瞎子都看得出來：他那對O型腿並非「坐」在一張死板板的桌子上，而是「騎」在上頭。

我們的座位就沿著窗下的暖爐排列，窗上搖曳的是栗子樹的樹影。我坐在第五排，一條走道把座位區隔成兩半。等最後一個到的學生入了座，他便開始點名，拔手槍似的從口袋裡掏出一張名單，將扳機扣下：「瑪惜雅‧阿郭本登特（Maria Acquapendente）？」

　　「到！」

　　阿尼拔‧梅爾里尼將他的眼珠子往我們這些整整齊齊、排得好像保齡球柱的腦袋中間一伸，然後毫不留情地往名單上帶頭兒的那張白白淨淨、愁雲慘霧的瓜子臉上撞過去。他的聲音接著響起，但從他那血淋淋的嘴巴裡吐出來的，竟不是一連串放砲似的爆裂音節，而是有如夏日傍晚徐來，最暖最甜的微風。話說我自踏進人類社會的這幾年來，還從來沒見過有人有辦法像阿尼拔‧梅爾里尼那樣，能夠把類人猿那種很原始的力大無窮，和教會司鐸的油腔滑調完美地結合起來，變臉的速度就像個一人分飾多角的演員那麼快，彷彿他們的劇團就只那麼一個人，所以他必須既是英雄又是狗熊，叛徒兼小丑，暴君兼幫兇。也只有他能先是像個野蠻人似的出手，然後又打開雙掌，去接那因用生人活祭而感到滿意的上蒼所賜下的雨水，敷在他那些受害者的傷口上，然後，以一種無人能及的小心翼翼，將傷口包紮起來。「阿郭本登特，」他一面說一面把下唇往外捲，結果讓下巴整個鼓了起來：「我有那個榮幸——

當然是受之有愧啦——在上一季的時候到柯芬園[7]去聽令堂的演唱，然後和那幾千個如癡如狂的聽眾一起喝采。令堂所詮釋的咪咪[8]真堪稱是前無古人哪……我敢說就算是那個卡拉斯[9]……就算是那個卡拉斯……羅漢左‧阿奴恩茲塔（Lorenzo Annunziata）！」又跟個劊子手似的吼出來，好像我們全都等著上台，而台上的不是一張講桌，而是一座狗頭鍘。

「我是！」

「請轉告令叔說我沒忘記那張克納佩布許[10]簽了名要送給我姪女的照片，」梅教授客客氣氣地說，好像在唱歌似的：「說我會跟他聯絡，等這個學年一旦……這麼說吧……一旦上了軌道（突然把上了兩字說得特別用力），一旦找到一個令人滿意的moderato（中速）……侯莎巴‧邦巴狄耶（Rosalba Bombardiere）！」阿尼拔‧梅爾里尼再度吼了起來，兩條腿又更張開了一些。

「是？」一個坐在第二排，弱不禁風的女孩子答道。

「妳現在馬上告訴我節拍器搖幾下的時候可以稱之為moderato（中速）？」

7　柯芬園（Covent Garden）：位於倫敦市中心的購物和休閒娛樂區。
8　咪咪（Mimi）：歌劇《波希米亞人》中的女主角。
9　卡拉斯（Callas, 1923-77）：希臘著名女高音。
10　克納佩布許（Knappertsbusch, 1888-1965）：德國指揮家。

「什麼幾下？」

「拍子！」問訊的大人大發雷霆。

我敢保證，當時不只我一個心裡在想說問題不在於什麼無關緊要的節拍器一分鐘該打幾下，而是這個目瞪口呆、倒楣的無知女生接下來該走到黑板那邊，脫褲子挨上幾下鞭子或棍子。「介於八十和一百一十六之間！如果你們膽敢認為可以不去在乎拍子準不準，在沒有更……在沒有更……再也沒有比春天的時候即將能聆賞到令大哥的演奏會更能教我開心的事情了。大家都知道他是我的學生，而且我從前也一直說他將來走的一定是德國的浪漫樂派路線，這簡直是再清楚不過了……吉亞三多‧德‧杰瑟（Giacinto De Gese）！」

「到！」

「我的課堂絕對不准缺席和心不在焉，也沒有月經痛、家裡有喪事或隨便你們這些應該都很有家教的學生亂耍脾氣這回事，課程進度絕對不許稍有落後，因為我們現在要一起打的是一場非常有意義的仗，一場為了愛情而進行的戰鬥，唯有勝利者才能擁有那最純潔、最嚴厲、最妒忌和最高貴的女王……我指的當然是樂理……代我向令尊問候，德‧杰瑟……婀莉婀娜‧德‧威爾吉利斯（Adriana De Virgilis）……我再說一遍：婀莉婀娜‧德‧威爾吉利斯！沒有第三遍了！」

還是沒有人回答。

阿尼拔・梅爾里尼用他那對猜忌的眼睛，迅速地將整間教室掃過一遍，我們每個人都很害怕那道陰森森的目光會停在自己身上，要你承認你就是婀莉婀娜・德・威爾吉利斯，不然有你好看。他接著吠說：

　　「戴奧嘉里斯・費朗托波（Theocaris Filantropo）。」

　　「到！」

　　「恭喜你在多倫多獲獎。果然沒有讓我失望。卡羅傑洛・伊朵梅樂（Calogero Indromele）！」

　　「到！」

　　「我那天在浮士德的《天譴》（Damnation）的首演上，碰到令姨婆，我聽她的意思並沒有完全退出樂壇的打算，不像報紙上講的那樣，所以再過不久我們可能又要看到報紙拿她的退休大作文章了。我敢說……我絕對敢說……莫哀？……莫哀・英撒根！」

　　「到！」

　　阿尼拔突然兩條腿一縮，膝蓋好像一扇門似地合攏了起來。從樂理女神的護從，搖身一變成了個西部牛仔，而我則是草原上最後一匹小牛，一頭長了疥癬的孽種，得馬上宰掉，免得整個畜群受到感染。「這是什麼意思？肯定是搞錯了，可否請問閣下在這裡做什麼？」

　　他那穿著長毛絨褲的雙腿這麼一縮的同時，我就覺得脖子

好像被人按在一台虎鉗上，絲桿隨時要旋起來。我嘴裡一面回答「到！」，記憶深處一面傳來那個手曾經被我用台虎鉗軋碎的家庭教師的慘叫。

「我註冊了⋯⋯」

「胡說八道！你是誰？」

「您剛不是說過了，我叫做⋯⋯」

「莫哀？」

「莫哀・英撒根，大師」一個鎮定且婉轉的聲音從我背後傳出。

「誰在說話？」阿尼拔・梅爾里尼忍住不發作地問。我沒敢回頭去看坐在我後面一排的是誰，竟然願意冒著被退學的危險，對我拔刀相助。

「是我。」

「莫哀⋯⋯是我⋯⋯你們要是再這樣頑皮搗蛋下去，我保證我一定⋯⋯」

「我是拉撒路・耶穌活。」

「啊！」阿尼拔像只破皮球般地鬆了一口氣，好像有人壓在上面要把他壓扁似的。「耶穌活！怎麼？你有話要說？說吧！不過別以為你們家是最⋯⋯」

「我只是想幫我的同學回答問題而已，他可能太謙虛了，所以不願對您說出⋯⋯」

「說什麼？」

「說他的直系祖先裡頭不僅包括基亞科摩・英撒根[11]，也就是以莫諾波利[12]之名而聞世的偉大作曲家——這莫諾波利曾寫過無數的歌劇作品，只是受到今人不公平的對待，不常演出——我這位同窗還是蕭提爵士[13]的姪孫，更是比才悌[14]的元孫。」

說完之後的半分鐘裡，是一陣以二十四拍的grave（莊嚴而緩慢的）節奏所奏出的鴉雀無聲。全場十八個學生的眼光，在教授視線的領導和指揮之下，依據任何人若在公開場合被懷疑為（無論是不是被錯認）知名人士時必出現的向心引力法則，朝我的座位投射過來。「沒錯……沒錯……我怎麼就忘了？只是這個名字也實在太可笑了，」阿尼拔・梅爾里尼大聲說道，接下來就再也沒有逢迎拍馬，再也不用那種虛情假意的戲謔口吻說一些雞皮蒜毛的小事，取而代之的是訓斥責罵，大呼小叫和東問西問：「本岱塔・龍哥布柯（Benedetta Longobucco）……福斯托・盧米內勞（Fausto Luminello）……加勒提也托・瑪

11　基亞科摩・英撒根（Giacomo Insanguine, 1728-95）：義大利作曲家。
12　莫諾波利（Monopoli）：義大利城市，因基亞科摩・英撒根誕生於此，故以此為別號。
13　蕭提爵士（Georg Solti, 1912-）：原籍匈牙利的英國指揮家。
14　比才悌（Ildebrando Pizzetti, 1880-1968）：義大利歌劇作曲家。

塔奇歐尼（Gualtiero Mattacchione）……吉賽普・瑪塔奇歐尼（Giuseppe Mattacchione）（兩人是異卵雙胞胎）……馬斯米黎阿諾・美爾居里歐（Massimiliano Mercurio）……厄費米亞・佩佩里諾（Eufemia Peperino）……卡爾美麗娜・撒格里潘提（Carmelina Sagripanti）……多梅尼可・撒勒瓦戴（Domenico Salvadei）……吉歐康多・瑟拉費尼（Giocondo Serafini）……吉賽普娜・維斯帕斯尼（Giuseppina Vespasiani）……」直到名單上的最後一個名字，然後他一面把腿張開，一面把名單折起來，放進口袋裡。

3

　　阿尼拔・梅爾里尼在事業即將起飛之際（曾有耳朵最靈、最具權威的樂評人預言此君日後將可與本世紀幾個最偉大的歌唱家相提並論）所遭遇到的不幸事件，對那些音樂年鑑來說，就好比那個「有個騙子說他正在騙你」的詭論之於邏輯推理，好比某個特殊情況之於判例總集，好比戴達爾[15]眼睜睜地看著兒子伊卡摔死，幾滴被陽光溶化的蠟，讓一個想要展翅高飛的小夥子就這麼成了那些逐日狂徒的前車之鑑。

　　我是當天十點鐘下課時，在中庭走廊那邊聽到他的故事的。走廊下面有很粗的鐵環，嵌在牆上，還有一座石頭水槽，槽中裝滿菸屁股和撕開來的舊糖果包裝，可見從前無論是教員或學生都習慣在這裡下馬歇腿。走廊的梁桁非常厚重，我就它

15　戴達爾（Dédale）：為希臘神話中的著名工匠，和兒子伊卡（Icare）被囚禁在孤島上，用蠟及羽毛做了兩副翅膀逃獄，兒子伊卡不聽父親告誡而飛近太陽，結果蠟遭太陽融化，掉進海裡淹死。

的陰影中朝著拉撒路・耶穌活走過去，在我們的第一節樂理課過後。

　　他的模樣和那個從我背後傳過來的、既細膩又堅定的聲音，毫無二致。那是一個絕對不會因為體內荷爾蒙變化而變醜的青少年，而他外表的蛻變將按照其聲帶的前例，極其有節制地，一點一滴，一字一句，不會讓音色出現絲毫的裂痕，也絕不允許鬍髭亂長，只能似他說話般流暢，像那些宛如旌旗飄飄，教他操縱起來隨心所欲任意東西的長句子，繞來繞去繞到最後卻又總是能夠言歸正傳。耶穌活是個人見人愛的美少年，更特別的是他那股從眉眼之間，從神經質的修長身材上所散發出來的多愁善感，讓他看起來一副力圖振作卻又老是無精打采的樣子。他有種貴氣，抬頭挺胸，走路不會內八也不像隻企鵝，一頭煙霧般的金色長髮，我站在他旁邊簡直像個失敗的仿作，活似他父親到外面打野食私生下來的兄弟。他問我要不要抽一根薄荷菸，一面掏出一個非常漂亮的象牙盒子，然後跟我說──趁著吐出兩口形狀完美無暇的菸圈的中間空檔──只有女孩子才抽空菸，我呢要不就死了抽菸耍酷這條心，要不就真的吸進去。「梅爾里尼會吼人，」他接著說：「但只會低低的吼，還沒有機會讓他真的發起飆來，讓人聽出他是個殘障。」

　　「梅爾里尼是個殘障？」

「這是一個很刺激、很精采的故事，一個跟高音有關的故事。我下次再說給你聽。」

「不，現在就告訴我，」我迫不及待地說道，樣子之粗魯，和這個聽似平凡無奇以及我同學那種無精打采的聲調，形成明顯的對照，把我們兩個都嚇了一跳。也許我那個時候就已經感覺到這個故事對我日後——雖然是很久以後——創作的重要性？「悉聽尊便，」拉撒路在水槽邊上把菸頭摁熄：「如果你從前曾經看過有關音響的課外書，一定會注意到什麼叫做——如果我沒記錯的話——『振動頻率』吧。最有名的例子，就是軍隊過橋的故事，士兵們用齊步走的方式過橋，一旦步伐的頻率和橋梁結構的固有頻率產生共振，就會引起橋梁倒塌，全軍覆沒。這是個真實發生過的例子。梅爾里尼的故事更是如假包換，我有個叔叔甚至跟我保證說曾經在一本治療發音障礙的手冊上看過，白紙黑字，就叫做『阿尼拔效應』。」

「就像某些聲音會把玻璃震碎那樣嗎？」我想起從前報紙上刊過的一篇關於一部電影的文章。

「沒錯，只是隨便一個假聲男高音，都有辦法讓玻璃出現裂痕。但被梅爾里尼弄斷的不是那種上不了檯面的玻璃，而是一條像我拳頭這麼粗的鋼索。」

我毫無異議地接受了這種說法，儘管拉撒路‧耶穌活的拳頭比起他剛用來嘲笑我的那些女孩子的小粉拳，也大不了

多少。「梅爾里尼那個時候正要舉行歐洲巡迴演出，」拉撒路接著說：「演唱的曲目包括一堆很刺耳的拿坡里民謠，幾支德國佬的曲子和其他一些用美聲唱法唱的靡靡之音。他的第一場——也是最後一場——演唱會，好像是在威尼斯舉行的。他那時還不到三十歲，很被看好，因為他的技巧可說是超凡絕俗，那種聲音，喉科專家聽了會流口水，那些腦滿腸肥、唱男高音的蹩腳情聖則是妒忌得面無血色。他馬上就要紅遍全歐洲的音樂廳，然後樹大招風，這是毫無疑問的。事情就發生在他第三次出來謝幕的時候，在全場觀眾一片叫好聲中，梅爾里尼邊唱邊進場，給那個替他伴奏、已故的賈可波・巴巴加羅（Jacopo Barbagallo）先生來個措手不及——此君身後留下一堪稱自呂利[16]以來最離奇的死亡事件……你知道呂利吧，就是那個腳被自己的指揮棒砸到的——鋼琴師為了追上男高音，跳過了好幾個小節，只見梅爾里尼站在舞台邊緣，雙臂交叉，正趾高氣昂，肺活量十足地高歌《善變的女人》[17]，看那樣子根本不會把里哥雷多（Rigoletto）那句「Maledizione !」（這是詛咒）的台詞放在心上。台下包廂裡有個猛搖扇子的侯爵夫人，被梅

---

16 呂利（Lully, 1632-87）：法國作曲家，原籍義大利，出身微寒，後成為法王路易十四的宮廷樂長，叱吒一時。

17 《善變的女人》（*La donna è mobile*）：威爾第歌劇《里哥雷多》（一譯《弄臣》）中的名曲。

爾里尼當成是吉爾達（Gilda），對著她大唱特唱，夫人還是一點兒反應也沒有。你想想看那個場面：梅爾里尼陶醉在勝利當中，伴奏人和他那架史坦威鋼琴頭上的水晶吊燈正閃爍著萬丈光芒……

「全都爆掉了？」

「就在重複副歌的時候。確切地說就在唱到第二個「e」的地方，吊燈的那個鐵環被炸成碎片……E pur'non sentessi felice a pieno, chi su quel seno non liba amore（誰人能真暢快，入伊人之酥懷，卻未獲伊人，青睞復垂愛），」拉撒路·耶穌活開始哼起來：「la donna è mobile, qual pium'al vento, muta d'accento…e…e…e…e di pensiero（女人真是善變，若翎毛空中翩翩，無常的口吻和……和……和……和念頭）……可惜梅爾里尼永遠沒有能耐唱出是個什麼樣的念頭。」

「水晶燈掉了下來。」

「那個鋼琴家當場被五百公斤重的熟鐵和燈架壓成肉醬，碎片到處亂飛，其中一片把梅爾里尼的一塊頭皮削下來——所以他現在頭頂還有個疤，上面不長半根頭髮——另外一片插進他的喉嚨，讓他一下子前途毀了，大廈塌了，從此再也沒有音樂會和滿堂彩。你很快就會發現，他其實患有一種慢性喉炎，而這病的病因就是這麼來的。他如果用不高不低的聲音說話，聽起來音色有點暗，可一旦動怒，就跟在唱男低音似的。」

「那他那顆徽章呢？」

「跟這一點關係也沒。是有個女的投水，他跳下去救人。」

4

　有時候，我會把記憶想成一個迷宮，裡面是絕對的伸手不見五指，有個瞎子沿著同一條過道往前走，可以走到好幾個不同的地方，但裡面同時又有無數的走廊，會把人帶到同一個交叉路口；一大群數也數不清、分不出誰是誰的生還者，也不曉得自己究竟是怎麼來的，就這樣在這座迷宮中跌跌撞撞，四處亂闖，腳底下踩著的是那些已經不支而倒地的屍體，這些屍體不但把整座迷宮都快塞爆了，而且數量還以極快的速度在成長。有時候，有個活人會跪下來，抱起一個還沒全死的死人，想讓他活過來。有時候，兩個碰在一起的路人會像牆上的影子那樣，在這個沒有光亮所以也沒有影子的世界裡，互相穿過去。這些被判了刑的靈魂，個個都在那邊不停地反覆地思索著某種想法，某個字，某種苦，某種快樂，某種滋味、形象、聲響、悲傷、悔恨和顏色，某種水果的芬芳或某一口葡萄酒的醇香；只知道一直往前走，也分不清自己是進是退，就巴望有天

能夠擺脫那個禁錮他的念頭，不用再把時間全浪費在黑暗中和一個陰魂不散的想法糾纏。突然之間，一道強光打下來，罩住了他，他感到一陣不可思議的陶陶然，那道強光穿過他，把他從那個念頭中解脫出來。但光亮很快就熄滅了，跟停電一樣令人措手不及。而當他視網膜裡的那團磷光緩緩地漸行漸遠時，他也終於明白了：「原來我不過是個記憶。」

在這群不幸的記憶之幽靈當中，有些是我會時常前往朝拜的，而此刻當我努力去回想我這個人生的新階段時，其中的音樂學院，同學的臉，那些日夜辰光，都是一些視茫茫、會被我叫出來的迷宮遊魂。它們之中，有一股揮之不去、滲透了每一時空間的味道，那是幾公里長的木頭地板剛上過臘的氣味；一條條閃閃發亮的木板，就像一面面平行而且看不到盡頭的鏡子，上頭反射著一灘灘糅和了臘油氣味的日光。那種有味道的光影，讓我又尋回彼個當初因為趕搭火車而遺忘在某處月台上的世界。我在音樂學院裡找到了池塘和森林，小河和樹木。我又找到了一片領土。從前我每天早上都會用走的走去那座小丘上的教堂，現在則成了在宿舍和教室之間來來往往。從前我穿過林中小徑，就能夠從枝椏間看到那座狩獵小屋，現在我要彈鋼琴、聽音樂，則有專門的教室、演奏廳和圖書館裡一排又一排唱盤、唱機和耳機。從前我只能看到我們家的屋頂，現在從閣樓那邊爬上去，就可以貴為那些煙囪和屋瓦、陽台和天線的

一國之君，然後和一整個市區的鴿子開戰。取代從前那座水塔的，是一扇玻璃破掉的窗戶，就在一條沒有人知道的螺旋形樓梯上頭。取代穀倉的，是中庭上的走廊。只有婀娜‧麗紗的那塊岩石找不到分身，讓我無處可躲藏。拉撒路‧耶穌活有點成了保羅‧杜杭特，阿尼拔‧梅爾里尼以及我大部分的老師則搶著當奧塞羅，而我自進他們學校月餘之後，也像他們愛耍我那樣，不停地給他們找麻煩。

在這裡我就不詳述我和各位老師之間那種驚濤駭浪的關係了。你們之中如果有人了解那種失敗的教育工作者的惡劣心態——這種人會以訓練學生的智慧和體魄為藉口，一心一意想在學生稚嫩的心靈裡播下一顆不會結果的種子——都會感謝我不跟他囉嗦這些盡是傷心回憶的青春往事。

只有那可謂集所有偏見、錯誤和殘酷之大成，乃這一群理應督導我進德修業的笨蛋之登峰造極的阿尼拔‧梅爾里尼——話說我在學年結束時，曾拿到老師們的一張合照，光面相紙上印著十二個不能再假的微笑，不過等我寫完這個句子的時候，照片也應該被燒光了——還值得我們將他從焚化爐中拯救出來。就是這位梅先生親自出馬，強要他那些好同事們給他背書，硬說我「程度不夠」，而且這個評語還馬上在第一次舉行教學會議時就寫到我的成績單上去。一個月後，又是他，堅持要我降級重唸，不過校方沒有同意，因為拉撒路‧耶穌活幫我

發明的那份家譜捱過了那年冬天，害那個想加害於我的傢伙只能聽院長這麼回答他：「老梅，你沒搞錯吧，人家是莫諾波利和比才悌家的子弟，如果蕭提爵士知道的話……」

還記得有個星期天，我無緣無故被留校察看了一個早上之後獲釋，不料竟還有人在我房裡等著我歸來的腳步聲。梅爾里尼去弄了一支我房間的鑰匙；我發現他坐在我床上，膝蓋上放著我那只小提箱，箱子被打開來，裡頭那些我辛辛苦苦收集來的錄音帶被翻得亂七八糟。「進來，進來，英撒根。」

「您在這裡做什麼？不要碰我的東西！」

「請不要碰我的東西，梅先生，」他一面教訓我，一面盯著一卷錄音帶上的標籤：「再說，我覺得你才應該要先給我解釋解釋。」

「離開我的房間！」

「請離開我的房間，梅先生，」他又說，把箱子裡的東西全倒在床單上：「我說英撒根，你這裡簡直是個火藥庫，一場值得讓大家都來聽聽，保證精采的煙火表演，火力足足可以炸掉一座規模是我們兩倍大的音樂學院，還有好幾個世紀以來的文明，你說是不是？這上面寫的是什麼，我看看……沒累死·打末死（Milesse Dâvisse）」

「邁爾斯·大衛斯（Miles Davis）。」

「演奏阿藍輝茲協奏曲（Concerto di Aranjuez）：喔！喔！

喔！一開始就不同凡響！還有呢？呆力努死（Thelinous）……呆力扭死（Thelinus）……呆驢你死（Thelounis）……」

「泰洛紐斯・孟克（Thelonious Monk）。」

「總之也是個黑鬼。那這個咧？瞧瞧……雞（Gi）……叫（jo）……」

「J. J. 江森（J. J. Johnson）[18]。」

「我沒有叫你說。要不要再往下看？喔！喔！愈來愈精采啦！還有抄來的呢！『胡桃鉗』（Casse-Noisette），作者是……是……」

「艾靈頓公爵。現在你馬上給我滾出去。」

「請你馬上給我滾出去，梅先生，」梅爾里尼說，一點也沒有鬆手的意思：「全都是些搞即興演奏的。」

「巴哈也搞即興演奏。」

「不要污辱巴哈。」

「莫札特、舒伯特、貝多芬全都是非常高明的即興演奏家。」

「住嘴，」梅爾里尼說，一面繼續他的清點：「ㄕ……ㄕ……誰的（Chet）……」

---

18 J・J・江森（J. J. Johnson, 1924-2001）：美國爵士樂手，擅長演奏伸縮喇叭。

「巴克（Baker，Chet Baker）[19]。」

「謝謝。那麼接下來在 B 面上我們會很高興可以看到誰呢……這下輪到誰上場了咧……我的天！布拉姆斯！他在這裡做什麼？」

梅爾里尼把那捲錄音帶拉了出來，用牙齒咬斷。「混帳！」我罵道，一面抓起我的筆筒，朝他臉上扔過去。梅爾里尼大吼大叫，站了起來，我往外跑，同時將房門關上，然後使盡全力往插在門孔上的鑰匙壓去，把鑰匙折斷在門孔裡。

在他那震耳欲聾的尖叫聲中（這同時也讓我有機會見識他的聲帶究竟被那片傳說中的水晶碎片傷得有多厲害），我用十萬火急的速度奔過走廊，又衝下樓梯。

我跑到祕書室，一扇老舊的門擋在眼前，我伸手去轉那個門把，轉不動，乾脆用肩膀去撞。沒想到一撞進去，看到校長，上氣不接下氣地坐在桌前的一張扶手椅上，臉漲得通紅，而專門負責註冊的阿岡潔蘿（Arcangelo）小姐則蹲在地上，屁股線條一覽無遺。

「怎麼回事？……怎麼回事？」塞提摩・桐邦契諾（Settimo Tromboncino）口齒不清地說，一面用膝蓋把阿岡潔蘿小姐的頭撥開，一面把他的褲子拉上來。那個祕書小姐則爬到

19 巴克（Baker，Chet Baker, 1929-88）：美國爵士小喇叭手。

後面辦公桌那邊，一動也不敢動，好像被罰站牆角的學生。桐邦契諾邊扣腰帶邊要我出去，接著又把我叫住：「英撒根！你上哪兒去？過來，把門關上。」

「院長先生，我發現梅爾里尼在我房間裡，想把……想把……」

我本來想直接跟桐邦契諾報告說我那個很體面的樂理教授正打算用他的狗牙把我的錄音帶全咬個稀爛，不過，剛剛那場很不巧被我打斷的工作會議突然給了我一個靈感，於是接著露出一副說不下去的樣子。「他想怎麼樣？」院長問，一隻手理了理頭髮，另外一隻拉拉領帶：「在任何的情況下，英撒根，這個……那個……你剛……」

「絕對不會洩露出去。」

「一點也沒錯。我希望你能夠守密，最好是……尤其要閉上嘴巴，還有……還有……總之，你完全可以了解我要說的是什麼吧！阿岡潔蘿小姐！」

「是，」年輕女人怯怯地應道。

「妳跟我們一起去，多一個人證絕對不會礙事。來吧，不要扭扭捏捏。英撒根，你走前面？大家動作快一點。」

沒想到看起來老是無精打采的塞提摩・桐邦契諾，竟也有這等果決的時候。之前我很少會注意到他那堆肥肉下面究竟藏著什麼樣的一個人，每次看到他都覺得他不只像沒睡飽而已，

簡直就已經委靡不振到行將就木的地步。有天傍晚，我發現他半躺在中庭那邊的一張長椅上，手裡拿著一包貓食，一隻老花貓在他肚子上磨啊蹭的。他睡著了，可我還以為他掛了。不過這會兒他竟能用那麼輕盈的小跑步，緊緊地跟在我後面，我不得不承認他終究不愧為本校的一校之長。

我們很快就聽到梅爾里尼的怒吼，以及他用力敲門所發出的砰然巨響，有點像拿瓦雷茲[20]的電離（Ionisation）[21]來作發揮的簡單變奏曲，不過愛文瓊斯聽了應該也不會不喜歡就是了。桐邦契諾的出現讓樂理老師終於安靜了下來，因為他聽到有人隔著門在叫：「梅爾里尼！是您嗎？梅爾里尼？您在英撒根的房裡頭做什麼？趕快出來！」

「我出不去，」被關在裡頭的那個可憐巴巴地說。

「院長，是我把鑰匙折斷了，」我接著說，一面去指那半截還插在門孔裡的金屬。

「叫那個小鬼住嘴，」梅爾里尼喝道。

「他剛還想碰我，」我脫口而出。

「你說什麼？」梅爾里尼叫了起來。

「他剛說如果我不幫他把釦子解開，就等著被人家退學好

20　瓦雷茲（Varèse, 1883-1965）：法國現代作曲家。
21　瓦雷茲最為人知的作品，曲中使用了三十七種打擊樂器和兩支汽笛。

了。」

「別聽他胡說，您才應該來看看我在他房裡找到什麼！」

「您搜了他的房間？」

「是他把我關在裡面！」

「英撒根，快！你到門房那邊去，請阿岡潔蘿小姐打電話給鎖匠。」桐邦契諾說。

大勢已定，我贏了。我聽從院長指示，走到樓梯口時還聽得見梅爾里尼在那邊想扭轉情勢，好讓自己在這樁醜聞中站得住腳：「咱們校園裡正有人在策畫著一件不折不扣的陰謀。這裡有這個大衛斯，還有這個雞雞（Gigi）……雞雞什麼的……有一卷誰……誰的巴克的錄音帶，還有這個呆驢漏死（Thelunos）……呆力扭不死（Thelinius）……呆螺肉（Thelono）……」

5

先修班讓我成長，讓我拋卻在野地裡度過的童年，忘掉對音樂那種「太直覺」，甚至「太血腥」（這是學校裡另外一個老師對我的意見）的概念，儘管該教的保羅・杜杭特都已經教給我了。在唸先修班的那一年裡，我對拉撒路的友情，就像一條cantus firmus（固定旋律）。人的社會想把我納入它的懷中，然後把我毀掉，但它並沒有成功。

我對拉撒路有一種淡淡的情感，因為他和我一樣都有一種冷冷的、喜怒不形於外的調調，對他耳朵的靈敏度卻不太敢恭維（事實上，在他的認知裡，音樂發展到史特拉汶斯基[22]的《春之祭》（*Sacre*）以後就沒了，他根本拒絕讓那些爵士惡靈進入

22　史特拉汶斯基（Stravinsky, 1882-1971）：俄國作曲家，現代音樂奇才，被譽為音樂界的畢卡索。

音樂的殿堂，他嫌惡伯恩斯坦[23]，而曼紐因[24]那天晚上和艾靈頓的同台演出，也不曉得讓他記恨了多久才釋懷），對他的外表則有一種攙了妒忌的欣賞，因為他不但長得很漂亮，而且——我覺得——還在談戀愛。而且他的意中人不久也要成為我苦戀的對象。

她叫做婀莉婀娜·德·威爾吉利斯，這個名字聽起來就是常常翹課的感覺。每一堂課剛開始點名的時候，跟在這個名字後面的總是一陣沉寂，而我想要看到這個人的欲望也跟著愈來愈高漲。兩個禮拜之後，老師也累了，不再呼喚那個從來不回答他們的女孩子。

不只一次，我發現拉撒路一聽到婀莉婀娜這個名字時，就會有一種我剛開始以為是嚇一跳的反應，但那種反應馬上就會被他壓下去，所以你根本不會去懷疑背後到底藏了什麼玄機。有天下午，我們從學校餐廳——裡面都是那種水煮蔬菜的噁心味道——出來，我終於忍不住了，於是趁他在中庭走廊下面開始點菸時對他說：「拉撒路，我想要……」，他聽了便把那個象牙盒子遞過來。我吸了三口菸，然後把我的要求延到第二天。

同一天我回房的時候，發現擦鞋墊上擺了一張明信片，上

---

23 伯恩斯坦（Bernstein, 1918-）：美國指揮家、作曲家，致力推廣古典音樂，曾創作過通俗音樂劇《西城故事》等。
24 曼紐因（Menuhin, 1916-99）：美國天才小提琴家，猶太人。

頭註明要給「英撒根」，但沒寫我的名字。寥寥數行之後是發信人的署名，一見之下我差點跌倒：我手上拿著的竟然是一封我父親寫來的信——但這麼不正常的現象也沒再發生過第二次倒是。「我得到消息，說有個從前我在美國時候的舊識要來找我，」信上是這麼寫的：「不過你也知道我在我們家裡都是怎麼接待客人的……」他真的是寫「我們家」。我覺得喉嚨好像打了個結，繼續看下去：「如果這個人去找你，你應該馬上叫他滾，最好滾到芝加哥，總之愈遠愈好。你跟這個人一點關係也沒有，而他呢也跟你一點關係也沒有。他肯定只會給你製造麻煩。就這樣。」然後是簽名，簽名下面還有幾個幾乎看不清楚的字，讓我差點哭出來：「好好用功」。

第一次行動失敗後的隔天，我再度向拉撒路出擊。傍晚時我們到萬神殿那邊亂逛，天空下著毛毛細雨，我們邊走邊吃著咖啡冰沙，我打算到馬尼拿坡里路上的一家音樂書店裡去，至於我同學呢，我想他大概要回家。「跟我說說婀莉婀娜・德・威爾吉利斯吧，」我突然對他說。

「見鬼了你怎麼知道……？」拉撒路眉毛挑起來，臉拉得老長，整個側面硬梆梆得像根針：「我們從小就認識了。」

「她為什麼不來上課？」

「我們可不可以談點別的；我的意思是，我根本不想談這個。」

「你們兩個是一對嗎？」我又說，可以從他那遲疑的沉默中，從那眼皮的跳動上感覺到其實他很希望我繼續問下去。

「沒錯，正是如此。總之，你要這麼說也可以，婀莉婀娜是我的女朋友。」

「那為什麼……？」

「她家裡有人病得很厲害。她弟弟。」

「她的名字很美啊。」

「她弟的名字也是。明天見。」

我們在一扇大柵門前面分手。好幾個月之後，我才發現他那天晚上其實去了婀莉婀娜家。

到了四月底，我已經把那個不來上課的女同學忘掉了，一心只想趕快離開我的小房間、鋼琴和練習簿。一心只想趕快回家。那天早上，拉撒路・耶穌活來到我房門前輕敲了三下——這是我們的暗號——把我從一陣甜甜苦苦的昏沉沉中拉出來。

他人就在門外等我，身子靠在走廊裡的一扇大窗上，窗玻璃後面是一片栗子樹的綠意盎然，窗玻璃上抵著他的額頭。他一副惺忪的模樣，眼睛裡有眼屎，嘴唇上有裂痕。當他轉過身來握住我的手，我完全沒有想到要聽他說，也未曾從他那身黑衣裳察覺到有個生命剛剛隕落。「拉撒路，你可救了我。我沒有辦法……」

他抬起頭來，我就說不下去了。那張臉，彷彿一片被戰火蹂躪過的土地。過去那個徹夜未眠的夜晚，他不知流了多少眼淚，以至於哭到嗓子沙啞，說話聲音好像是從一支破掉的軍號裡吹出來似的：「你可不可以幫我一個忙，」拉撒路說：「陪我到一個地方去。」

「是婀莉婀娜嗎？」

他搖搖頭，沒有回答。我記得我們是搭電車去的，而我朋友那種無言的痛楚，讓我整個感官變得尖銳無比——你會覺得一切好像都變透明了，而那種可怕的沉靜和結晶似的奇準，絕對不會受到任何物體、任何思慮的動搖：我看見一堆瓦礫上有一頂女人的帽子，看見一個騎單車的老人，經過一間餐廳前面時聞見麵粉和炭火的味道，我啜飲陽光，並聽見一個小女孩在笑；終點站到了，我們下車，走上一條我不曉得會通到哪裡去的路，沿著熱鬧的環城大道，穿過一座公園的柵門，在一片荒廢的工業區裡走了半個小時，看到空地上一座未完工的教堂和一輛蔓草中佇立、自己也還沒搭起來的黃色起重機之後，拉撒路開始將事情始末告訴我。他聲音有時候會被淚水蓋過去，教他不得不住嘴。然後他又說：「婀莉婀娜不願意離開他，一刻都不願意。他死了兩天了，早上很早的時候，五點過去的。他叫做瑪岱甌，是她弟弟，今年十三歲，小我一歲，小我們一歲。」

停了半晌，又說：「他們一直把他留在家裡，沒有人相信他能撐這麼久，可我，我不相信的是他會死。那麼有生命力的一個人。莫哀你知道嗎，他病得愈屬害，生命力就愈旺盛。他愈來愈瘦，再也起不了床，甚至幾乎不能說話，但生命力還在那兒，完完整整，就好像再也沒有地方宣洩似的，完完整整地就在我們眼前，那麼美。瑪岱甌。他看起來再也不像十三歲，幾歲的人都不像。我餵他喝水，唸書給他聽。他家裡不想我太親近他。婀莉婀娜會通知我該什麼時候過去，我們三個才可以靜靜的，但大部分的時候她會走開不打擾我們。我跟他提起過你。他也愛聽你聽的那種音樂，他很喜歡一個彈鋼琴的叫做……名字我忘了。他家裡不歡迎我去，進他的房間，更別說他臨終前的那段時間。上個禮拜，我被他父親逮個正著，趕了出來。」

　　「為什麼？」

　　「他們認為這都是我的錯。」

　　「他生病是你的錯？」

　　拉撒路在我們剛越過的鐵道邊停下來。遠處轉轍器旁有個穿藍色工作服的男人在看我們。「我們那必死無疑的友誼……對重逢的死人……對重生的愛撫……對重來的笑聲……來說猶如生者之於亡魂……為生命之續宛如白晝繼於晨曦……必死無疑的友誼因太陽的攔阻……無法永恆當白晝憶及……其乃來

自虛無且虛無亦將至之際……」，拉撒路唱道，然後嘆了一口氣，一抹微笑閃過嘴角。

「這是什麼？」

「一首敘事詩。我幫它譜成曲。他都給我了，一疊又一疊的歌詞，詩和短篇故事。」

我們來到了一座墓園的入口，一片泥濘的谷地，上面插著零零落落的墓碑，墓園圍牆還沒造好的部分，則拉了幾條橘紅色的帆布。大門左邊，一塊看板釘在兩根樁子上，用黑色大寫字體寫著：「Roma per Roma」（羅馬的歸羅馬）。翻過土的陡坡上掛著一條小路，一輛推土機放連環砲似地吃力往上爬，吐出的煙幕被風壓下來，包住那個玻璃駕駛艙，讓它看來活像一種開了窗戶的奇怪棺材，正要被送到路盡頭的那個火葬間——也是整座墓園中唯一已經蓋好的建築物——裡頭燒掉。

差不多三百公尺外的地方，有一群黑色人影，站在一個土洞旁邊，土洞四周都是花束，花束上包著玻璃紙，亮晶晶的。

「我得先跟你說人家並沒有在等我們，」拉撒路踩著泥巴上那些一圈圈服喪中的陰影，直直往前走，頭垂得老低；那邊一個神父的長袍在風中掀啊掀的，兩隻手臂則上上下下地揮舞，好像正在教幾個剛從煉獄逃出來、還是學徒身分的天使怎麼飛，至於煉獄的出口，當然就是那個被菊花、白玫瑰和紫丁香塞爆了的土坑。一個年輕女孩子走上前，往裡頭丟了一件東

西，一朵花和一把泥土，然後退到那個不動如山的圈子外面站住，然後她發現了我們。

　　婀莉婀娜・德・威爾吉利斯看都沒看我一眼，她眼裡只有拉撒路，她的目光鼓勵著他上前，幾乎是攙著他地伴他跟跟蹌蹌越過橫在路上的土堆和水坑。我耳邊響著拉撒路的呼吸聲，當他回應了她的邀請並不疾不徐地向前走去時，我聽見他鼻孔中吐出來的氣息又更加沉重了，於是我盡量學他的樣子，兩隻手那樣輕輕地搖擺，步伐也和他的配合，腰挺得筆直，下巴抬得老高，忍住不去看自己的腳要該往那裡擺，結果好幾次都差點跌倒。因為婀莉婀娜根本沒把我放在心上——但我覺得那並非一種莫不關心的表示，而是她此刻的精神和心思都在別的上頭——所以我便趁著我們就要走到的最後幾分鐘，好好地把這個女孩子那種既可人又不苟言笑的外表，打量了一遍。我很好奇她那個額頭裡面裝的是什麼樣的渴望和夢想？什麼樣從容的見識？幾捲棕髮從她的軟帽裡冒出來，我在想如果能用手去摸的話是什麼樣的觸感，而在不久的將來這頭秀髮又會讓我聞到什麼樣的芬芳。我想像著她給情人說的俏皮話和香吻。我乞求她能賞我一眼，我發現她的眼珠子是藍色的。我臆想著她的肩膀、乳房、肚子、腰和臀部的線條，我多麼想將它們那種細膩據為己有，享受我根據她身體外露的部分和她那雙乳白色的纖纖玉手所描繪出來的優美輪廓。「你要跟緊我，」走到一半的

時候，拉撒路在我耳邊輕輕說：「那些人可能會對我們不禮貌。」

「他們要是敢的話，我就讓他們瞧瞧我的厲害。」

拉撒路一聽，咬了咬牙根，但沒逃過我的眼睛。也許那是他第一次意識到我那種混合了暴戾和殘酷的本性，就像一顆遲早要爆開來的不定時炸彈。婀莉婀娜抱住拉撒路，一隻小手覆在他的肩胛骨上，另外一隻在他的後頸上摩娑。我聽不見她在跟他呢喃什麼。當他們兩人身體終於分開來時，我有一種如釋重負的感覺。拉撒路繼續往前，婀莉婀娜和我則緊跟在他後面的左右兩邊，好像兩個證人，又像兩個唱詩班的孩子，分提著一條肉眼看不見、上面起伏著一千個輕顫的裙襬兩邊，然而我們之間只有微風徐拂。那種情景讓人覺得就像一個新娘，正一步步地走向一個祭壇，而那個祭壇竟是一個墓塚。不過這樣的想法我也是今天才有的，若說我當時就有這種感覺，那我就是在說謊了。那群戴著面紗和黑眼鏡，聚在一起的臉孔中，有幾個察覺到了有人正在接近他們，便讓了開來。我們於是很順利地通過，來到了那個裡頭都是鮮花的墓穴旁邊。

拉撒路從他的口袋裡掏出一本布面裝幀的小本書，一本里爾克[25]的詩集，我記不得是哪一本了，只記得那書和拉撒路形

---

25 里爾克（Rilke, 1875-1926）：出生於布拉格的作家兼詩人，被認為是德國現代最偉大的抒情詩人之一。

影不離，就像那個他隨身攜帶裝香菸的盒子，就像那只金色上面有個高音譜記號的 Zippo 打火機，還有那包永遠少不了的牛軋糖……那麼多的護身符，那麼多的象徵物，全都銘刻在我的記憶裡，彷彿把一堆毫不相干的花樣都集中在同一個徽章上頭一樣。拉撒路把書打開，找到夾在裡頭的一朵乾掉的紫羅蘭，取出來放在手心上一吹，那花往前飛去，然後成螺旋狀地飄落在那副棺木的棺蓋上。

過了一分鐘，拉撒路說：「永別了，瑪岱甌，」說完便走，循著我們來時在泥巴地上踩出的小徑。我繼續跟在他後面，很不放心地戒備著，覺得對方不會那麼輕易放過我們，一定還會有反撲，同時我的內心也在無言地呼喚著婀莉婀娜，發誓有一天一定得到她的青睞，她的細語。突然之間，婀莉婀娜的父親跑出來，跟在我們後面叫道：「拉撒路！拉撒路！你過來！」，我腦子一下子清醒了，轉過身去，站在那邊，一股好勇鬥狠的強烈快感湧上來。拉撒路沒有理會他繼續往前走。「拉撒路！」那人叫得又更大聲了，一面把遮在臉上的墨鏡摘下來。一個四十歲左右的老頭子。他朝我走過來，但我說不出他的表情究竟是驚慌、錯愕還是垂頭喪氣，我也不曉得要怎麼形容他那種衣衫不整、好像在夢遊的樣子，因為這個鞋子上都是泥巴、兩隻濕漉漉的褲管上都是污漬，朝我跑過來的男人，這個用著有氣無力的聲音在那邊叫我朋友名字的男人，這個男

人，老實說，已經不像個人了。他僵直地一直走到我旁邊，眼鏡掉在半路上。他來到我的面前時，我便擋著不讓他過。他比我高一個頭，體重整整多出三十幾公斤。我一隻手舉起來，不讓他過。「拉撒路！拉撒路！你瘋了……拉撒路！過來！」

他想要從我旁邊繞過去，我早就料到他那種三腳貓的假動作，所以他還是沒有辦法過我這關。「你讓開，」他說，想把我推到旁邊去：「拉撒路，你聽著……」

「莫哀！」我朋友突然大叫一聲，但我已經出手了，往對方臉頰上捧了個幾乎可以算是拳頭的巴掌。

「這算什麼……？」那人說，驚慌失措的，同時肚子上又挨了我一拳。他重重地跌在泥地上。然後傳來一聲怒吼，接著啪啦啪啦是從那些跑過來要助德‧威爾吉利斯先生一臂之力的人的鞋底下所發出的濺水和泥漿四迸的聲音，只見那些人一個個地滑倒，活像一群足球隊員，在大雨中踢著一場沒有球的足球賽，其中一半的人很快就倒下去了，另外一半則很吃力地在泥濘中前行。只有一個很魁梧的邊鋒單槍匹馬地攻了過來，但既然我已有心理準備要挨一頓好打了……未料那威爾吉利斯竟然伸出一條腿，該名猛將便倒了下去。「你跟他說……跟他說我很抱歉，」婀莉婀娜她爸接著說：「跟拉撒路說……真得很可惜……真得很……我不曉得怎麼……」

我們回去時是用走的，重新穿越過那張密密麻麻的鐵道

網，那片廢棄的空地，寧願不走大街走小巷。然後走到一處市場，在那邊的噴水池洗鞋子。

接下來幾天，上課點名時都聽不見拉撒路的答應。老師於是派我去通知他上課進度和下次考試的日期，但他家電話總沒人接。我便想說他們一家人可能臨時決定渡假去了吧。結果後來是塞提摩‧桐邦契諾告訴我的：他們搭船到厄爾巴島[26]去了。

26　厄爾巴島（Elbe）：位於義大利西部外海的小島，拿破崙第一次兵敗後被放逐於此，後逃脫。

6

　　我通常都會用一個大寫字母「Ａ」，來概括我在音樂學院唸書那年的各個階段，因為這個「Ａ」的形狀，很能夠呈現出當時的情況。再說好了，我覺得只有「Ａ」可以完整地把我這個故事的前因後果，以一種令人滿意的方式表達出來，而我那首沒有歌詞、沒有人聲的交響敘事曲，也只有像「Ａ」這種完美的對稱堪予以形容。

　　在此，我只需指出瑪岱颬安葬之後和拉撒路歸來前的那兩個禮拜裡，一些當時還潛伏著的力量也爆發出來了，幾個原先只能躲在幕後自憐自艾的角色，終於得到了上台演出的良機。那真是那一年的最高潮。那就像我們突然發現自己被推上人生的最高峰，同時所有的善與惡，所有的不幸，所有過去以及未來的光榮，全都聚集在一點，而記憶察覺自己其實能夠未卜先知，未來發現自己和過去並沒有什麼不同，於是我們開始巴不得趕快從這個讓人頭昏眼花的最高點下來，趕快忘掉那種登峰

造極的感覺，因為害怕自己一輩子只能像現在這樣一直重複下去，永遠沒完沒了。

一天晚上，我騎在平丘山（Pincio）[27]那邊的白色矮牆上，欣賞城市夜景。只見那些大紅、祖母綠和海藍寶石色的線條，一片汪洋似地在我眼前奔馳，而我耳朵裡唯一聽到的，是李斯特楊[28]那種和霓虹燈光影搭配得天衣無縫的次音薩克斯管。突然之間，一陣窸窣聲從我背後的石子路上傳過來，驚恐之際我只來得及抓起我的收音機，然後就被人丟到地上去。塵土飛揚中，一陣拳頭掄下來，剎那間我有一種似曾相識的感覺，問題是我那時人並不在我們家的屋頂上，聽的也不是公爵大樂團那種逐漸隱沒的回聲。撇開這兩個細節不談，我只覺得很不爽，恨自己這段日子以來怎麼變得那麼沒有警覺性，成了任人宰割的獵物。

阿尼拔打扮得活像輕歌劇裡頭的那種海盜船長，臉上還矇著一條圍巾，只露出一雙眼睛，在那方黑巾和帽子捲起來的前沿之間直直地盯著你。「我揍你！……揍你！……揍死你！……」，他咬牙切齒地咒道：「諾！這是給那個大衛斯的！……這個呢，這個是給那個什麼破鑼漏……呆螺肉

---

27 平丘山（Pincio）：羅馬的一個公園，可以俯瞰羅馬市區。
28 李斯特楊（Lester Young, 1909-59）：美國爵士薩克斯風手。

的……！還有這個，這個是給那個什麼掰客（Barker）[29]的！再來這個呢……這個是給那個混帳桐邦契諾的！全都拿去！」

我從來沒有那麼害怕過（那種感覺就像我這條命就只吊在一條線上，只要再撞一下，再捧個耳光，那麼拉撒路·耶穌活一回來，他那件黑衣服又可以派上用場了），那些拳頭還是掄個不停，即使梅爾里尼已經沒有爵士樂手的名字可以叫，也沒有話可以罵了，直到我終於雙手抱住他的腿，一口往他的腳踝咬下去。然後奇蹟就發生了。

我先是被梅爾里尼在地上拖了好幾公尺，接著太陽穴上被他踢了一腳，整個人滾了開去，聽到他說：「我的聲音！」。是這樣子的，我剛不是把我的犬齒插進他那個上面都是毛的皮肉裡面嗎？結果他就開始尖叫起來。他每往前跨一步，我便咬得愈緊，他便叫得愈大聲。我們這麼練了——我們倆的角色好像顛倒過來，老師竟跟著學生練起聲樂來了——大概好幾步，直到小路的中間，他終於將我甩開，抬起眼睛望著天空說：「我的聲音！」

我望著他那愈走愈遠，很快沒入小路矮樹叢中的背影，他好像對那股從他腳踝中冒出來的鮮血一點感覺也沒有，一跛一跛地朝波給賽花園的方向走去，一面對著那些排成一排的本城

29　掰客（Barker）：梅爾里尼又把Chet Baker的名字記成Barker。

偉人半身像大聲歡呼，告訴它們他的聲帶終於又恢復功能了：「我的聲音！我的聲音！」，每叫一次就升高半音。

我把收音機塞進口袋裡，扶著矮牆走到三一教堂（Trinità dei Monti）那邊，接著又花了一個多小時，一拐一拐地拐回學校，在我房間門縫下發現一張名片。

第二天，我從學校醫護室走出來，眼前還晃著那個年輕女人的兩隻奶子，她那件白色護士衫胸前鈕子解開的程度，會讓所有的男學生不是突然覺得自己患上了久年偏頭痛，就是會掏出小刀來削自己指甲。我拖著塗滿藥水、包著紗布和繃帶的身體，來到警衛室前面的那個投幣式電話前面，按下寫在名片上的電話號碼。話筒裡的發話訊號都還沒響，一個一個聽起好像生鏽了的聲音便問道：「誰呀？」。

「那你又是誰啊？」我回答。

「是誰想知道我是誰？莫哀？是你嗎？」

7

　　馬切羅・史特拉德拉走進我們學校，他那雙靴子的鞋跟篤篤格格地蹬在木頭地板上作響。我還沒看到他的人——姑不論他那個肚子和那種活跳跳的樣子，光從那對寬闊的肩膀，滑溜溜的高聳額頭，正中間一條從腦殼直下鼻梁、意味這人很會記恨的皺紋，一把染成棕色、亂七八糟的頭髮，一雙只會猜忌的眼睛，兩片紅通通、肉嘟嘟的下垂臉頰，就能看出他絕對是英薩根家（從母系而言，不然他姓的是史特拉德拉）的子孫——就先被他的古龍水嗆到，那股味道從車輛出入口那邊用一種很詭異的空中舞步，一直飄到我這邊來，和那個護士塗在我身上的紅藥水味混在一起。馬切羅就是這麼來到我生命中的：氣味帶出了人，人又引來了一連串凶險的枝節橫生，只不過這些波折並不像原先奧塞羅擔心的那樣，反而只對我一個人有利。

　　就他那方面來說，我不曉得他尚未見到正失魂落魄地坐在樓梯階上的我之前，是否就先聞到了消毒藥水的味道，總之，

他的直覺很準，所以馬上就認出我來了：「莫哀！過來讓我抱抱！」他說，也不給我時間反應，就把我緊緊摟在懷裡，把我渾身上下那些數不清的烏青和挫傷弄得心花怒放。「你都怎麼過的？」他說，這才發現眼前的不是一個因為分開十四年（至於什麼原因我就不曉得了，倒是他跟我說，他是第一個在我的搖籃裡丟上一把錢的人）所以應該很完美的莫哀，也不是那個眉眼之間有些特徵跟他和跟我父親長得一模一樣的莫哀·英撒根，而是一個剛從一場嚴酷的教訓中生還，得休養上好幾個禮拜，還得每天去那間貼著磁磚，裡面還有個假裝是護士的尤物在看守的小房間報到——當然這不是件苦差事啦——的莫哀。

「是誰？」馬切羅·史特拉德拉問：「是你同學？還是什麼流氓？」見我不答，又說：「英老爺，也就是你爺爺，咱們家的大家長，你名字就是他起的，他這會兒正在看著我們，只有這麼一個英家的人能夠像你我口風這麼緊的。我剛出道的時候，英老爺他呢，他教我的第一件事就是，如果你跟我說，就像你跟你自己說一樣。他跟我說：你對我不可以有祕密，因為我呢，就是你，所以你跟我說的每一件事情，就像你從來沒跟別人說過一樣，因為你是跟自己說的，因為我呢，就是你……」

「我明白了，馬切羅。」

「阿叔，你應該叫『阿叔』，我就像你叔叔一樣，對不

對？」

「馬切羅阿叔。」

「仔仔。叫我仔仔就好，『史家的小仔』。你這樣子是誰弄的？」

「我們樂理老師。」

於是我把馬切羅帶到房裡去。這樣他就可以從我渾身的傷口和一瘸一跛的步伐，看出那個修理我的人是用多麼大的熱情在完成他的任務。「Il pianoforte（鋼琴），」他望著靠在牆上的樂器說：「我還以為你會像佩比諾爺一樣拉小提琴，莫哀大師。」

從那以後，馬切羅就沒再用別的稱號稱呼過我，態度則是一種所有老佣人皆奉行不渝的倨傲的卑躬屈膝。「你告訴我，大師，這個教書的叫……」

「梅爾里尼。從前他是唱歌的。現在他的嗓子又好了。」

「他家裡應該也有鋼琴吧？」

「大概是吧。」

馬切羅坐在我的床沿，身體向前傾，看著地板上他那雙亮晶晶的靴子。「彈來聽聽，」他突然說：「莫哀大師，我想要聽你彈琴。」

「但我這個手……」

「沒有關係。用另外一隻手。這也是英老爺子教我的，我

什麼東西不是從他那邊學來的？連鞋帶怎麼綁都是他教我，但現在我只穿靴子，一想到這個我就傷心，你了解嗎？從前我每次綁鞋帶的時候，都會想到英老爺，每次我綁鞋帶的時候，因為是英爺他，你明白嗎，他……」

「我了解，阿叔。」

「你就想說有個人在你右手上穿了個洞，」馬切羅說：「這樣說好了，就算他把一隻手的半邊都打掉了，我是說你的右手，像奧塞羅的腳趾頭那樣有沒有，你也實在應該聽聽他是怎麼說的。『大自然給了我們一隻左手』，英爺說過：『一隻備用的手，這樣就不怕故障啦。』」

我給馬切羅彈了一支臨時想到的曲子。那是葛利格[30]的G小調敘事曲。這支曲子大概跟我阿叔那種都不說話的懷疑態度大概對峙了十二個小節，只見他脖子往前伸，上半身像道扶拱似地按在他那兩隻大手上。

「你在磨蹭什麼？熱身嗎？快點，不用跟我客氣。」

幾句理直氣壯，把葛利格和我那種輕聲細語的彈法給打敗了。我不假思索，換彈起一支F小調的俄羅斯詠嘆調，但舒伯特的命運跟他的同行比起來也好不上哪裡去。我看馬切羅手在那邊很不耐煩地拍啊拍的，便想說他需要的可能是一種比較明

30　葛利格（Grieg, 1843-1907）：挪威作曲家。

確的旋律線，於是指鋒一轉，改彈李斯特的被遺忘的華爾滋。

「再大聲一點，」馬切羅趁著兩個和弦中間的空檔說。

至此，我再也不任由偶然來提撥我的靈感了，也顧不得脊椎上的劇痛，彈指直攻沙替[31]的《蒂羅爾舞曲》（*Tyrolienne turque*）。待彈到第十一和十二小節之間的時候，我那位聽眾朋友再也忍不住對我說：「還有沒有再大聲一點的？你曉得我的意思吧？再大聲一點的！」

於是我開始用力敲起《交響練習曲》（*Etudes Symphoniques*）的最後一個樂章。馬切羅站起來，放聲大笑，一邊往我肩膀上拍下去，結果造成了一個原作[32]和演奏者都始料未及的不合諧音程。「對啦！就是這樣！」他說：「現在，再來一個更大聲一點的！」

「更大聲一點？不可能了啦，阿叔。」

「再大聲一點，再大聲一點！最好是可以讓耳朵都聾掉了的那種，你曉得我的意思嗎？我只想聽到鋼琴聲。因為剛才街上有一輛汽車經過，被我聽見了，」我那表叔說。

看來，整架鋼琴的七組八度音中，就只剩下一組可以用。我開始用指頭，然後用拳頭，用肘，用整條小臂，用力再用力

31　沙替（Eric Satie, 1866-1925）：法國作曲家和鋼琴家，其創作對二十世紀前衛藝術概念頗有啟迪。

32　交響練習曲為德國作曲家舒曼所作。

地去敲打那些最低音的鍵盤，聽著它們的哀號，把它們想像成是阿尼拔·梅爾里尼的人。我熱血沸騰地敲著那十幾個琴鍵，完全陶醉在此一替代復仇行動中，一面卻也不忘直踩右邊的延音踏板，好增加琴弦的共振。「對英撒根來說，沒有什麼是不可能的，」馬切羅終於說，不過那時我已經筋疲力竭地蓋上琴蓋了。「今天晚上記得打電話給我，我要和你好好地聚一聚，像你受洗那天一樣。不過，就像英老爺說過的，真正的洗禮不是在水裡洗的……」

8

　　我再見到馬切羅的時候是半夜。一輛閃著警示燈的大型黑色賓士轎車，開到校門口，停在我前面。車還沒全停下來，後車門就打開了，於是我登上那排真皮後座，和仔仔阿叔坐一塊。

　　那個司機，去時和回來一樣，頭從不回一下。我只能看見他的墨鏡，還有墨鏡和照後鏡之間的無窮反射，打在他皮膚上成了數不盡的流星飛逝。如果這人晚上這樣開車，還能看得到路，那我想大白天裡他就算戴著眼睛，八成也和個瞎子差不多。馬切羅則換了衣服和鞋子。這會兒他穿的是一件高領紅色毛衣，西裝外套和鐵灰色的褲子，腳上兩隻已經磨得很舊的普通牛皮靴子，還不時喜歡拿這隻去碰那隻，發出喀喀的響聲，然後說（因為我注意到了他的轉變）：「我今天被那雙鱷魚皮的磨夠了，出了三個水泡。你知道，每次不管去哪裡，我都會買一雙新靴子，然後馬上穿著走，好把它們穿鬆。不過這要幾天工夫，所以如果我不確定某家酒店的房間裡會不會有那種，你

135

知道，那些絕對不能少的小東西的話，我就絕對不會去住……就那種針線包有沒有，這樣我一進房間，就能很確定可以找到針來把我的那些水泡刺破。」

車子在聖天使堡（Castel Sant'Angelo）那邊過了臺伯河，又開了幾分鐘之後，便來到姜尼科洛（Gianicolo）山上。「不過想住那種房間裡有針線包的酒店，也得有能力才行，」馬切羅繼續說：「你也一樣，莫哀大師，以後不管你到哪哩，都要有能力買你喜歡的靴子，住高級旅館，然後要像英老爺說過的那樣，知道哪個時候該玩哪個時候該做工。這雙靴子就是我上工時穿的靴子。」他的話，配著那馬達的呼嚕呼嚕聲，在我聽來好像搖籃曲一樣，那種每一個有媽的孩子都知道聽起來有多舒服多讓人想睡覺的搖籃曲。從來沒有人給我唱過歌。保羅・杜杭特對我的愛，到晚上就沒了。在他的世界觀裡，搖籃曲不過是眾多曲式中的一種，他對它只有教學上的興趣，就好比他也會去分析巴旺舞曲[33]、嘉雅舞曲[34]和塔蘭泰拉舞曲[35]那樣。馬切羅・史特拉德拉消逝之前，雖然只在我生命裡出現過一

---

33 巴旺舞曲（Pavane）：十六、十七世紀在歐洲上流社會流行的一種社交慢步舞，一譯「孔雀舞」。
34 嘉雅舞曲（Gaillarde）：十六世紀在歐洲流行的一種通俗舞蹈和音樂。
35 塔蘭泰拉舞曲（Tarentelle）：義大利南部的一種傳統音樂，有人認為其源流可上溯至古羅馬時代的酒神崇拜儀式。

天——第二天，我就從他下榻旅館的門房口中聽說因為發生了一件意外，讓他不得不儘快趕回去——不過，就在那個數小時之間，多虧他對我表達出的情意，讓我在片刻之間覺得自己還是個有人疼愛的孩子。

司機季諾在一棟公寓前面熄了火，然後將車門打開。我跟著馬切羅鑽出車廂，往門廊的方向走去，那裡有一面鋁製的板子，上頭裝了兩排摁鈕。他一根指頭從標在頂端的住戶姓名一路往下滑：「梅爾里尼……」他叫道，然後，轉過身來對我說：「該你上場。」

「阿叔！你有沒有搞錯？」

「按鈴。」

我依言而行。對講機裡先是一陣嗶嗶剝剝作響，然後一個聲音衝出那些雜音的重圍問道：「請問哪位？」結果那馬切羅——我想英老爺子當初一定是用刺激反應法在訓練他的——竟然就拍拍我的頭，我只好說：「我叫莫哀・英撒根，我有話要對梅教授說，請馬上開門，否則……」然後那個電動鎖就喀啦一聲打開來，要我們繼續行動。「幾樓？」，電梯門闔上時，我問仔叔。

「四樓，」他低聲地說，一面很滿意地望了鏡子裡的自己一眼：「我們最好不要讓人家看見，」最後又檢查了一下他的靴子。

「可是仔叔，我剛跟人家說了我的名字！」

走廊盡頭，一扇門已經打開。我對躲在電梯裡頭的仔叔打了個暗號，告訴他可以出來了，然後就走進一個半明半暗的地方裡，牆上貼的都是照片（梅爾里尼扮鬥牛士，梅爾里尼戴龍套，梅爾里尼穿土耳其軍裝，梅爾里尼站在一艘威尼斯月船上，梅爾里尼進城，梅爾里尼下鄉，梅爾里尼趕牛群，一條長鞭捲起來掛在腰帶上），和一些演出海報（《波希米亞人》[*La Vie de bohème*]、《法斯塔夫》[*Falstaff*] 和《西部女郎》[*La Fille de l'Ouest*]），唯一的光源就是那架電視機，水般的光波盪漾在那些玻璃框和壁紙上。

一個女人坐在沙發邊上，留著藍色的眼淚。我慢慢地靠上去，擔心她會覺得我來意不善，擔心她一看到我的同伴，就會叫起來。但是，一直到馬切羅把門關上，她臉上都看不出絲毫的恐懼和驚嚇。「他還沒回來，」她說。

「那他哪個時候回來？」馬切羅問。

「您就是莫哀・英撒根？您看起來沒那麼壞嘛！請坐請坐，不要客氣。」

她邊說邊拿她睡袍那鑲了花邊袖子去擦眼淚。梅爾里尼的太太看起來比她丈夫還要大上二十歲，但我也很難相信這個女人是他的媽媽、阿姨或甚至姊姊。她那修長而輕盈的身材和阿尼拔的外表有多麼不協調，她那氣若游絲的聲音就多麼有說服

力，證明她這些年來一直和丈夫那些言語暴力對抗的結果，就是愈來愈沒有自我，彷彿為了和他那種雷公脾氣互補似的。「那您的這位朋友是……？」她問道，我那時則已經整個人掉進一張皮椅兩邊巨大扶手的中間，看著電視窗裡那些雪花點的中間，有一群野牛在原上奔馳。

「他……他是我的朋友，」我答道，一邊望著正在客廳裡繞圈，並不時用斜眼瞟著窗外的馬切羅。

「那他是做什麼的？您這位朋友？」

「他……他買靴子。」

「那很棒啊！」

「就是啊……他環遊世界，然後每到一個地方，就買靴子……然後……把靴子賣掉。」

我發現梅爾里尼太太脖子上戴了一條細細的銀鍊子，因為她用手去指了指自己的喉嚨，然後說：「阿尼拔欠您很多。」

她瞅著我，兩隻瞳子深處好像有一點燒紅的火星。「我找到鋼琴了！」馬切羅大叫，聲音透過好幾道牆板傳到我們這邊來。

我決定至少要像討厭梅爾里尼那樣去喜歡他太太，直覺得我們之間有很多共同的經驗和痛苦。一股憤世嫉俗的血液，以同樣的流速，澆灌著我們那受傷的靈魂，讓我們彼此靈犀相通，使我們的對話好像在談心。「但至少也有個人欠梅爾里尼

先生一些東西，」我對她說：「他不是曾經跳下水去救了一個快淹死的人嗎？」

「如果阿尼拔是個英雄，」她露出一個悲切的微笑：「那您這位朋友就真的像您所說的是個賣靴子的，而我呢，則成了聖熱內羅（San Gennaro）宮廷指揮、那個親愛的莫諾波利的直系後代，如此一來我們就成了親戚啦。」

「所以您都知道了……？」

「而且我還很小心沒讓他知道。我再說一個祕密中的祕密好了：您以為阿尼拔那麼勇敢跳到臺伯河裡救起來的人是誰？」

「是您……？」我說，突然間明白了一切。

「他把我從橋上推下去，然後救我上來。這樣他良心就安了……我們走在夜裡，夜沒有抵抗火的能力，我們注定被火燒死……那句話是怎麼說的？我想不起來了……In girum imus nocte et consumimur igni[36] 就這個！」梅爾里尼太太說：「很美吧，是不是？」

我聽不懂拉丁文，不過這位老婦人剛脫口而出的那些字眼，竟像是個預兆似的刻在我的心坎上。「這是什麼意思？」

---

36 這是一句拉丁文的迴文，正看倒看都是同一個句子，意為「夜深覓無路，終為烈火吞」。

「這種句子叫做迴文，」梅爾里尼太太說。「迴文？」我心裡正忖道，眼前便出現婀娜・麗紗繡在她那件洋裝內裡上的名字，手心裡還嗅得到她那扎著麥桿的頭髮氣味，那生滿細毛的皮膚氣味，那在夜裡、在水塔上閃閃發亮的皮膚。「這種句子，無論從正著唸倒著唸，意思都一樣，」梅爾里尼太太繼續說道：「我們可以從出口進去，從入口出來。事實上，這種句子會把人纏住，很可怕的，不讓你出來，如果有哪天你的想法完全被這些句子占領了，那就像活著的死人，就像……」

　　就在這個時候，一切彷彿都不存在了，只剩下節拍器的悶響，而莫哀・英薩根正在深淵裡打轉，既愈來愈低也愈來愈高，扶搖直上的同時又被一道地塹裡頭的那種深不見底的引力往下拉，就好像永遠處在一個與天空和地面等距離的點上，就好像我這條小命，全靠那個相信自己就快要碰到底的幻覺在支撐，但那個底卻跟著我往下掉，而且一直掉個沒完沒了，因為它下面是一片虛無；因為虛無，正是這整個塌落的物質基礎。

　　如今回想起來，我覺得我這輩子有好幾個關鍵時刻──其中有些已成過去，有些則尚未到來──在那一剎那間全碰在一起了。譬如說保羅・杜杭特用兩個錢幣，在管風琴鍵盤上跟我講人性是怎麼回事的時候。譬如說我知道我的愛人叫什麼名字的時候，或我在好幾年以後碰到雅森・奧黛力（Arsène

Othelys）的時候，或我讓拉撒路聽我那首敘事曲的那個晚上；我還可以舉上好幾個例子，事實上，這些時刻都和我那個一心一意只想將我的作品演出，否則絕不善罷甘休的念頭有關。後來，我曾經把這種恍恍惚惚、一動不動地往下掉的詭異經驗，講給拉撒路聽，他認為不過是一種強直性睡眠狀態，果真如此，那我覺得我那種一入睡就馬上醒過來的速度，應該已經創下紀錄，可以寫到醫學年鑑上面去了。事實上，當我又恢復意識時，聽到的是對方正在結束她的句子，這之中連一秒的漏失也沒有。

「⋯⋯像活著再也沒有什麼好奮鬥的，因為如果活著就跟死了沒兩樣，因為開始就等於結束，我們還有什麼可以指望的呢？莫哀？您哪裡不舒服嗎？您看起來好蒼白！」

「我想我可能要吐了。」

然後梅爾里尼太太便帶我去浴室。經過鋼琴室時，我看見仔叔靠在裡面對街的窗子上，正等著梅大歌唱家的歸來，他那件外套擺在鋼琴凳子上，手裡拿著一包 Gudang Garam[37]，一面吞雲吐霧一面吹口哨，菸灰往窗外飄。那是一支我非常鍾愛的

---

37 Gudang Garam：一種印尼產的丁香菸牌子。

曲子，《Don't get around much anymore》（不願再那麼放浪）[38]。聽著聽著，我就不想吐了；整個人還是伏在洗手台上，唯一的想望就是躺下來，躺在那兒，就在那塊浴室墊上，然後睡上一覺。我抬起頭。梅爾里尼太太的眼淚又來了，等在那邊，手裡拿著一塊毛巾。我聽見馬切羅走回客廳的腳步聲。她說：「別放過他。」

「莎莎？莎莎？」梅爾里尼一進門就大叫：「莎莎，妳一定想不到！他們打算馬上給我一千萬和一張合同。您是哪位？這人在這裡做什麼？」

「我是新來的經紀人，」仔叔說：「我是來聽您唱歌的。」

我一直沒有露面，暗中觀察著反射在客廳落地窗上的這一幕。梅爾里尼一如往常，不知該發一頓最火爆的脾氣，還是用最彬彬有禮的態度去對應。「噴！噴！」他說：「別那麼猴急！我才和赫爾‧奧特馬‧史海內（Herr Othmar Schreiner）吃過飯，他是目前歌唱界三大經紀人的其中之一。倒是，我不太確定是不是聽過您的尊姓大名，請問您是……？」

「我是從一個朋友口中聽說您聲音已經恢復了的消息。」

「完全正確，」梅爾里尼答道，渾然不覺仔叔的話中有異，只是樂見這個消息竟然已經在上流社會傳開來了：「當

38　Duke Ellington 的爵士名曲。

然，這沒有幾個月的苦練也是辦不到的。沒有人第二天就能夠把一座被炸毀的偉大古蹟重建起來，如果我可以這麼隨便打個比喻的話。」

「您愛怎麼打就怎打吧。」

「那麼，請恕我冒昧：您要給我開出什麼比史海內更有利的條件呢？」梅爾里尼說，因為興奮過度以至於整個人都抖起來了，下巴抬得老高：「可不是隨便什麼人就能讓阿尼拔·梅爾里尼乖乖就範的。首先，我必須曉得是誰在跟我說話。我不知道啦，有沒有什麼名片，上面註明了您的服務項目的？」

「跟我的話不用來這套，」馬切羅說：「您現在馬上就唱來聽聽。」

「嘖！嘖！我看透您啦，您要的是別人沒有的。」

「而且馬上就要，再說您該看的人不是我，而是他：莫哀大師！」仔叔這句話說得很有戲劇效果，不曉得是跟英老爺子學的，還是道上的習慣，或是他很喜歡好萊塢電影的關係。我走出去，梅爾里尼想溜，馬切羅一把捉住他的胳膊，推到我面前。「莎莎？」梅爾里尼喃喃地說，一面眼睛往四下搜尋，但人已經被仔叔一掌拍進走廊裡，又被他一路押到鋼琴間。「現在我姪兒莫哀·英撒根就要來給您演奏一種你們學校不會教的音樂，」馬切羅邊說邊將毛衣袖子捲起：「再說吧，如果不是我很敬重莫哀大師，我還真想知道在你們那間學校可以學到什麼！」

然後我兩隻手往琴鍵上一搪，樂器便像一頭受傷的野獸那樣咆哮起來。仔叔的拳腳開始像雨點般地落在梅爾里尼身上，把他的帽子都打飛了。我們就這樣四手四腳，演出了這首由鋼琴與毒打，弦與上勾拳，右腳踏板和左腳直踢所組成的曲子。梅爾里尼很快地也加入了我們的即興演出，用哀號來共襄盛舉（很可惜被我的琴聲遮住了，不過我想這也是我那阿叔的意思）。馬切羅就像艾靈頓公爵或貝希伯爵[39]那樣，一個人包辦主要獨奏和樂團指揮兩種角色，不時要我「再大聲一點！」，我當然也樂得滿足他，他怎麼削梅爾里尼，我就怎麼搞那架鋼琴。那真是一場空前絕後的演奏會。

　　等到我們要走的時候，仔叔氣派十足地在書架上扔了一疊鈔票：「給你們換地毯」。我根本不想知道我們老師在上了這堂歌唱課以後變成什麼模樣。梅爾里尼掙扎著想鑽到鋼琴下面躲起來，不過爬到一半便昏死過去。梅爾里尼太太早已不知去向，所以我們未能跟她致意就出來了。季諾接著踩上他那輛傢伙的踏板，讓馬達吼了起來，然後乘風御虛地把我們載回去。車子開到音樂學院門前的西斯多橋（Ponte Sisto）上時，連仔叔也不禁嘆道：「這車子的避震系統還真是要得！」

---

39 貝希伯爵（Count Basie, 1904-84）：美國爵士鋼琴家，與艾靈頓公爵同為三〇、四〇年代搖擺音樂的領導人物。

9

　　我跟拉撒路・耶穌活說我有個芝加哥的親戚來找，說我們到梅爾里尼家的經過，還向他揭曉了那個差點淹死在臺伯河裡的女人的身分，但他不信。不久之後，來了一件東西，讓我的話變得鐵證如山。那是一個從美國用快捷郵件寄來的包裹，裡面是「蛇皮製一雙」——總之馬切羅在那紙盒子上就是這麼寫的——我覺得很難看，拉撒路卻喜歡得不得了。不過，那鞋我穿太大，他穿又有點夾腳。

　　眼看學年就要結束，梅爾里尼不再現身，改由桐邦契諾給我們上樂理，我忍不住好幾次向拉撒路問起婀莉婀娜的近況，因為他一直會去找她，而且她爸為了取得他的諒解，也用盡了渾身解數，到後來連拉撒路都認為德・威爾吉利斯先生可能因為哀慟逾恆，所以才想要和兒子的密友言歸於好，藉此稍慰喪子之痛。一日晨間，在中庭走廊那邊，拉撒路說他很想知道有沒有人會都還不認識對方，就先愛上對方的名字。然後見我低

下頭，突然對那群正圍著瓜分一塊乾掉的牛角麵包的螞蟻發呆，便又追了一句：「沒錯，你是見過她，一次而已，在墓園那邊。只是我很難想像你會對誰一見鍾情，何況她那天的心思也不在這上面。」

「在你身上倒是有的。」

後來有天我跟他約在賽利蒙塔那花園——沒想到他竟然答應跟我去聽一場凱斯・賈雷特[40]的演奏會，不過我也打算如果這個連邁爾斯碰到時也要問：「How does it feel to be a genius?（當天才的滋味如何）」的傢伙都沒有辦法讓他服氣的話，我就不再勾引他了——但出現的卻是她，遠遠地，穿著一件會透光的洋裝，拿著一支小陽傘，正從一條石階走下來，四周流螢點點，彷彿她也是一隻螢火蟲。婀莉婀娜跟我握了握手，待玉指抽回時，第一顆雨珠也在她掌心裡摔碎了。當時我倆腦中浮現、口中脫口而出的都是同一個問題，連問的速度都一樣，只不過她的音調比我的高了三度：「拉撒路在哪裡？」，問完，兩個人臉上又接著露出了一模一樣得讓人意想不到的微笑，如此緣巧——上天保佑拉撒路這三個字吧——讓她不再搞不清楚狀況，讓我也不會再不好意思。然後，一場來得正是時候的傾盆大雨，讓我有機會一親芳澤，跟她緊緊地走在一起，撐著那

---

40 凱斯・賈雷特（Keith Jarrett, 1945- ）：美國鋼琴家。

支她幸好想到要帶的傘。

　　演奏會取消了。我們迎著一股潰散的人流往前行，走了不久，四周便只剩下我們兩個。雨看起來似乎沒有停的意思，但婀莉婀娜好像除了這支傘，不願有另外一個避風港、另外一片天，除了從這裡到隨便哪裡的直線距離，不願走別的路，除了我，不想要別人陪，不想要別的伺機湊上來的唇，不想要再一次說再見。我從婀莉婀娜‧德‧威爾吉利斯身上學到了所謂命中注定和有志者事竟成之說的華而不實，看到過眼雲煙所能帶來的幸福感受，學會了懸而未決的吻、突如其來卻毫不突兀的轉變──問題可以變成答案，笑聲變成抗議，在地鐵月台上時還想著出海兜風，兩站之後，又要你跟她嘴對著嘴跳舞（我們在她房裡，一動不動地像兩尊易碎、飢渴而得不到紓解的鹽雕），長篇大論可以變成韻腳很長的詩篇。她喜歡舞蹈勝於音樂，喜歡戲劇勝於舞蹈，她只愛高聲朗誦出來的文章和一些不喜歡明講的字眼。她談起她弟弟瑪岱甌的時候，好像他還活著似的，接著又幾個小時不作聲。對她而言，快感就是未完成的告白，就是作出一些小承諾並用肉眼看不出的方式加以違背，就是滿腔熱情或怒火地揮灑，就是欲火的消逝，這些，較之於那些太快被滿足的欲望、太早被看穿的結局和兜完的圈子之低俗無趣，判若雲泥。雖然她無論做什麼事情，都想讓自己更加完美，但其實她活得漫無目的。她想要改善的與其是她自己，

倒不如說是她周圍的世界，或至少是與她切身相關的那些。不管做什麼，她都要保有那份自由。她會從一個小時裡頭偷出片刻，然後再把那個片刻放掉。她和事物接觸的時候，一下子就覺得夠了，這種感覺，如果她不加以克制的話，很快就會讓她覺得噁心。「妳已經想回去啦？」我問她，那天晚上的流星多得數不清，她說：「留一點給別人好了。」

　　對她來說，有始有終並非像拉撒路所認為的那樣是一種無能的表現，而是一種罪惡。只不過要等到後面一點的時候才放棄。肚子裡總是要讓它還有點餓的感覺才好。所以，她在待人接物的想法上，無論一年四季還是夜深人靜，走的都是中間路線；從罅隙處去拿杯子，從葉脈處去撿葉子，用意外來打破沉默，用斷章來取義，話只說前頭，月只賞半邊，光看我剛生出來的笑，光牽我那還來不及反應的手。她凡事不求甚解，只要有個簡介，有個引子，有個入口，有個前言，有個前院，就非常滿意了，至於接下來的，讓給那些比較粗俗的人去好了。我還沒見過有人像她這麼會和時間玩的，她有辦法讓好奇心不再對未來好奇，將前因和後果的鏈接拉斷，單把她要的那個片刻拉出來，其餘皆無所謂，不過有時候她也會趁這一秒到下一秒的瞬間跑掉，而且她如果真想跑，那瞬間再如何有如白駒過隙，也沒有辦法夾住她，把她困在一個她覺得無聊的地方。她會把一顆葡萄切成兩半說：「我吃一半就很夠了」，然後把另

外一半給我；坐在劇院裡，兩隻眼睛一直覬覦著換幕的空檔（我的話則是用眼角餘光偷偷觀察她，希望她摸我一下，賞我個甜頭）。我們只去看過一次電影，中場休息時就出來了。

這位小姐最會丟三落四，最愛犯一些有心的無心之過，愛簽一些尚未開戰的停戰協議，愛過星期中的週末，愛在纏綿的時候喊停，愛把聲音截成斷斷續續。婀莉婀娜教我學會了耐性。和她在一起，我當下的存在開始變得具體。但如果把眼光放遠一點，從我整個生命的歷程來考量的話，我想當初自己對她在這份感情中的付出是有所誤解的。這些年來，我一直用我的方式，在各個時辰擦肩而過的路口，在各種光陰交會的匯流點上，尋找那個溜走的片刻。我是在我那首敘事曲中找到的，但我並未從此看清了存在的種種快樂和痛苦，反而是失去了愛我的人。如今，一切都必須重新來過。

我們幾乎每個晚上都見面，拉撒路從來不是個問題，至於他，也從來不會問我婀莉婀娜好不好。所以，當我最後打電話給保羅‧杜杭特，聽見他很興奮地跟我說再過不到一個禮拜，他就可以到車站的月台上接我，而我們總算又可以團圓時，幾乎掩不住心中的失望之情。

結業式是在學院的中庭裡舉行的，經過一整個早上的音樂會和演講之後，我在熱切的掌聲中，從校長手裡接過和聲學第一名的獎狀，一張上面綁了個紅絲帶的羊皮紙。我忍不住要特

別向觀眾席中的亞莉珊德莉娜‧阿岡潔蘿致意，結果打斷了她跟鄰座正在進行的談話，只見她突然閉上嘴巴，假裝咳嗽。

我永遠也忘不了我是怎麼站在車廂踏板上等著的，很擔心那個金屬般的聲音會隨時響起，宣布開車。一個小時前我已經和拉撒路道過別了，我們還在水槽旁邊一起抽了一根菸。他答應到鄉下看我，說他巴不得能夠和「狂人杜杭特」見上一面。他後來的確去了，但就像我這輩子司空見慣的，我得先等上好久。

我又遠遠望見她了，在六月底白花花的陽光下，從那些推車和行人之間朝我奔來。鐵軌上的車廂開始動了，而隨著它向前滑移的，一逕是那種線條模糊，那麼優雅、耀眼的身影——我的記憶老愛拿我們剛談戀愛時，婀莉婀娜‧德‧威爾吉利斯給我的那種仙女般的印象來跟我開玩笑。但不管我這個既任性又愛使壞的記憶是怎麼想的（顯然我在寫完這本書以前，還得跟它纏鬥上一陣子），她究竟和我會合上了。她跳上車廂踏板，緊緊地抱住我，列車已經發動了，我本來想很有尊嚴地表現出熱戀中的樣子，但最後只覺得妒火中燒，便跟她說：「接下來妳就是他一個人的了」。她忍住笑，在我的鼻子上吻了一下，低聲道：「你真的很笨」，然後往後一跳，降落在月台上，目送我帶著這個熱情的告白遠去。

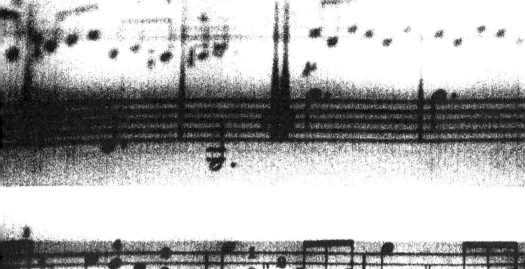
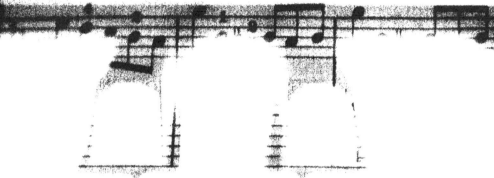

1

　現在，我要說的是那些神聖的時刻，in illo tempore（于彼之時［拉］）[1]，某名喚奧塞羅·英撒根者，重又成為我父。我要說的是一個時間不復存在的封閉時代。我會盡全力來描寫那種奇異的幸福感受。然後我會講到我父親的死，會講到拉撒路·耶穌活又如何在同一個時候回到我的生命中，以及我重返人間的經過。

　一隻蜻蜓在水面上滑翔。在這片凝滯的水面上，日夜的界線似乎是根據那隻昆蟲的飛行路線來劃分的，等到這兩條線碰在一起，也就是第一道陽光，像一支巨大鐮刀橫掃過大地的時候，蘆葦尖就會全部被染紅，所有的陰影部分頓時變得鮮明無比，一株羊齒植物因為葉緣的每一條曲線都被凸顯出來了，看起來分外玲瓏。飛行線和日夜線，一條往東一條往西，那

1　宗教用語，指太初之際，神話發生的時間。

蜻蜓和晨曦正朝著完全相反的方向行進，一個是趁白天回去睡覺前想再捕上一隻蟲子，一個則是到處驅逐黑暗，飭令它馬上遷移，將它趕出白日的國境。那些野獸受到煙燻四下散逃以免被火燒到的情景，也許就像這樣。蜻蜓的腳在這片格外光滑的水池上，這裡點點，那裡點點，絲毫不把那催著各夜行動物回去休息的陽光放在眼裡。我們以為夜很安全，最後卻被火焰焚毀，那個流著藍色眼淚的夫人是這麼說的。一團團的霧，或樹上掛，或在水面上游移，凡經過的地方都留下一顆顆露珠，但也終將消散。夜知道它的時候到了，便把它的霧收乾，將它的星辰吹散。

我會撕開一片尤加利樹葉，用手指捻碎，然後聞它留在我手心裡的味道，把那味道抹在身上。不然也會撿根小樹枝來剝皮，或趴在一截枯木的樹頭上數年輪，算算它究竟活了多久。或什麼也不做，就跪在地上等我父親檢查過那一串足跡，給獵槍上膛，然後吹口哨叫他的狗，一隻垂著舌頭，皺巴巴的黑色下唇上都是口水的牧羊犬。

我五歲的時候，就揹得動一隻很大的袋子和一個彈盒。八歲時，可以牽住那條狼狗。到了九歲，那條狼狗死了，我便代替牠的位置。十歲，我父親又訓練了一條狗，我也有了自己的彈弓。十二歲，我第一次有自己的槍。我們早上五點就出門，中午回來。晚上，我給我的槍上油。我們兩個輪流，一個拔毛

一個切肉，然後我去搬柴，他把手上的血洗掉，把火點起來。狗就吃那些腸子肚子，啃那些骨頭。第二天早上，我負責把還溫溫的柴灰清掉。下午，奧塞羅把他那幾百個空酒瓶全堆到那個掛在剪草機後面的拖車裡，瓶子摔碎的聲音乒乒乓乓地傳進我耳朵裡。他把地毯拿到院子裡抖一抖，我把拖把在水槽裡擰乾，燈泡換上，然後把那些髒被單用其中的一張綑成一大包，揹到洗衣間去，望著它們在泡沫中載浮載沉，他把窗戶全都打開，給家具全上了蠟，拿抹布到處擦乾淨，然後把抹布燒掉，我把窗玻璃全洗了一遍，給鉸鍊上了油，他把院子裡的落葉統統集中到噴水池那邊去，然後屋子便煥然一新。

記憶中的味道，包括了聞起來像胡椒的火藥粉、令人做噁的屍體、用醋洗的肉塊、滴在火炭上的油。聲音的話，有或遠或近的連環槍響、我家狗在興奮狂吠、奄奄一息倒在那邊的動物和一隻鳥落地時發出的悶響（鳥還沒死，我父親把它從脖子那邊抓起來，往地上一摜，讓它解脫）。至於顏色和質感，則全都是血，各式各樣的血色和濃度都有，從純黑到淺玫瑰，從像糖漿到像糖水，從血流如注到最後一縷如絲的膽汁。

睡前，我父親都會自己做鉛彈。他有一台專門的機器，旁邊擺著一堆填彈塞，紅色彈殼，鐵蓋和鉛珠，然後裝出一粒粒殺人不眨眼的槍子。他把他的材料都擺在廚房的桌子上，然後開始製造要用的彈藥，靜靜的，俐落地，臉上是安詳的神

情。手也不抖了。我就坐在他的對面，把裝好的槍子放進腰帶裡面。十號鉛彈用來打斑鳩和其他各式各樣燕雀。數目字愈小，鉛彈就愈大，到了六號簡直就像一根小棍子，用來打大型野禽。有天，我們打了三十隻雉雞，其中三隻被我拿去放在教堂門口。不過這種鳥就算打上一千隻，奧塞羅也不會滿足。我的意思不是說他貪得無厭，殺了一還要雙。我也不是說我父親嗜血成性，喜歡殺生。我必須強調，他是個很沉得住氣的獵人（當他不去打自己同類的時候），而他最溫和的時候，就是當他手裡拿著獵槍，槍托靠在肩膀上時。不過他有一個頭號敵人，夜裡，我會聽見他在叫他給那頭畜生取得名字：「星星」。

星星是一頭體積非常龐大，智慧非常高超的野豬。如果我有個弟弟，應該不是那個被鉛彈趕跑的女佣肚裡懷上的孩子，而是這位像我一樣，在如何製造災難以及肇事後安然逃逸兩項皆有傑出表現的野豬。我們兩個之間，存在著一種競賽。看誰可以最靠近那個我們共同的敵人並全身而退。看誰有辦法讓他比較佩服。看誰可以讓我父親發出最震耳欲聾、最模糊不清的詛咒，看誰的名字更常出現在他夜裡的叫罵聲中。

星星會定期發動攻擊，並不斷地變化攻擊策略和目標。有一次，牠用獠牙把工作間的門頂破，先把奧塞羅掛在牆上的工作褲扯下來，大大方方地在上面出了一陣恭，然後又跑到工具箱上面繼續拉。有天晚上，牠則是看上了那輛已經不會跑的汽

車（所以其中有一扇門一直是開著的），不但拿腳把後座撕得粉碎，還將車殼鋼板撞得坑坑疤疤。一年冬天，牠甚至有辦法闖進屋子裡。我家德國牧羊犬就是在那次來襲中遭到牠毒手的，牠還打破我們一整箱的伏特加。星星也喜歡找那個信箱的麻煩，用牠的方式來整理堆在裡頭的郵件——就是統統都吃掉——而且我非常確信到隔壁田裡亂踩人家麥穗，把稻草人挖起來的其實就是牠。那郵差第二天早上發現我躺在院子地上時，還誣賴是我幹的，不過這不是我第一次替那隻豬頂罪，再說，奧塞羅有好幾次也把我的恐怖行動算到那位獨孤俠的頭上去。

我唸音樂學院的那年，據說保羅‧杜杭特曾經看見牠在狩獵小屋附近徘迴，不過只在菜園子裡摘了幾朵花，吞了一個南瓜就算了。「上帝有先知約拿[2]，阿哈船長有條白鯨[3]，奧塞羅有星星，」保羅‧杜杭特說：「倒過來說也行，星星有牠的奧塞羅，莫比敵有牠的阿哈船長。就是可憐的約拿不敢和上帝作對，聖經裡應該安排約伯[4]去才是……」

我回答保羅‧杜杭特說，獵人和獵物沒那麼容易對調的。事實上，其中一個的名字是另外一個取的：「因為人覺得那畜

2　約拿（Jonas）：聖經中不願聽命於上帝的先知，後雖奉命但心中仍充滿懷疑。
3　指美國小說家梅爾維爾所作小說《白鯨記》中的主人翁即其欲殺之而後快的對手白鯨。
4　約伯（Job）：聖經中歷經考驗仍信仰上帝始終不渝的信徒。

生配得上一個故事和一個名字。至於那畜生……」

「……就把人吃了，」保羅・杜杭特說。

星星之所以被叫作星星，除了這個綽號和cinghiale（野豬〔義〕）的發音差不多，還有就是這也是我們在美國好些親戚的最後歸宿。他們之所以會被送到那個讓人毛骨悚然的地方坐牢[5]，是因為犯了另外一種我們——我是說我和我那個長了毛的對手——根本望塵莫及的罪惡。奧塞羅，就像一個要去打狼人的獵戶在槍膛裡裝上金子彈那樣，也給星星預備了一些特別的子彈，那是他用郵購跟一個專賣非洲狩獵用具的經銷商買來的。一共六個，分別插在腰帶扣環的兩邊。

我記得我們和那頭搗蛋怪獸一共交過三次手（至於第四次，也就是最後一次，我留到後面再來說）。第一次過招時我才九歲，有天早上霧很濃，我跟著那隻接了原來狼狗的班的布列塔尼獵犬，跑上一條小徑，結果被一叢野莓勾住了。我父親剛打下了一隻在空中飛的雉雞（雞頭被子彈活生生的射掉），而我的任務就是搶在狗的前面，找到屍體放進袋子裡（只不過最後總是被那條狗捷足先登）。眼見獵犬一如往常，一面嗅一面直取目標，而我卻還在跟那些張牙舞爪的藤蔓纏鬥。

5　指「星星監獄」（Sing-Sing prison），美國最大的監獄之一，位於紐約市以北五十公里處。

奧塞羅走上小徑，伸出戴著手套的手，幫我把那些黏在衣服上的枝葉拔掉，拔完了又繼續往前走。我的大腿和膝蓋都流血了。我們那個時候一起出去，他對我的照顧一向很粗魯。我看著他遠去，槍扛在肩上，然後就聽見背後傳來一陣嘀咕，那麼近，熱呼呼的鼻息伴著星星的招呼聲吹在我身上。我嚇得渾身發抖，沒有勇氣轉過身去。那隻畜生拿嘴在我褲子上擦了擦，發出質疑的低吼，然後不疾不徐地往前走去。我就算沒機會見到牠那對閃爍著狡獪的小眼睛，也把牠那副沾滿泥巴、毛茸茸的龐大身軀看得一清二楚了。野豬開始跑起來，愈跑愈快，消失在路的轉彎處。不一會兒，我父親的哀號聲便傳了過來，因為被星星撞到，掉進野莓樹叢裡。然後就輪到我上前幫他把渾身的刺拔掉。

到了我十三歲那年（婀娜·麗紗·達洛茲就是在那年游上她的小島，好讓我知道她叫什麼名字），奧塞羅一度還以為解決了他的死對頭。那時我們正要回家，袋子裡五彩繽紛地裝滿了折斷的翅膀，我父親一眼瞥見樹叢裡有野豬正急奔而去，在樹叢裡闖出了一條路。我們兩個同時舉起槍。槍聲響起時，後座力之猛，撞在我肩膀上，讓我覺得整個人都要碎掉了。那畜生倒了下去，發出尖銳的慘叫。但被奧塞羅一槍射進眉心的，不是星星。一隻普通的雜種而已，是星星的跟班，不過牠主子很快就來給牠復仇了。第二天早上，星星先是躲起來等我父親

出現，然後一聲不響衝出來，讓他連上膛的時間也沒有。牠從一處矮樹叢裡跳出來，將奧塞羅推倒在地，又是踐踏，又是用獠牙去拱他，自己的生殺大權反落入我的手中。我一直等到最後一刻，才把槍舉起來，對準牠的腦袋，子彈砰一聲地擦過牠的豬耳朵，把後面一截樹幹上的樹皮削去一大塊。星星跑掉。叫醫生來看，在我父親身上敲了敲，說假肋上裂了三條。我覺得很高興。

我們第三次打照面，是我返鄉之後的第三個春天了。我已經十七歲而我父親，眼見自己體力明顯地大不如前，腦筋也愈來愈不清楚（他的口吃再也好不了，就算喝上一個晚上的酒，手還是照樣抖），便不再找這個身高超出他一個頭的兒子的麻煩了。那頭獵犬對跑得上氣不接下氣的主人，忠心耿耿，常常走到河邊的一棵樹下喝水，讓奧塞羅能夠坐在樹蔭下，好好地灌上一灌摻了水的威士忌。我們停下來歇腿的次數變多了。我們在仲春時節的出獵，竟已沾上秋色，每一陣沉默，每一段追逐，每一聲槍響之後升起的煙雲，都好像在懷念什麼似的，懷念那些燦爛的歲月裡，獵物多得讓我們一排彈子打不夠，一口袋子裝不下，一個肚子消化不完。

我們那時在林子旁邊，星星從藏身的蕨叢躍出，茅頭直指奧塞羅而來。「Fotuto（幹[義]）！」我父親罵道，一面慢條斯理地瞄準。那頭野豬距離我們大該五十公尺，他甚至第一次沒

打中也沒關係。奧塞羅扣下扳機，把星星左邊耳朵的耳尖打掉。「爸！」，話才出口，我便將袋子和槍往地上一扔，不用人家說拔腿就跑。奧塞羅也立刻依樣畫葫蘆，因見那野豬身旁躍起一群虎頭蜂，往他頭上罩下。醫生又來，在奧塞羅身上拔下十四根蜂針，然後又幫他加了自己的兩針，把針筒收進醫生包，要病人至少一直到明天以前不可以動。我父親則是一張嘴腫得沒人聽得清楚他在罵什麼，醫生退出房間的時候還舉起帽子回答他說：「別客氣。」

一年到頭，奧塞羅在自己的土地上愛怎麼獵就怎麼獵，沒有什麼可以阻止他。話又說回來，如果他同他那些鄉巴佬同行一樣，誰也不把法定的狩獵季節放在眼裡，他倒是有一個自己的時間表，還有就是當候鳥要飛回去交配的時候，他也很自制，絕對不許任何槍口對著天上那些拉得鬆鬆長長的雁行開火。萬一有哪個不怕死的在這種時候到我家土地上放肆，就會變成他行獵的對象，而且這個可以合法（他自己定的法）打人的機會有多難得，這種獵物就有多好打。不是打獵季節的時候，我父親就打那些偷獵的人；如果都沒有人來偷獵，至少也還有我這個忠心耿耿的兒子可以讓他追著跑。至於星星，那就要看牠高不高興。牠會連續六個月不見蹤影，然後跑出來搞上一個禮拜的雞飛狗跳。和牠鬥，我父親總是輸，而我和牠，就像同一家公司的兩個輪班職員，輪流做著我們該做的事。

2

　我回來八年了。頭一年的夏天，我和保羅・杜杭特曾經發生過爭執，但後來他還是被我說服，儘管心不甘情不願，倒也不再重提搭火車的事情。

　雖然我在教堂彈巴哈，在狩獵小屋的鋼琴上彈貝多芬時，保羅都會高聲抗議為什麼他只能甘於獨樂樂，但其實他有一種解放的感覺，覺得自己正在參加一場盡善盡美的大型舞會，舞會中對對是珠聯璧合的佳偶：我的手和他的耳朵，他的指頭和我的聆聽，他的聲音和我的沉默；就好像在我們那旋律優美的友情裡，每一個動作，每一個表示，都能夠馬上在對方身上找到呼應，而只要我們兩個在一起，套句那個他有時會叫出來做證的哲學家的話，就可以構成「在各種可能性中最完善的世界」（le meilleur des mondes possibles）[6]。而我也差不多，除了在

6　指十七世紀德國哲學家萊布尼茲（Leibniz）的樂觀主義，認為凡事皆為讓此一

那座小丘和這片樹林之間，在那架管風琴和這台 piano forte（鋼琴）之間，這輩子再也不會想到別的地方去了，就等保羅‧杜杭特死後接替他的位子，然後也許像他那樣，盼著有天有個小孩會找過來，讓我後繼有人。

我再也沒有城裡的消息了。婀莉婀娜已經很久沒給我寫信了，因為她寫來的信全都沒有回音。拉撒路‧耶穌活在我生日那天會打電話到狩獵小屋那邊給我，但日子一久，話也變少了，我們都變得不曉得要跟對方說什麼，除了「時間過得真快」、「我們再見面的那天一定有很多話可以說」之類的台詞。仔仔阿叔倒是每一年，都會用他的獨特方式，寄一雙新的靴子給我，收件人的姓名寫著「杜杭特大師代轉英撒根大師……」，我想如果可以的話，他一定會毫不猶豫地也幫地名、國名甚至郵遞區號全冠上「大師」的稱謂。那些靴子，不是太大就是太小或在我的眼裡看來太可笑，不過我都會小心翼翼地保管，像個戀物狂那樣。

奧塞羅追蹤星星，阿哈船長跟在莫比敵的屁股後面航行，上帝派了一條魚來消化約拿和他的大不敬，保羅說。他應該繼續數下去的：馬切羅‧史特拉德拉專門捕靴子，而他，保羅‧

由上帝所造之最美好世界更加美好而存在。後法國哲學家伏爾泰（Voltaire）曾作小說《贛第德》（*Candide*）加以諷刺。

杜杭特，他自己還不是拿著阿勒芭的那份曲譜，翻來覆去，彈了又抄，抄了再彈，一刻不停息。

　　八年前我看過那份手稿之後給他做出的建議，並未馬上開花結果。我們不能奢望一個十七世紀時候的畫家看到波洛克[7]的潑彩畫或克萊[8]的藍色時會露出一副陶醉的樣子。但這麼比其實沒有什麼意思：難道保羅·杜杭特的指頭尖從沒見識過什麼叫做李蓋悌[9]？當然有，所以這其中的矛盾其實是更深刻的，它有一種雙重性，就像同卵雙胞胎或連體嬰那樣，因為極端的相似和極近的親緣讓它們彼此幾乎沒有辦法溝通。「現代物理也有同樣的困境，」拉撒路跟我解釋道，無可奈何的語氣：「至於未來，不是掌握在那些只曉得在中間牽線的人，而是在那些有辦法拋開分離意識的人手上。這些人明白就算我們會用很愚蠢的方式來給音樂分類，彰顯音樂內部的不協調，甚至很大膽地把一個看成應用數學，另外一個說成患了節奏上的弱智，但事實上音樂就是音樂，音樂從來沒有分過家。」

　　就好比下雨，如果是傾盆大雨，最後還是會滲透到最防水的地裡面去。我要保羅·杜杭特聽的那些作品就是這樣一層又一層地鑽進他的音樂教育中：葛利果聖歌和音團式記譜層，

7　波洛克（Pollock, 1912-56）：美國抽象畫家。
8　克萊（Klein, 1928-62）：二次戰後的法國前衛畫家。
9　李蓋悌（Ligeti, 1923-）：匈裔奧地利作曲家。

吟遊詩人層，複音音樂剛興起的那一層，聖母院樂派層，Ars Nova（新藝術）[10]層，蒙台威爾第層[11]和呂利層，康塔塔層和清唱劇層——我說到這裡就好，因為如果我得一直挖到偶然音樂或甚至更後面，我永遠也挖不完——那種滲透之深，結果是好幾年以後，連那聖殿中的聖殿，也在無意之間被那些搞偶像破除的傢伙一夕攻陷。某個星期天，保羅‧杜杭特在用過午餐並小憩片刻之後問道：「我把那張唱片放到哪裡去了？」

「什麼唱片？」

「就蕭特那張。」

我幫他把那張黑膠唱片找出來，他便一直聽到天黑。一下子躺在沙發上，扭著腳踝打拍子，一下子又圍著那張沙發繞圈子，陷入深深的冥想，連我問他要不要來杯咖啡都沒聽見。他那種腳步雖可以稱之為走，但其實跟跳也差不多了。保羅‧杜杭特就在那張上頭擺著碎花靠墊的老沙發椅四周跳來跳去，而我根據他那種打著切分拍的點頭狀，那種用手拍大腿，那種突然停下來的樣子，就知道他特別喜歡的是哪一條旋律線，哪一種樂器。他對節奏，對那些小鼓上那些十六分之一拍的鼓點和

10　音樂史上的新藝術是相對於十二、三世紀的「古藝術」（ars antiqua）而言的，指十四世紀前半葉在法、義兩地流行的複音音樂風格。新藝術在記譜法和節奏上都有重大突破，對後來的西洋音樂發展影響甚鉅。

11　蒙台威爾第層（Monteverdi, 1567-1645）：義大利作曲家、小提琴和歌唱家，一般認為他是歌劇的主要創始人。

鼓刷掃出來的聲音，對打擊樂器和低音提琴之間那種心有靈犀一點通的對話，特別專注，而就像穿過枝葉的斜陽會更加璀璨那樣，我感到一股無與倫比的快樂，因為我知道我這朋友會突然這麼狂熱不是像發燒一樣過了就算了，這其實意味著一個很漫長的覺醒過程，一場內心審判的結束，結果爵士樂不但被宣布無罪，而且是徹徹底底地獲得平反了。

等到他第六度重聽那張唱片時，保羅‧杜杭特也想到我的肚子可能餓了，便問我願不願意回家一趟，幫他拿一些錄音帶過來，他也趁機準備晚餐：「要幾捲同一個樂派的作品……然後摘幾片羅勒和迷迭香進來。」於是我從農莊那邊再回來時，便把手提箱放在草地上，跪在菜園子裡找他要的香料。狩獵小屋被壁爐的火光照得通明，艾靈頓公爵，查爾斯‧明格斯[12]和馬克斯‧羅區[13]正在裡頭互道甜言蜜語。

我想我這輩子還沒那麼晚睡過。那些爵士樂手和標準曲目，好像表演一場 home cookin'（家常菜）似的，一一出場，錄音機上的錄音帶也愈堆愈高。保羅‧杜杭特又開始圍著沙發跳起舞來。「這個吹薩克斯風的是誰？」他問：「這個彈吉他的叫什麼？……這個作曲的又是誰？……這個樂手叫什麼名字？」

---

12 查爾斯‧明格斯（Charles Mingus, 1922-79）：美國爵士樂手兼作曲家，擅長低音大提琴。

13 馬克斯‧羅區（Max Roach, 1924-）：美國爵士鼓手和作曲家。

「荷比・尼可思[14]。」

「荷比・尼可思，」他跟著唸，那樣子活像在覆頌傑克・雄比昂・德・雄邦尼耶[15]的貴姓大名。「那這個唱歌的女人又是誰？」

「莎拉・芙恩[16]。」

幾個小時下來，我覺得自己好像成了一個瑪哈布[17]，站在滿目瘡痍、剛被一幫奴隸販子洗劫過的村子裡，我的記憶就像一棵大樹，只有我尚未忘記過去的歷史；我的徒弟保羅，滿心虔誠地聽著先人的事蹟，從開天闢地一直到此時此刻。

路易・阿姆斯壯[18]和他的妻子莉蓮[19]，私生過三個小孩，他們分別是強尼・多德斯[20]、歐瑞小子[21]和約翰・聖西爾[22]，第二次

14　荷比・尼可思（Herbie Nichols, 1919-63）：美國黑人爵士鋼琴家。

15　傑克・雄比昂・德・雄邦尼耶（Jacques Champion de chambonnière, 1601-72）：法國大鍵琴家。

16　莎拉・芙恩（Sarah Vaughan, 1924-90）：美國爵士女歌手。

17　瑪哈布（marabout）：伊斯蘭教中的苦修士。

18　路易・阿姆斯壯（Louis Armstrong, 1901-71）：美國著名爵士小喇叭手與歌手，對爵士樂的流傳貢獻甚鉅。以下提及人名皆是一九二〇年代阿姆斯壯於芝加哥先後組成的兩支樂團「火辣五人組」（The Hot Five）與「火辣七人組」（The Hot Seven）的團員姓名。

19　莉蓮（Lilian, 1898-1971）：美國爵士鋼琴家與女歌手。1924年與路易・阿姆斯壯結婚後，成為火辣五人與七人組的專屬鋼琴手。兩人於1938年仳離。

20　強尼・多德斯（Johnny Dodds, 1892-1940）：美國爵士樂手，擅長單簧管。

21　歐瑞小子（Kid Ory, 1886-1973）：美國爵士樂手和樂團指揮，擅長伸縮喇叭。

22　約翰・聖西爾（John Saint-Cyr, 1890-1966）：，斑鳩琴演奏家。

再娶時又生了海納斯伯爵[23]、吉米・斯壯[24]、佛瑞德・羅賓森[25]、祖逖・辛勒頓[26]和曼西・卡拉[27]，接著這些人又生了……如此代代相傳，從妓院到賭場，從亞伯丁到皇家花園咖啡館[28]，從錫盤巷[29]到明頓玩具屋[30]，從two-beat（兩拍）[31]到bop（砲）[32]，從be-bop（比砲）[33]到cool（酷）[34]，周旋於拉皮條的龜孫、挑三揀四的

23　海納斯伯爵（Earl Hines, 1903-83）：美國爵士鋼琴家。

24　吉米・斯壯（Jimmy Strong, 1906-41）：美國爵士樂手，擅長高音薩克斯風和單簧管。

25　佛瑞德・羅賓森（Fred Robinson, 1901-84）：擅長伸縮喇叭，於1928年加入「火辣五人組」。

26　祖逖・辛勒頓（Zutty Singleton, 1898-1975）：美國爵士鼓手，「火辣五人組」成員。

27　曼西・卡拉（Mancy Cara, 1900- ）：「火辣五人組」成員，善彈斑鳩琴。

28　皇家花園咖啡館（Royal Garden Café）：位於芝加哥城南的一家舞廳，二〇年代路易・阿姆斯壯剛出道時曾在此演奏。

29　錫盤巷（Tin Pan Alley）：位於紐約曼哈頓，是十九世紀末、二十世紀初美國流行音樂工業的大本營。

30　明頓玩具屋（Minton's Playhouse）：四〇年代在紐約很有名的一家爵士酒吧，許多爵士樂手收工後都會結伴到明頓屋做即興演奏，比砲爵士風格就是在這種氛圍下逐漸形成的。

31　two-beat（兩拍）：即僅演奏四拍樂曲中的兩個強拍，是早期爵士樂的節奏特色之一。

32　bop（砲）：四〇年代流行的一種爵士演奏方式，強調即興和個人表現，對後來的爵士樂發展影響頗鉅。

33　be-bop（比砲）：砲爵士bop的另外一種寫法，有人認為bebop是一個擬聲詞，模仿該種曲式一開始或結束之際各主要樂器合奏時會出現的一種獨特的雙音節樂句。

34　cool（酷）：四〇～五〇年代在美國西岸加洲形成的一股講究輕柔平滑的爵士樂風，和東岸的狂熱急躁的砲爵士恰成對比。

妓女、放在鋼琴上的槍、販毒的樂迷和嗑藥的樂手之間，於是保羅‧杜杭特想到漢堡那些低級酒吧裡的布拉姆斯，想到莫札特和席卡內德[35]，以及那條據說在彼個天寒地凍並且下著雨的清晨裡還一直跟著他棺材走的狗，想到舒伯特的梅毒還有他那些在煙霧繚繞的地下夜總會裡度過的夜。五點的鐘聲響了。保羅用一杯雅邑白蘭酒（armagnac）來下《So What》（那又如何），然後為《Blue in green》（綠中藍）[36]留了一滴眼淚。我在沙發上打瞌睡。臨睡著前，我看見我的朋友，膝蓋上放著阿勒芭的手稿，渾身發抖，神經兮兮地咯咯笑，沒辦法說一句話。那不計其數又前所未聞，連續響了一整夜的新生吶喊，讓他變得興奮無比，再加上疲倦的關係，致使他的臉上出現一種宛若凶神惡煞的表情。他有種如釋重負的感覺，也許終於找到這部神祕作品的解答了，這樣的想法讓他倒了下去。他沉入一個沒有夢的睡鄉裡。

---

35 席卡內德（Schikaneder, 1751-1812）：奧國藝術經紀人，在莫札特最窮困潦倒時幫助他完成生平最後一部歌劇《魔笛》的創作。

36 《So What》和《Blue in green》皆是小喇叭手 Miles Davis 與薩克斯風手 John Coltrane 於 1959 年所合作錄製的名碟《King of Blue》中的曲子。

3

一個小時以後，我們被一聲鳴槍的巨響吵醒。「奧塞羅！」我跳了起來，好像有根沙發彈簧突然將椅背的布面給刺穿了似的。「怎麼回事？」保羅迷迷糊糊地問一聲，又繼續打他的呼。我匆匆忙忙奔出去，連門都沒關，那支開了一整個晚上的手電筒也忘在櫃上，結果就是我只能用摸的，時而放膽時而蹎蹌地往前走，在那個看不見樹木，也看不見任何障礙的林深處，光靠身上感覺到的一堆亂刺或一陣輕撫，來分辨那是野桑葚或熊果。我抄了一條應該可以通到河邊去的近路，正在好幾條假設路線之間猶豫不決時——那種黑黑到我伸手不見五指——才驚覺自己迷了路，就突然聽到那條布列塔尼犬跑過來找我的聲音。

「你在哪裡？」我父親立在陰影中問，我很快地望了那些陰影一眼，發現它們全都融化了，融成平坦得沒有底的一片。完全沒有半點悶響、半點碰撞，半點枯葉或枯枝的碎裂聲通知

我接下來會聽見他的聲音，那麼低，那麼靠近，好像說話的是黑暗的自己。我嚇壞了，嚇得說不出話來，而今天我也明白，當年，在那個天亮前的森林中，面對一個看不到在哪裡的父親，我錯過了唯一一次跟他說對不起的機會。

「這是你的槍，拿著，」他把東西遞給我，但在夜裡我甚至沒有辦法分辨他臉的輪廓。我開始渴望見到那張臉。他的臉就在我觸手可及之處，只隔著一柄槍托和一條槍管，槍管後面就是我父親的臉，我實在應該去摸摸他。我只想跟他交換一個眼光，但這樣的眼光我卻求之不得。我聽見秒針在他手錶玻璃下面轉動。我還是沒有辦法開口跟他表達我的悔恨，跟他說我了解他的傷心，說我再怎麼樣也不會想要第一天就放他鴿子。但我只能在內心吶喊，然後我就聽到他遠去的步伐，後面跟著那條狗。

其實他前一天還特別提醒我，說會照往常一樣，時間到了來敲我房間的牆。我昨晚本來也應該在家裡準備第二天要用的東西，這是我們這一季第一次出獵。不過我回家拿手提箱的時候，並沒有看到他，而且我那時一頭熱，根本忘了時間——我們的時間——到了，儘管他當天早上才跟我說過，儘管我上樓時也看見獵槍都拆好了擺在廚房的桌子上，儘管我十五年來從未曾失約。但我真得很好奇他如何在一片空無之中知道我的方位，又如何找到我，一聲不響地靠了上來，把槍交給我，如果

他不是天生有一種看穿黑暗的超能力——就像我光靠讀了一頁樂譜就能打破自閉症那樣——的話。他不曉得有沒有看見我正拄著我的槍，像一根盲人專用的枴杖，尾隨他走在小路上？還有，我那滿臉的驚訝錯愕，也被他盡納入眼底了嗎？他是否能夠了解夜已經從我的嘴巴鑽進去，在我的喉嚨上打了一個結，而且，在什麼都看不到的情況下，我也成了一個啞巴？

我記得那天我等了很久才等到天亮。我期待曙光就像一個傷患巴望著第一批救護人員的出現。我等著接受自己什麼都看不到的事實，我覺得雙眼好像被一塊黑布罩住，而原來恢復聲音的代價就是從此失去光明。我好像看到一條白線，從下面竄上來，然後消失。接著是幾千道漫天飛舞的蒼白閃光，愈飄愈遠。一顆星星轉眼之間便在我的眼角消逝。另外一顆斜斜飛過去的，也遭到了同樣的命運；這是一群子虛烏有的螢火蟲所演出的芭蕾，這是那些蜉蝣在天亮以前的最後一場舞蹈，是夜精朝著迷路人眼皮上扔出的火球。

In girum imus nocte et consumimur igni（夜深覓無路，終為烈火吞），那個眼中泛著藍色淚光的太太呢喃道，而我覺得過這夜就好比在唸一個不在乎開端和結束，也無所謂是暮靄是晨曦的句子。有張嘴張了開來，說出這個句子，說完嘴也不闔上，繼續張著重說一遍。那張嘴，就好比一根被雙手握著的燒紅木棒，棒上還冒著煙，或是兩塊燧石中間生出的一個星點，

引燃了一團和白天一點關係也沒有的太陽——我很好奇那個史前人眼見著這朵自己製造出來的火焰愈攀愈高時，會有什麼樣的感覺？他會想去把它弄熄，因為覺得自己不該和天比高，怕受到天譴？還是說，因為膽敢挑戰太陽，以至於喪失理智？我又想起那兩塊擺在管風琴鍵盤上的銅板，還有保羅·杜杭特像個魔術師似的手一揮，它們就不見，一齊跑進他的掌心裡，碰出錚錚的聲響。

我一直跟在我父親和那條獵犬的後頭，四周是無邊無際的夜，我靠著耳朵往前走，對自己的眼睛是睜是閉也已經沒有感覺，腦子裡開始浮現一些場景和樂章，或是一齣未完成的戲，或是一首還沒被人作出來的音樂，或是我那首還在蘊釀中的敘事曲；我正在威尼斯的一座劇院裡，聽阿尼拔·梅爾里尼高歌《善變的女人》，懸在鋼琴家頭上的巨大水晶吊燈開始咯咯咯地打顫，然後吊索的那些鋼環就爆裂開來了。當激流在那塊河中礁石上激起無數墜落的晶瑩水花時，發出的也是同樣的聲響，然後我又回到我的房間，發現啊娜·麗紗的名字就繡在她那件洋裝的內裡上，然後我又回到斯濟蒙的床前，他的床擺在另外一個房間的最裡面，旁邊點著蠟燭，斯濟蒙正在斷氣，兩個問題砲彈似的從兩邊夾射過來（「我們要給那孩子取什麼名字？」馬切羅問，奧塞羅則說：「珠笛思，她後來怎麼了？」），我祖父則吐出了三個後來成了我的名字的字母。我又想起啊娜·麗

174

紗，黃昏時我們肩並肩躺在水槽上，她喃喃地唸著我的名字，用她的說話方式（「Eom」），然後是電視機前面的梅爾里尼太太，她好像凱那維爾中心[37]裡頭一個正在倒數計時的工程師那樣，跟我解釋什麼叫做「迴文」：「我們可以從出口進去，從入口出來。事實上，這種句子會把人纏住，很可怕的，不讓你出來，如果有哪天你的想法完全被這些句子占領了，那就像活著的死人，就像……」

黑夜中我跟著我父親，我父親則跟著黑夜走。天終於亮了，並且是真的亮，而非我視網膜上的幻象。一片晨霧中，我的言語能力也恢復了：「水壺給我。」奧塞羅一聽，轉過身來，把那個凹凸不平的鐵壺摘下，遞了過來。我見他戴著他那頂條紋軟呢帽，狗在他大腿中間跳來跳去，兩隻前腳舉起來，汪汪地尖叫。狗主人便伸手往口袋裡摸了摸，摸出一塊麵包扔給牠。天還沒全亮，那條布列塔尼犬接了麵包開始啃將起來，聲音非常刺耳，刺得我幾乎要覺得痛了，而黎明卻又那麼地靜——除了一隻在東邊嗚咽的貓頭鷹，再沒別的聲音——狗咕嚕咕嚕地把麵包吞了，然後在我們腳邊的地上聞來聞去。「我可以感覺到牠，」我父親說：「我可以感覺到牠，就好像牠已經在那邊流血，好像牠嚇得拉得自己渾身是屎。我可以感覺到

37　凱那維爾中心（Cap Canaveral）：位於美國佛羅里達州的太空梭發射中心。

牠，就好像牠已經完蛋了。牠這會就在很近的地方，正繞著我們打轉。」

他的身影在晨霧的光暈中看起來很猙獰，好像鬼一樣。「也許牠已經死了，」我說：「你為什麼會覺得……？」

「我不是還活得好好的嗎？」他答道，白煙從他嘴裡冒出來。我那時候才意識到氣溫有多低，手都凍壞了，於是往大腿上拍了拍。「我是一個很老的獵人，」我父親說：「但如果我還活著，牠就也不會死。我跟你說我可以感覺得到牠。」

說到這裡，他突然失去平衡，整個人往旁邊一歪，肩膀重重地撞在一棵攔住他去路的小尤加利樹幹上。他抓了一根樹枝穩住重心，獵槍揹帶滑落至肘關節處，槍枝前後搖擺了好幾下，槍管才被我捉住。但我並沒有過去扶他。他往矮樹叢中吐了一口痰。「一個很老很老的獵人，」他說，一面想藉著那根樹枝站起來。然後拉了拉他那頂滑到額頭上的軟帽，又吐了一口痰。這一次，我發現痰裡頭有一條血絲。所以不是因為霧大遮去了晨曦，才讓他的臉色看起來好像發黃的琺瑯，一種像沒加工過的象牙或野豬獠牙的土灰色，而他眼神裡的那種澄澈，那兩顆亮好像玻璃球的眼珠子，也不能歸功於因為現在是早上。「是你叫醫生來的嗎？」他問。

「不是。」

「那他那天可能是在市場看到我，就想說：嘿！這個可不

是英撒根？看起來似乎沒酒喝，一副缺血的樣子。所以就來看我了。」

「然後呢？」

「他說我最好去把星星找出來，轟個牠腦袋開花。他說我最好用最快的速度把這事給辦了。沒有啦，這是我說的，但他就是這個意思。」

此時我又注意到附近一條小溪那種微乎其微的竊竊私語，水上群蚊求偶時所發出的又尖又綿延不絕的呻吟，還有一串斷斷續續的啾鳴，從我們的頭頂傳過來。一棵櫻桃樹的枝椏上，有個用針葉織成的鳥巢，巢上扎著羽毛和茸毛，沾著白色的鳥糞，糞滴沿著棕色的針葉流到底，掛在那兒。那條狗笑嘻嘻地坐在地下搔脖子，兩片下垂的嘴唇往後咧，活像被籠頭嚼子揪住了那樣不得不然。「我對野雉和山鷸已經打得很累了。就是覺得累。我知道牠還活著，因為不到一個月前，我還看過牠。而且我還夢見牠。今天，我可以感覺到牠，我聞到牠的味道了。」

我父親這幾句話，相當於拉撒路‧耶穌活（我認識的人裡面就他最愛說話）的一場高談闊論。如果要照規矩，奧塞羅得坐到一張扶手椅上時，才會喋喋不休。「我夢見牠，」他說，這樣一句自白在我聽來，好像他剛脫口而出的是一個極其重大的祕密，譬如他把他最好的酒藏在什麼地方，或某種對那個

我還沒出生的年代的回憶。「我夢見牠。」一句再平凡不過的平鋪直敘，但對我而言卻是最重要的。我父親第一次對我敞開他的心扉。他跟我說的不是地上鳥獸的足跡，或要怎麼樣烘乾獸皮，他告訴我的也不是打了幾隻鳥，也不是要我把子彈裝進皮帶裡或給火堆添柴，他說的是他夢見星星。他說：「我夢見牠，」他再也不想一個人做著常常落空的夢，所以拿出來跟我分享。「我就是覺得累了」——光是這樣一句，奧塞羅脫下了面具，讓人看見他其實也會覺得沮喪，也會任由疲憊在他臉上塗出兩個深深的黑眼圈，在他嘴角鑿出一道酸苦的皺紋。他不久就要死了。

當我父親對我說話的同時，拉撒路·耶穌活正在一條鄉村小路上一面疾馳，一面閃躲那瀝青路面上的坑坑洞洞。我覺得他一定是邊開車邊唱歌，手握他那輛克萊蒙潘哈[38]的真皮方向盤，左邊右邊不停換打，一一避開那些透過擋風玻璃迎面而來的凹凹凸凸或泥濘的轍印。他唱著——我覺得一定是這樣——那首他根據他朋友瑪岱甌的詩作所譜成的曲子，旋律裡有飛瀑似的漸弱半音階，持續不斷的不和諧和絃和轉眼即逝、非常適合他的和諧音：「我們那必死無疑的友誼……就像生者之於亡魂……為生命之續宛如白晝繼於晨曦……必死無疑的友誼因太

38　克萊蒙潘哈（Clément-Panhard）：一種法國製造的古董車。

陽的攔阻……無法永恆當白晝憶及……其乃來自虛無且虛無亦將至之際……」

當奧塞羅背倚著一截光溜溜的樹幹，正在灌上一大口的時候，我那個音樂王子阿波羅，則哼著他的敘事曲，帶著麂皮手套的手突然打一個急轉彎，車頭燈照亮了沿途農地上圍著的通電欄杆和那些睡著的母牛。他就要實踐七年前在音樂學院中庭走廊下所許的諾言了：到我的土地上來找我。

一隻蜻蜓貼著水面滑翔，筆直的飛行路線被折成好幾節，看起來彷彿一串蒼勁有力的之字，像是上帝正提筆在那兒畫迷宮，並指示該怎麼走才能找到出口。我想起有天晚上保羅‧杜杭特就是這樣跟我描述豆娘飛的樣子，一面把槍靠在石頭上。朝陽撕開了它的裹屍布。我打了一個無邊無際的呵欠。布列塔尼犬從我旁邊經過，搖搖擺擺地往河邊跑去，好像在跳舞。四條腿滑進淤泥裡，喝起水來。蒼穹是淡藍色的，我父親口中嚼著一根青草。風還是涼的，不過已經夾雜了一絲絲熱氣。我望著那池沒辦法靜下來的水，從池邊那些成群結隊往岸上打劫泥巴的晶瑩泡沫，一直到池中那隻橫衝直撞、忙著畫迷宮路線圖的無脊椎造物者。有個亮亮的東西把那面水做的鏡子打破了，幾滴水花迸濺開來，水面開始發皺。一個愈盪愈大的圈，包住第二個，再包住第三個，波上先是起了一堆同心圓弧線，然後又歸於無痕。魚游走了，蜻蜓也不見了。我轉身看奧塞

羅，他的眼神則在別處。他正在觀察對岸的動靜，一手搗著嘴巴，免得咳出聲音。他用手在空中打了個圈，意思是說我們得繞到水塘的那邊去，但腳步必須放到最輕。

我雖然滴汗未流，卻通身燥熱，覺得體內有一把火，整個人都被火光罩住。我之前只睡了一個小時，而且那些夜妖精——就是那些接二連三去到小屋裡，小節主題一個又一個，搞得吹嘴簧片和太陽穴都濕淋淋，凌虐那些活塞、鼓皮、踏板和鍵盤，用高超的 slap（啪啦）[39] 把他們的琴絃折騰得死去活來——還趁著這個小時全聚攏過來，再打上最後一段渾沌又狂野的牛（bœuf）[40]。可能是耗損過多，讓我變得既敏感又冷漠，我會去注意那些賴蛤蟆在冥想和傳教的叫聲（它們不是用破鑼嗓子問：「果真？⋯⋯果真？⋯⋯」，就是勸那些不信神的金龜子要入教：「過來！⋯⋯過來！⋯⋯」），那些砂子在我們鞋底下微乎其微的翻滾，那些石頭嗶嗶剝剝的斷奏和一絲逆著風向飛行的微風，會去注意一張掛在黑莓果樹上的蜘蛛網，和裡頭那隻絕望掙扎的綠蠅，但我同時又彷彿已經在池塘對岸，正用冷眼旁觀著我們前進時那種如履春冰的樣子，然後任隨自己的脈搏愈跳愈快。

39 slap（啪啦）：或譯擊絃技巧，一種貝斯的演奏技巧。
40 牛：bœuf，即「faire le boeuf」（打牛），法語裡關於爵士樂的行話，指樂手們臨時聚集起來所舉行的即興演奏。

我後來也跟奧塞羅一樣——我父親從天還沒亮，就發現有東西在那邊窺伺我們——覺得我們被跟監了，而且對方還離我們很近。繞過池塘後，我們又穿越了一片沼澤地，來到一片林子旁邊，奧塞羅走到一棵榛樹下面，停住腳，把背包脫下來，掛在一根樹枝上，給獵槍上了膛，然後，竟然沒有繼續靜靜地往前走，反而開始唱起歌來：「Zu mir is gekumen a kusine, shejn wi gold is si gewen di grine……Zu mir is gekumen a kusine, shejn wi gold is si gewen di grine（來了一個親戚的女孩，天真純潔好像黃金一樣美……來了一個親戚的女孩，天真純潔好像黃金一樣美）……」，那麼輕，於是那種溫柔得好像青色樹林的哀傷，那種之前在夜深林深處讓我無法自己的憂鬱愁緒，又襲上了我的心頭。

　　奧塞羅歌詠著他逝去的愛，那是珠笛思，也就是他那個地下情婦教他的曲子——我當時對這段往事一無所知，要等到後來聽艾吉鳩神父講起才曉得，他還跟我說了其他一些我出生前的事，譬如那個花店老闆和猶太教長，譬如仔仔和卡蘿塔睡倒在人行道上，譬如斯濟蒙和我母親同赴黃泉的那日。不過我對這支歌兒倒是很熟，因為有些日子裡，當奧塞羅以為沒有人在旁邊的時候，會一直重複那兩句同樣的歌詞。奧塞羅將背包脫掉後，繼續往林子裡走去，一面摘下帽子，塞進口袋中，仍然嚶嚶地哼著不停。我是聽說過有些蛇一聽到笛子聲音就會

把蛇頭伸出簍子外，但我還不曉得一支意第緒語唱的歌喇子模（Klezmer）[41]，可以用來迷惑一隻野豬。有什麼不可能的？我把皮帶繫在狗項圈上，跟在我父親後面邊走邊想：反正之前他用過的那些計策不是都宣告無效？還有，像星星這樣一隻智慧過人，又愛耍寶的豬，說不定奧塞羅真的相信牠會被一段scala tzigana（吉普賽音階）[42]做成的輕快變奏牽著鼻子走？如果說連保羅・杜杭特那種人都會耽溺在喬治・羅素[43]的lydian chromatic concept（利底亞半音階概念）[44]裡，被昏頭基爺[45]在《Things to come》（美夢成真）[46]中那種對Big Band（大樂團）[47]銅管部門的處理手法迷得暈頭轉向，天底下就再沒什麼是不可能的。但誰也料不到接下來要發生的慘劇。

從那以後，在我腦子裡，奧塞羅和拉撒路兩個人的聲音

41　歌喇子模（Klezmer）：東歐猶太人的傳統音樂。
42　scala tzigana（吉普賽音階）：又稱匈牙利小調音階，為增四度的自然小調音階。
43　喬治・羅素（George Russell, 1923-）：美國爵士樂手、作曲家和音樂理論家。
44　lydian chromatic concept（利底亞半音階概念）：為喬治・羅素於1953年出版同名爵士樂理論著作中所鼓吹的概念，爵士樂手透過這套概念，能在音階的選擇上獲得更大的自由。
45　昏頭基爺（Dizzy Gillespie, 1917-93）：本名John Birks Gillespie，Dizzy「昏眩」是他的綽號，美國著名爵士小喇叭手，比砲爵士的開山祖師。
46　《Things to come》（美夢成真）：昏頭基爺的名曲。
47　Big Band（大樂團）：大樂團是一種二十人左右的爵士樂團，是三〇年代美國爵士樂從南方紐澳良北傳至大都會紐約後，因應而生的大型編制，爵士樂從此走上編曲嚴謹的精緻化路線。昏頭基爺在四〇年代領軍發展出來的以即興取勝的比砲爵士雖是對大樂團的一種反動，但亦曾自組大樂團。

就不斷地重疊、分開、交叉和合為一體，一個口中唱著瑪岱甌的詞，另一個是珠笛思的主題，一個哀悼逝去的朋友，另一個悲歌被人奪走的愛侶。我這第一旋律以每小時一百公里的速度，急馳於鄉間小路，我這第二旋律則踩著無聲無息的腳步，在我家土地上的森林裡前行。第一旋律握著他那輛克萊蒙潘哈的方向盤，追著那些母雞和蜥蜴，第二旋律則撥開擋在路中的枝葉和荊棘。第一旋律想起那座位於城市邊緣的墳場，第二旋律則還在猜有哪座城市名是以我名字的那三個字母開頭的，一座埋沒在美利堅國的無人地帶，在它那片大平原和那些荒漠上的城市。奧塞羅和拉撒路，一個吾父一個吾友，兩人你一句我一句地唱著和著，形體也彼此愈來愈靠近： Zu mir is gekumen（來了一個親戚的）……對重逢的死人…… a kusine, shejn wi gold is（女孩，天真純潔好）……對重生的愛撫…… si gewen di grine（像黃金一樣美）……對重來的笑聲……Zu mir is（來了一）……必死無疑的友誼……gekumen a kusine（個親戚的女孩）……太陽的攔阻……

　　唯有我的記憶可以把拉撒路和奧塞羅拉在一起，我是說，把他們的聲音連接起來，放進我的耳朵裡，儘管這中間隔了多少公頃的樹林和坡地，儘管那種距離連最敏銳的聽覺和最沉默的寂靜也沒有辦法將其化為無形。只有我的記憶知道他們走的路和唱的歌，接下來會在哪一點匯合，這兩人注定要碰到一

起。

　　我們懷著戒慎恐懼的心情，在一處乾巴巴的斜坡上停下。覆滿棘刺和栗殼的斜坡，緩緩地伸到一處平平的丘頂。從前我常躲到這邊來。一片成橢圓形，乾黃稀疏的草地上，立著一棵軟木橡樹，粗短盤曲的氣根呈放射狀往外伸。我做小孩子的時候，曾經花了一個禮拜在樹上搭了一個平台，我先是在木工房那邊找到三塊很大木板，然後把它們釘到這棵專門會生軟木的樹上，釘在樹幹開始分岔的地方。我上一次躲到這裡來，上一次攀那條繩梯，要追溯到婀娜的時代，那個時候，日子都被她弄反了，我也被她弄得神魂顛倒，因為她在房裡，在屋頂的瓦上，還是在水塔上，都會把我拉過去貼著她。她和我作愛，她的頭上是四季長青的茂密枝葉，我的手腕被她按在木板上，她因為太忘我，兩條胳臂把我箍得緊緊的，我就像她把我手扳開，按到在那個杉木平台的生鏽鐵釘中間那樣，插進去她張開大腿的中間。她高潮時都會大笑，然後我自己也笑得那麼開心。

　　我父親走到那塊高地下面，停住腳。那棵老橡樹的樹梢映著陽光，在風中東搖西晃，好像節拍器的搖桿。我們拉長耳朵，覺得很不可思議：一頭野獸沉重的呼吸聲音。星星在上面，在那顆軟木橡樹的樹蔭下，我暗道。星星正躺在樹蔭下做夢，被我們聽見了。當時我只有一個念頭，那就是逃，逃到不

能再跑，逃到腿軟掉，愈遠愈好，逃離那座小山、我的父親和那頭夢見自己一命嗚呼的野豬。

奧塞羅把狗牽過去，拴在一根樹枝上，然後往狗嘴上拍了一下，要牠別出聲。接著，他做了一個很奇怪的動作。一隻手放進嘴巴裡，吮了吮，待那手又落下來時，只見上面已經出現一圈扎著紫斑的紅色齒痕。我們繼續往上爬，我父親連步伐起降都配合著星星的吸氣吐氣。

一爬上那塊坪頂，我們就看見牠了，橫躺在兩條裸露在外，相互交纏，然後又沒入地底的樹根中間。我從來不覺得星星的體積有那麼龐大，但也從沒看過這麼脆弱，這麼無害的牠，躺在那棵遺世獨立的樹木下，樹葉在牠頭上動搖，一張有一千個光眼的影網罩著牠。我的直覺只搞對了一點：星星其實是醒著的。那對小眼睛並未闔上，睜睜地望著我們的迫近。野豬肚子一下起一下伏，我立刻想到的是牠可能消化不良。但牠四條短腿中間的那個肚子實在太大了，大到牠好像都已經沒有辦法移動，更別說拔腿就跑，過一陣子再從背後突襲我們，讓奧塞羅氣得大吼大叫。野豬眼珠子裡那種一向令我激賞，讓牠看起來很有魅力的譏諷光芒不見了。我在猜牠可能生病了，而如今，當我回憶起這場長期抗戰的結局，想到這份人獸之間的宿仇最後是如何解開時，總覺得星星當時的眼神很像一個剛注射過毒品進入短暫恍神狀態的毒癮患者，很像他那種來去匆

匆、卻能比明心見性還要鞭辟入裡的雲遊。我在星星的眼睛裡看到一種不尋常的洞察力，那對眸子裡彷彿有一種既渙散又銳利的澄澈，一種遠見，讓牠的目光有辦法越過這座散落著一絡絡焦草的丘陵邊界，有辦法看穿那步步進逼的幢幢人影，看透那孔陰森森地對著牠的槍口，那個獵人臉上那絲淒苦的笑。我覺得星星應該快死了，就要讓牠的死對頭連最後一次報仇的機會也沒有了。

奧塞羅似乎還沒有意識到他這一槍，頂多算是幫助星星登上西天罷了，而在這場最後的戰役中，他是別想贏得風風光光了。他這會兒眼裡就只有那頭就在咫尺之外的畜生，只有牠那均勻的呻吟，牠身上的毛和牠獠牙上的泥巴，牠鼻吻上那亮晶晶的黏液。奧塞羅耽溺在對星星的注視裡，終於看得一清二楚，終於觸手可及，他好像光看牠就會飽似的，狂飲著牠的味道，猛啖著牠的樣子形象，然後變得跟牠一般，呼吸聲音愈來愈沉重，以至於愈走愈慢，彷彿私心希望那頭野豬和那棵橡樹能夠往後退，讓他永遠走不到。

後來，我也曾懊悔自己沒有先見之明，要是我那時能看出牠當時的境況好了。如果星星願意讓我，即使一下子也好，站在牠的立場來看這個世界……但我對這齣在光天化日之下，在我和整座森林面前上演的悲劇的本質，徹頭徹尾地一無所知。我對星星的真相以及牠臨別前獻給我父親的禮物究竟恐怖到什

麼程度，也徹頭徹尾地一無所知。我壓根沒曾想到牠的問題究竟出在哪裡，牠為什麼會叫得那麼厲害，牠到底在痛什麼。「咱們到了，」奧塞羅說，他那時已經踏進樹蔭的範圍之中，用一種很疲倦的聲音對躺在地上的那頭畜生說，對星星說，對他自己說。他嘴裡的「我們」並不包括我。「咱們到了，」他說：「我等這個已經等很久了⋯⋯」

　　然後把槍管放低。他在咳嗽，但嘴巴沒張開，拿外套袖子擦了擦鼻涕。我見他把手往他平常用來放酒瓶的口袋伸過去，手在拉鍊上方抖了一下，又改變心意，手腕朝內一轉，看了看手錶上的時間。他點了點頭，連點三次。星星則用牠那種極其機警卻又深不可測的眼神，用牠那雙既近在眼前亦遠在天邊的眼睛，一直盯著他，彷彿這個映在牠眼球上的世界——我父親站在最前面，後面是藍天，更遠處的是我，然後周圍都是窸窣作響的綠樹——並非只是一個倒影而已，而是真實地存在於牠視網膜的裡側，那兒同樣有一對正在顧影自憐的老子和兒子，天空和樹木，然後在一個應該呈凹狀的鏡面上，反射出同一雙眼睛裡的同一個宇宙。

　　「我父親跟我說過，對一個快死的人，要跟他講他的一生。要跟他說他從哪裡來，他做過哪些事，要提醒他。但你又不是人⋯⋯」

　　奧塞羅的嘴巴不肯吐出最後一個字，把它含在嘴唇上，好

187

像這些打算講給那頭病豬那兩隻又短又尖的豬耳朵聽的話，讓他感到迷惑，於是那個失去自信的句子再也不肯繼續下去，就佇在那兒，像一條狗那樣，頭歪一邊，等著看主人接下來有什麼指示。獵槍慢慢地舉起來，對準了肚子。

陽光穿過輕輕擺動的陰影，舔舐著鋼鑄的槍柄，然後又消失不見，彷彿那金屬會吸光似的。塵埃在我們四周飛舞，空中灑滿曳著金絲的星點。這樣一幕會跟著我一輩子，我想，因為有些剎那會年年與時並進，永遠不見棄於靈魂，而這正是其中之一。

我看見那隻食指伸進扳機環，摁在扳機上。我看見指頭上的肉擠出了縫，指節彎了起來，扳機也開始往後移。我想都沒想，便發現自己的槍口竟已對準奧塞羅，然後說：

「住手！」

當時他是側面朝向我，眼睛只眨了我一下，就又把我忘了，繼續專注在星星那一鼓一鼓、節奏規律得教人意亂情迷的肚皮上。我又警告了他一遍。但其實我自己也不太確定。我覺得奧塞羅的困頓好像跟我的結合起來，再也搞不清哪個是活了一輩子的累，哪個是徹夜未眠的疲憊。

「開槍，」我父親說。

這話是講給他自己聽的。然後他扣下了那塊金屬片。

爆炸聲引起無止盡的回響。煙硝中，我看到星星那個炸開

來的肚子，一個巨大的黑洞，一堆肉塊，洞四周都是稀巴爛的腸肚和皮膚，洞裡頭的血開始湧出來。星星被轟到橡樹樹幹上，一隻扭曲的腳夾在樹根下，骨頭也斷了。整顆頭向後仰，所以我再也看不到牠的眼睛，而這對我來說是一種解放。牠還沒斷氣，心臟每跳一下，血就在牠的皮毛和地上噴得到處都是。我望著我父親，呆呆的，活像頭上被人拿棒子重重敲了一記似的，鼻翼賁張，嘴巴也合不攏；接著，他那驚訝表情一下子變了，脖子上的寒毛全豎起來。臉上的血色好像退潮一樣退去。我看見他脖子上的肌肉在抖，好像被什麼奇怪的東西招住似的。他扔下了他的武器。

第二聲槍響就在此時響起，讓我忍不住大叫起來。他靴子尖稍的那塊皮裂開了，飛過被曬枯的草地，然後血在煙霧中流出來。奧塞羅又斷了一根腳趾頭。就在他與珠笛思相逢花店前的二十二年以後，奧塞羅又給自己打掉了第二根趾頭，這一次是打在另外一隻腳上，只不過他對這個也不會比方才見我拿槍威脅他更在乎。

「不，」他呻吟道，但子音不是咬得很清楚，聽起來很像在吐菸圈，一口藍灰色菸圈。我不願意轉頭去看星星，生怕會明白了什麼，我父親當時的臉色實在太可怕，那簡直已經不是一張臉，而是一副凝結在一個狂歡節面具上的怪誕表情。奧塞羅支著他那條沒受傷的腿，轉過身來，把橡樹和那隻奄奄一息

的野豬留在背後，野豬的喘息和哀嚎，我全聽得一清二楚。他拄著獵槍，走出樹蔭，用行屍走肉的那種優雅體態，開始往山坡下走去。我眨眨眼睛，揮去眉毛上的汗珠，強迫自己向前看。血繼續地從傷口中湧出。

那團混合著豬肉豬毛和豬內臟的糊狀物中，有東西在動。但那並非很不可思議地滑進腸子裡的豬心，也不是什麼還在抽搐的器官，更不是一隻掙扎著想從那些破腸爛肚裡逃出來的大黃蜂。而且那東西還不只蠕動而已。星星的肚子裡似乎充滿了生命力，我聽見了一種稀稀的啼聲，啾啾地在那邊悶叫，然後第二個聲音也跟著起來了，也許還有第三個，我什麼都沒有把握，我也想扔下獵槍，跟在我父親後面跑進樹林裡。但我的眼光就是沒有辦法離開那個巨大的傷口、那些皮開肉綻和洶湧的鮮血（我突然聽見阿尼拔・梅爾里尼在教室裡喝道：「妳現在馬上告訴我節拍器搖幾下的時候可以稱之為moderato（中速）？」然後那個嚇壞的學生說：「什麼幾下？」「拍子！」）。

刺耳的咿咿嗚嗚愈來愈多。比起來，星星的呻吟就像一頭大象面對槍口時的咆哮。然後，一道亮光冒出來，跟著又一道，好像那個破了一個大洞的肚腩裡，有很多亮晶晶的小彈丸，好像星星之前吞了很多我父親裝在彈殼裡用來打小鳥的十號鉛球。星星嚥下最後一口氣，往那片軟軟粉粉的軟木樹皮上一癱。在牠下腹的那團肉泥和胎衣中，鑽動著一群剛生出來的

小豬仔，嚶嚶地喊著要媽媽。

　　我把狗脖子上的繩子解下來。牠一個箭步衝下山。我跟在牠的後面，隱約看見奧塞羅的身影，瞎了眼似地往池塘和林中空地那邊前進。一根都是刺的樹枝上，掛著一口搖搖晃晃、帶血絲的痰。我加緊腳步。布列塔尼犬邊叫邊穿過矮樹叢。我們就要走到森林邊上了。遠遠地只見我父親正越過草地，抄小路要走到大路上去。我認出了矗立在地平線上的那座漆成綠色的水塔，下面是一排排的向日葵。左邊靠近一點的地方則是農莊的棕色屋頂。我父親涉過一片新種的麥田，一路壓死了不少小麥株。我想要學那條汪汪汪地跳過一條條犁溝的狗，吠出牠的名字。我想要大聲地叫牠的名字，求牠別走得那麼快，我想要一槍打死牠，我想要牠抱抱我。

　　一輛汽車沿著田邊行駛，夾道的是葵花和青色的麥田。奧塞羅走在那些麥株當中，彎著腰，一隻手按在胸口上，另外一隻緊握著拳，硬梆梆地垂向地面。那輛汽車又出現了，像顆流星，引擎卯足全力，揚起一片雲般的金沙。這就是我父親倒下去之前留給我的最後一個印象：戴著塵埃的光環，一步步地走向死亡……只見那輛克萊蒙潘哈突然打了一個急轉彎。但為時已晚。緊急煞車和輪胎的摩擦聲刮著我的耳膜，柵欄也被車子撞毀，木樁和帶刺的鐵絲衝上汽車引擎蓋。

我趕到時，拉撒路已經跪在地上，奧塞羅臉朝上躺著，被車輪壓斷了一條腿，車輪罩飛出去，一路砍了好幾根麥桿，最後飛進一個土堆裡插著。「他是自己衝上來的，」拉撒路·耶穌活說：「我沒看見他。他自己就跑過來了。」

　　拉撒路向我解釋，但他的聲音好像從很遠的地方飄過來似的。他的聲音飛過田野，越過森林和沼澤，經過樹叢，爬上山坡，直到那個平坦的崁頂，直到那棵巨木之下。即使我人就在那兒，蹲在他旁邊，即使形體上的我就在現場，頭上有熱騰騰的汽車水箱，旁邊有我的朋友，而我那奄奄一息的老父就躺在地上，我的整顆心，還是停留在那座四周森林圍繞的小丘上，我的靈魂正看守著星星的小孩，看著牠們的小眼睛被陽光刺得睜不開來。然後是我父親的聲音將我拉回現實，讓我又看到他口中鼻中滲出的血絲，聞到機油和汽油的味道，聽到拉撒路在跟我說：「你該去叫人來……快點……用跑的！」

　　「莫哀……」我父親說，他的臉上都是泥巴和血跡：「莫哀……」他又說了第二遍，也是最後一遍。

　　他的手張開來，我握住他的手，他的手扣住我。「爸，」我說。奧塞羅在笑，整張臉慢慢地綻放開來——一朵非常美妙的微笑，一種很神奇的幸福表情，在他眼裡和龜裂的嘴唇上浮現——然後他的指頭就鬆開來了。我還兀自抓著他那張軟綿綿、尚有餘溫的掌。

「莫哀。」

是拉撒路在叫我。我不曉得自己抓著我父親的掌，在那邊跪了多久。一分鐘？還是一個小時？原先還在天頂的日頭，已經斜到西邊去了。拉撒路想把我們兩人的手分開，我也由著他。他把奧塞羅的手安置在屍身的兩旁。扶我起來。我看到路中央有一對釣竿和一只鋅桶，那是發生意外時從後車座飛出去的。「藍色的是要給你的，」拉撒路說，一臉蒼白：「葳羅娜牌的六角竹釣竿……另外那枝是朱來富牌，套管做得很漂亮，是黃銅的……」

拉撒路先倒車，把奧塞羅被壓住的腳放出來，然後又幫我把屍體抬回農莊。我們把他放在一張廚房桌子上。我替他蓋了一頂舊蚊帳。狗在哀嚎。

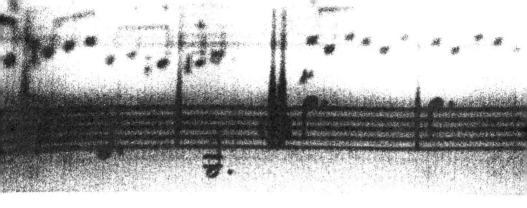
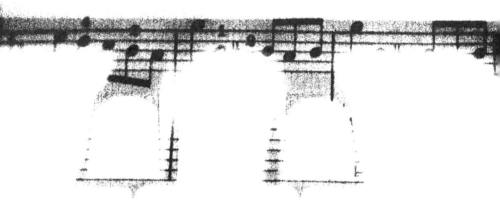

1

接下來我要講的是我那首奪命之作的由來。我會提到城裡的夜生活和那些見不得陽光的愛情。我也會交代我和雅森‧奧黛力的認識經過，他那種沒有言語的聲音有多詭異，讓我聽了只想完成我的計畫。

我父親生前同時有三個來往的對象。一是銀行，二是公證人，三是稅務局。他過世以後，那些複雜的手續又沒完沒了地拖了好久。我不得不拿著一把裁紙刀，一堆信封和郵票，幫他把東西都整理好。我在一座櫥櫃的架子上，找到已經積了十年的限時專送和掛號信。

在狩獵小屋那邊，我一面將文件歸類，一面敲著計算機，每天都要打十幾通電話（我們家的電話線早就被切斷了），很努力地不讓自己在那些對數字和印章的狂熱中陣亡。在此同時，拉撒路和保羅‧杜杭特不是在外面逛就是上教堂，不是討論那些魚兒鳥兒的種屬，就是音樂家的流派，然後去敲管風琴

的鍵盤，大家都知道管風琴就像電話聽筒，有一條線二十四小時開放的線，可以直接通到上帝那邊。

　　我給保羅留了那棟小房子和教堂，因為最後也只剩下這兩樣而已。那些林子和田都被銀行拿去，稅務局扣了他們該扣的，公證人也收了佣金。我父親從德凱薩里家繼承過來的產業，被他一公頃一公頃，一棵樹接著一塊田，一個晚上又一個晚上地喝掉了，那些山頭皆被他換成一箱箱伏特加，河水換成足以匯流成溪的威士忌，池水則換成數百升等量的琴酒加橙皮酒──我母親的土地，就這樣流進我父親的喉嚨裡，血管裡，尿液裡。奧塞羅接著每天早晚在這片領地上，在那些高高的草叢裡，灑尿。於是那些土地又漸漸地回歸大地。我僅存的財物包括一個裝滿衣服的行李箱、另外一個裡面則塞的都是樂譜、婀娜‧麗紗的洋裝，我的手提收音機和節拍器、一個鄉村醫生用的手提包（我用來裝錄音帶的）。另外還有我父親寄來的那張明信片，音樂學院的宿舍鑰匙，一根竹子做得魚竿，一個祖傳寶物（那個盒蓋上鑲了蛋白石，斯濟蒙臨死握在手上的那個相盒吊墜）和一堆再也不曉得有什麼用的靴子。「這些你全可以放在汽車後座，」我一清點完，拉撒路便這麼說。

　　我們坐在山丘下面的那塊岩石上。很久以前，我被奧塞羅狠狠地揍了一頓之後，就是跑到這裡，頂著太陽看身上浮起來的青腫和傷口結痂了沒，然後風就把韓德爾的音樂吹進我耳

裡，那個時候我還很小，只知道挫傷很痛，傷口癒合了再裂開也很痛，炙熱的清晨很令人愉快，蝴蝶，露珠，冰雹，夕陽西下時的暮靄，水塔，在那棵橡樹樹蔭下或家裡屋頂上睡午覺，用彈弓把那些路人打得落荒而逃，but oh, what art can teach!（但是噢，何技藝堪傳授！）我們來到那塊做為我人生起點的岩石上，拉撒路手裡拿著一根小樹枝，枝上蜷著一隻毛毛蟲。他用指頭把樹枝和毛蟲搓得團團轉。「你可以去住我家，愛住多久就住多久，」他說。

「我只希望能長長久久，拉撒路。」

「你繼承了一張抵押權狀，我繼承了一棟豪華宅邸。我現在住最後一樓，從我的窗戶看出去就是龐菲力公園，中間只隔一條街。」

「一條太多餘的街。」

「婀莉婀娜會從那邊經過。」

「然後又走掉。」

我就這樣拒絕了拉撒路的邀請，但，接下來的日子，我發現自己竟然開始在想那條街，想那街面除去兩邊的行人道究竟有多寬，過街要花多少時間，到底要走上幾秒幾步，才能從那棟大房子的門，走到那些緩緩起伏的草坪上和樹林裡去散步。我努力去回想婀莉婀娜的模樣，但想來想去，只能想起我要離開的前一天晚上她故意讓我看到的胸部。至於她的容貌，

則是跟婀娜·麗紗和教堂彩繪玻璃上一個女聖人借來的臉和側面。我只能安慰自己說，所謂的記憶，只不過依據一個已經消逝的旋律所建立的一套變奏罷了，所以《賦格的藝術》（*Art de la fugue*）也許只是巴哈藉機作來讓自己能夠想起一個心愛女人的長相而已。我還在想，如果說長年受眼疾所苦的巴哈，在接受庸醫約翰·泰勒（兩年後他又把韓德爾給弄瞎了）的手術之後，眼中最後一絲光明也被奪走了，這算不算是一種最後的解脫，而主題的有限視野終於敗給了變化的無遠弗屆。

有天晚上，保羅·杜杭特說要為我們演奏阿勒芭的曲子。他為此準備了一整天，從黎明奔波到黃昏。他先跑到村子那邊，買了蠟燭和兩瓶基督淚[1]。傍晚時又去河裡洗了澡。折騰到半夜，才將燭蕊點上，關掉燈，掀開鋼琴蓋，手放膝蓋上，不動如山了半晌，然後才開始彈起來。曲罷，拾起他女朋友的那份手稿往火爐裡一扔，我們看著手稿起火燃燒，還一面喝酒。這場火刑讓我們都深受震撼。我那同學還哭了。保羅則一句話也沒，待我們將第二瓶酒也飲盡時，便逕自回房去了。

翌日晨間，我看見他坐在菜圃旁邊的一塊圓木頭上，我想我就是那個當下決定離開他的。他身上出現了很大的轉變，變化之劇，唯有內心發生某種崩潰的時候才會如此。太陽烘著才

1　基督淚（lacrima-christi）：一種義大利頂級白葡萄酒，意思是「基督的眼淚」。

翻過土的園圃，並把石灰和他剛剛用斧頭劈好的柴烤成金黃色——我就是被劈柴的聲音吵醒的——不過若說陽光淹沒了他背後的屋牆，它似乎規避了我師父那佝僂的身影，昨天還是個正值盛壯的男子，如今已垂垂老矣。「保羅……」

「欸？」他邊答應邊跳了起來，彷彿驀然察覺自己並不屬於眼前的這幅景緻，原來他不是一片草地，也不是一朵花，更不是瓦斯爐上煮開的咖啡正飄出的香氣，或門邊落了一地的茉莉枯瓣所散發出來的芬芳。「保羅，你人不舒服嗎？」

「好得很，好得很，」他連道，但眼中那種迷茫的神情再也不肯棄他而去了。拉撒路拿一個拖盤，端了三杯黑咖啡過來找我們，但並沒有像平常那樣一上來就掉兩三個書袋逗你開心——不然他早上的精力都特別旺盛——而是丟了一個不安的眼神給我，然後把咖啡擺在花園裡的桌子上，一言不發地坐下來。

同樣這天早上，我為求心安又回了一趟農莊，打算把那些架子和櫥櫃都清乾淨，以確保沒有漏掉任何文件或重要的小東西。我想到我父親還有一些收集來的獵槍，放在閣樓的一個藤編的箱子裡（那些槍我後來都賣給了一個古董商），正爬上去要拿，才偶然看到箱底鋪的那些報紙上，有一個牛皮紙信封。信封裡有一張小吋的相片，兩張音樂會入場卷和一疊用橡皮筋綑起來的信，橡皮筋都裂開了。

相片只有我掌心那麼大，上面一對年輕的新婚夫婦，在親朋好友的簇擁下，站在一間教堂前。新娘的裙襬正往相片左邊飛，而那些人頭上的那塊陰影，是一頂被風吹起來的簪花帽。女人全拉著自己的裙子，男人則按著他們的帽子。每個人都在笑，除了新郎。每個人都看著鏡頭，除了臂彎裡攬著我母親的手的奧塞羅，我那抬著下頦，仰著顴骨，皺著眉毛鼻子的父親，我那個望著天上屋雲逐漸密布的父親。在這張洗得那麼小的相片上，我母親的臉只有一個別針頭大，雖然我覺得她很漂亮，但不覺得自己像她。她直直地看著眼前，直直地望進攝影機的鏡頭裡，直直地看穿了我。她看到我了！我突然覺得，趕緊一個反手把那張相片扣在地上。

　　直到今天 —— 我望著擺在窗檯上的相片，一面寫下這些話 —— 我還是沒有辦法擺脫這種令人不安的感覺：那扇快門落下的時候，那才冠上夫姓的斐迪娜‧德費麗思‧德凱薩里，眼光隨著一道閃光，載著她的愛直奔我而來，越過那張沒有沿邊的相片，穿透鏡頭的凹凸，無視於她的生死，也不管我一落娘胎就沒了親媽，好像她已經知道自己會沒命，知道自己是個鬼。她像個偵察兵似的，不僅探到了她的隕歿和我的呱呱墜地，還探到了我的兒時，探到我父親的死，最後終於探到我這邊來了，因為她早就知道在這個春天的早晨，我會在那些卡賓槍下面找到那個紙袋，然後會在那座教堂前的廣場發現她，看

見她的真絲禮服被那陣大風颳起來。我認出了仔叔，瘦巴巴的跟我現在一樣，卡蘿塔（仔叔的爆乳女神），英老爺斯濟蒙（看起來像個慈祥的老祖父），而那個神父看起來也有點像英撒根家的人。那是艾吉鳩神父，紙袋子裡的信都是他寫的。

從郵戳來看，這些信的寫作時間長達二十年，亦即從我出生後不久奧塞羅返回義大利開始。最後一封信是六個月前寄來的，看得出寫信人的心情非常絕望。我按照來信的先後逐一閱讀，發現奧塞羅這些年下來對這樣的魚雁往返漸漸失去興趣，到後來甚至不再回信。艾吉鳩在信中會很含蓄地提到奧塞羅如何對他置若罔聞，然後在字裡行間流露出一種痛苦的心聲，因為這個他稱之為「我的兄弟」，或「我的老同志」或「我唯一的朋友」的人，音訊杳然。然後，我藉著天窗上蜘蛛網裡漏進來的光，靠在一張擺滿瓷器、餐巾和破抹布，還有丟了腳的燈罩和沒了燈泡的檯燈的桌子上，四周擠滿閣樓裡那些已經沒有用和不曉得做什麼用的雜七雜八，前後只花了一個鐘頭（我覺得），但蒐集到的有關我們家的故事，竟比我跟我父親這麼多年來所可能聽到的——譬如當我們出去打獵時那些喋喋不休的夜晚，或是當我們給獵物剝皮時那些沒頭沒尾的寥寥數語，或是當他灌完一瓶酒之後很慷慨地分我一滴眼淚時——還要多。

我才知道在奧塞羅自我放逐（其實應該說回歸故里）之後，馬切羅‧史特拉德拉，讓道上大哥始料未及地，讓包括

警方和他的死對頭在內的每個人都無論如何也想不到地，不但接手了斯濟蒙留下來的事業，還清理了門戶，賺了不少錢。我才知道原來他買了好幾家正派經營的公司，甚至還開始對矽谷裡的那些 freaks（怪人）和 nerds（討厭鬼）（這是艾吉鳩神父自己的話，他對用義大利文或用英文根本不在意，甚至會出現義英夾雜的句子）產生了興趣，那個時候矽谷還只是加利福尼亞鄉下眾山谷中的一個而已。我還知道他也乖乖地結婚了，而卡蘿塔則是到電視台客串一集連續劇時（演一個賣熱狗的女店員）被相中。不久，就有一家 major（好萊塢大製片廠）來找史特拉德拉太太演戲。她肯定不曉得她那個角色有一場脫戲（從浴室裡出來，然後往一個手被反綁在床頭的男人撲上去）。後來那個導演被人發現淹死在家中浴缸裡。那部電影叫做《The Come-Uppance》（罪有應得），毛片一直沒剪。卡蘿塔又回到她的烤爐邊，和橋牌搭子們團圓。

我也知道艾吉鳩在猶豫了很久和一個收場很難看的事件（細節他沒講）之後，離開了修會（換句話說就是還俗）。此舉無論自願還是被迫，實為接下來一段顛沛流離之肇端。艾吉鳩自稱並未喪失任何宗教信仰，只不過天主教裡從此再也沒有他的位置，除非是地獄裡的第七圈第三層[2]，他只能在那邊和那

---

2 見但丁《神曲》。《神曲》中描述的地獄呈漏斗型，從上到下共分九圈，被關在

些犯了對自己和對上帝施暴的罪人，一起在火雨下抱頭鼠竄。他在蒙大拿州待了一陣（在戴蒙傑農場工作），又跑到亞利桑那州去（在仙人掌間獨立蒼茫），然後住進療養院。出院後企圖自殺過兩次：第一次是喝了攙了巴比妥酸鹽的雞尾酒（結果睡了七十二小時，醒來之後心情特別好），然後又從窗戶跳下去──「but I got caught in a clothes-line like a pair of trousers left to dry, till the firemen showed up and the shrink tool over」（但是被一條曬衣繩勾住了，掛在那邊像條要晾乾的褲子似的，直到救火隊員出現，然後又把我交給醫護人員）。

　　仔叔幫他找了大夫──我突然有點擔心會看到史督肯史密特的名字，不過那個精神科醫師是美國人，名喚沃斯‧摩頓‧利妥──人很妥當，艾吉鳩在一家位於新漢普夏鄉下的診所裡住了六個月，竟然就好了。那剛好是我為求精進去上音樂學校的那年。後來我這個和我父親算是最親的堂叔，在史特拉德拉史老爺的財務暨精神支持下，到布魯克林開了一家書店。「專營神學作品和世界宗教名著，不過我也賣一些吊墜、塔羅牌和水晶球，因為馬切羅堅持開這個店一定要回本，而且認為賣這些看起來比較有格調，」他寫道：「就算他其實比較想投資靴

第七圈裡的都是生前犯了暴力的人。暴力可分三種，即對他人施暴（殺人）、對自我施暴（自殺）和對上帝施暴（瀆神、雞姦、放高利貸）。

子店。」

接下來的信中談的都是一些日常瑣事：他對新工作非常滿意，對這份工作所必須遵守的規律作息也甘之如飴，覺得開了這個店之後收入很有保障，還在「樓上整理出了一個小套房，牆上掛著你的照片，還有莫哀的（想必是我們有次打獵回來奧塞羅幫我拍的那張）」，艾吉鳩再也不提歸隱荒漠或接受治療的事情了。

「我常常想到莫哀。他能上音樂學校，我也與有榮焉。馬切羅還說要去看你們。他跟我說他會打電話給你。你有接到嗎？奧弟，你實在不應該氣他的。說真的，我相信他和那件你知道的事一點關係也沒有。我並無意令你想起這些痛苦的往事，但我必須對你說出我的感覺：仔仔絕對不會想要傷害你。而且我很懷疑斯濟蒙會叫他去做一件會破壞你們兩人友誼的事。仔仔很想認識你兒子。他兒子七哥只小莫哀一歲……」

到了最後三年，又有新章。來信的內容和語調都不一樣了，不一樣到似乎出自他人之手？字跡也變了，不但字體比較小，而且原來一行一行寫得非常工整，現在不是向上歪就是往下斜。我的意思不是說他在前後兩封信之間就變了，但變得速度也夠快，讓我覺得有必要比對一下。

我清出一塊桌面來，然後把好幾張信紙攤在眼前：才半年的時間，實在很難相信給我父親寫信的是同一個人，艾吉鳩好

像請了人來冒名頂替似的，說得乾脆一點：請的還是個女人。事實上，根本不需要透過什麼字跡鑑定才能看出這其中的玄機：我光這樣比對，就直覺最後這些短簽（都只有一頁多一點）的作者是個女性，而且我也了解到我父親方面從此不再去信了。他當然對自己跟人家斷絕來往的理由不是很有意識。那種變化雖然很明顯，但還是極其微妙的，而我父親就像隻貓兒或貓頭鷹，如果說他能夠在夜裡看見東西，我很懷疑他會對這樣的轉變有所意識。他有辦法感覺得到那種異常的，在那些鋼筆字裡頭蠢蠢欲動的不規則嗎？有辦法看出就是這種不規則在讓那些字跡看起來更柔軟更靈活，在弄彎那些字行的走向，讓它看起來更加與眾不同，更加脆弱？我認為奧塞羅就是很簡單地不想再理他而已，最後那幾封信，他甚至直接塞進牛皮紙袋裡，連打開都不想，那種感覺就像當年他硬是把對珠笛思的思念在心裡活活悶死那樣。

「……你知道，我是那麼地想念我們玩在一起的時候，我們的童年。我常常夢見學校，或教堂後面那個公園。我回到那兒，和孩子們在一起，只要我還沒發現自己已經長大，已經變老，而這裡再也沒有我的位置了，夢就會一直持續下去。但那些小孩其實一早就知道有個大人在那邊，但那個大人以為自己還是個小孩，所以一看到我就會露出很尷尬的樣子。他們什麼也沒說。也不會趕我。但我總覺得我讓他們很丟臉。不然我就

是在教室裡。克里菲羅小姐擦著眼鏡說交卷的時間到了。我連第一題都還沒寫完，心裡很生氣，但又覺得她就算用紅筆在我的考卷上打一個『F』來羞辱我，也無所謂了，因為我好歹也已經是個大人，我有我的工作，我的人生，我的未來不可能這樣就毀了。這些還只是我幾個最能見人的夢。你記不記得有一次我們在公車上，我跟司機問了一個問題，然後他回答我時叫我小姐？那年我們十五歲。我羞得無地自容，而你，你還想糾正那個司機，但被我拉住了。你記得嗎？跟你比起來，我瘦得不像話，手臂那麼細，身子骨那麼單薄。我已經不是第一次被人家當成女孩子。奧弟，過去我曾告別芝加哥，現在，我又要離開紐約了。事情有了許多的轉變。我已經把書店頂人。馬切羅不願意再看到我。我們吵了一架。幸虧卡蘿塔來把我們拉開。我聽說有個人可以幫我，而這個人，你相信嗎，就住在羅馬。我已經買了票。因為我已經很久沒有你的消息了，所以我不太敢確定。我不會去找你，這樣你就可以自己決定。我不想再做任何解釋。我多麼希望能見到你，這是我最大的心願，這樣等於什麼都說了，就算什麼也沒說。我會住在「妖姬贊貝」（Zambinella）[3]，酒店就在羅馬車站的旁邊。我每天都會為你，

3　「妖姬贊貝」（Zambinella）：亦為巴爾札克短篇小說《撒哈辛》（*Sarrasine*）中的主角，是一名十八世紀在羅馬劇壇上以女裝扮相紅極一時的閹人歌手。

還有你的兒子禱告。以最摯的心。E」

　　艾吉鳩的最後一封信就是這樣結束的。這封信，就像拉撒路·耶穌活在岩石上的時候那樣，都要我回到城裡，給了我一種我所缺乏的衝勁。天黑以後，我並未直接回到小屋去（大老遠，甚至還沒走到林子前，我就聽到他們在彈鋼琴，一首四手聯彈的變奏曲，那個揮灑低音是保羅，採擷高音則是拉撒路），而是在林子前面拉撒路停車的地方逗留。我把車蓬放下，坐到前座的乘客位子上，閉起眼睛。我想著相片上那個笑咪咪的年輕神父，然後把他投射到一處一望無垠的沙漠上，想像他被一條一條上面掛著濕襯衫和緊身褲的曬衣繩纏住，懸在空中的模樣，下面是汽車飛來飛去的大馬路。我看見他穿著神父袍，然後那件神父袍漸漸走了樣，先變成灰色，又變成白色，愈來愈輕，像真絲那樣閃閃發亮，我看見艾吉鳩神父在教堂前的廣場上，挽著我父親的臂，另外一隻手捧著花束，他的新娘袍被風吹得飄呀飄，奧塞羅望著天空，覺得快得下雨了。艾吉鳩透過鏡頭看著我，光禿禿的小鳥就要從媽媽肚子裡鑽出來了，媽媽就是那個被他取代了的女人，我覺得渾身寒毛直豎，然後最前面幾滴雨珠就從我臉上迸濺開來，我對自己說奧塞羅提防他竟是有道理的，然後我就睡著了。

　　而我們離去的那天夜裡，我也是這樣睡了一路，整個背貼

著椅墊，膝蓋頂著手套箱，風扇的熱風往我身上吹，我和那個馬達一起振動，分不清是它的鼾聲還是我在呼吸。我要保羅・杜杭特送到門口就好。他肚子上還抱著我送他的惜別禮物，那是一張郵購來的唱片，艾靈頓公爵的《Black, Brown and Beige》（黑色、褐色和米色）── 保羅不肯相信雷南斯[4]的小提琴玩得跟喇叭一樣好，也沒有聽過馬哈利亞・傑克森[5]唱福音的歌聲。此外，他也開始愛上阿貓安德森[6]飆的 triple high C（三倍高C音），迷上那些黑的、褐的和米色的爵士大家的競技表演，他在屋子前面跟我握手道別，還用他那口很破的英語引用了公爵的名言：「你離開是對的，這樣對你只會有好處。Be sure that you take good care of yourself because we want you too to have a happy anatomy（你要好好保重自己，因為我們也希望你有個快樂的構造）[7]。」保羅・杜杭特已經死了，我那時候想，現在是一個全新的保羅・杜杭特。明天，這附近的田野會在一種前所未聞的藍調和弦，或一種從管風琴的主管、弦管、固定簧管和

4　雷南斯（Ray Nance, 1913-76）：美國爵士小喇叭手和小提琴手。
5　馬哈利亞・傑克森（Mahalia Jackson, 1911-72）：美國黑人靈歌和福音歌女歌手。
6　阿貓安德森（Cat Anderson, 1916-81，原名William Alonzo Anderson）：美國爵士小喇叭手，綽號「阿貓」。
7　〈happy anatomy〉也是艾靈頓公爵為電影《對一個謀殺犯的剖析》（*Anatomy Of A Murder*）所做配樂中的一首曲名。

活動簧管吹出的散拍音樂[8]中甦醒過來。

　　雖然我覺得他講話那樣嘻嘻哈哈的非常有趣，但心裡其實很擔心。我師父那種會一陣一陣發作，好像在發高燒似的狂熱，正顯露其精神狀態已經受到嚴重損壞。他天生的那分泰然自若現在整個都被打亂了，情緒高低起伏，有躁鬱症傾向，讓人不禁要往最壞的方面去想，想說他會不會有一天自我分裂，將他的時間分割，把他的身體和意識一分作二給杜杭特博士和杜蘭哥DJ，給清晨的音樂大師和他那些無眠夜裡的bopper（砲伯），給管風琴和鋼琴，給費爾法克斯[9]和梅納‧佛格森[10]，大流士‧米堯[11]和邁爾斯‧大衛斯，給多瑪‧莫萊[12]和傑利‧羅爾‧摩頓[13]，給羅爾[14]和羅林[15]，吉哈克[16]和賈雷特，米戈[17]和明

8　散拍音樂（ragtime）：二十世紀初流行美國的一種黑人音樂，是爵士樂的前身。

9　費爾法克斯（Robert Fayrfax, 1464-1521）：英國作曲家，以彌撒和經文歌著稱。以下作者透過一連串發音相近的古典／爵士音樂家名字排比，來表達保羅‧杜杭特那種有分裂之虞的精神狀態。

10　梅納佛格森（Maynard Ferguson, 1928- ）：出生於加拿大魁北克的爵士小喇叭樂手。

11　大流士‧米堯（Darius Milhaud, 1892-1974）：法國作曲家。

12　多瑪‧莫萊（Thomas Morley, 1557-1602）：英國作曲家。

13　傑利‧羅爾‧摩頓（Jelly Roll Morton, 1890-1941）：美國爵士鋼琴樂手，散拍音樂大師，號稱爵士樂的發明人。

14　羅爾（Rore）：指弗朗‧德‧勒作曲家（Cipriano de Rore, 1515-65）。

15　羅林（Rollins），指索尼‧羅林（Sonny Rollins, 1930- ），美國爵士薩克斯風手。

16　吉哈克（Jiràk），指捷克指揮家Karel Jiràk（1897-1982）。

17　米戈（Migot），指法國作曲家Georges Migot（1891-1976）。

格斯，阿爾班[18]和鮑伯[19]。阿勒芭的手稿，導致他的精神狀態在衰弱、委靡和狂喜之間不斷輪轉，這種情況也許用音樂的強弱記號，可以表達得比文字更好：

　　阿勒芭的作品在不知不覺中，在我這老友身上植入了一種不和諧的聲音，然後這種聲音就像波浪一樣，開始向外擴散，將保羅・杜杭特和這個世界的那種澄澈而井然有序的關係，切割得支離破碎。原先被我當成是一種音樂上和精神上的和解的——那天晚上我就是跟他一起聽了那些爵士使徒的福音，所以才會忘了我父親以及我們一起出獵的舊約——竟是某種內在瓦解的先兆，意味著保羅和自我的離異。那位已逝女性所遺下之物，竟然具有那麼大的殺傷力。阿勒芭的手稿對保羅・杜杭特來說，就好比溫度和時間之於弦樂器，讓他的判斷力因此扭曲，一直到變調走音。

　　這個有能力將當代各種音樂世界熔於一爐的女人究竟是誰？在保羅・杜杭特離開城市之前，她在他的生命中究竟扮

18　明格斯，阿爾班（Alban），指奧國作曲家Alban Berg（1885-1935）。
19　鮑伯（Bob），指Bob James（1939-），美國流行爵士樂手。

演了什麼樣的角色？這些也許我永遠不得而知？我只知道她已不在人世，還有她的化名，我只知道她臨死前把她的音樂獻給他，這份禮物對他們雙方來說，都是繼續存在下去的唯一機會，問題是當保羅終於解開這部作品的謎底時，他自己也要迷失了。

2

　　一路上——因為我們是走夜路進城的；走夜路向莫哀‧英撒根這個悲喜人生的新一階段前進——最近這幾個禮拜的驚濤駭浪和無所事事，像一卷錄影帶那樣在我眼睛前面閃過，從拉撒路找到我們開始，從他那輛克萊蒙潘哈接受了血的洗禮開始。我看到保羅和拉撒路在教堂裡，聖水池上掛了一個十字架，上面有個雕工很粗的耶穌基督，拉撒路在像前跪了好一陣子，同一天早上，我又看到拉撒路在祈禱。到了晚上，我趁著他坐在農莊那邊的井欄上吸薄荷菸時，便問他：「怎麼，你現在也開始信教，還會乖乖上教堂？」他的回答是：「上教堂，會。信教，不信。」

　　「你在說什麼呀？」

　　「你難道從來沒有被一個你並不愛的女孩子吸引過？」

　　「你是說你覺得上帝很迷人？」

　　「我想得到祂，但我並不愛祂。還有其他的問題嗎？」

我又想起我父親和星星的葬禮，一個埋在村中德凱薩里家的家墳裡，一個葬在丘頂的那棵橡樹下（我不是沒想過要把他們合葬在一起，但保羅和拉撒路都不贊成）；我想起我在閣樓上讀艾吉鳩來信的那個小時，想起拉撒路在河裡釣到一尾鱒魚，而我釣到的卻是一條奇醜無比、吃了魚餌卻不肯赴死的黑鯰魚。我想起我們在那塊爬滿青苔的石頭上聊天，我的朋友力邀我重返人間。我又看見那輛收破爛的小貨車，停在院子前面，工人把紙箱木箱全堆到車子後面，一共運了六趟才全部運走。更別提那個來來回回跑的古董商，還有收廢鐵的──話說那人只花了一點小錢，就把那些放在露天裡霉爛的破銅爛鐵都收走了：包括一輛已經解體的古基摩托車（義大利的機車牌子）[20]，那台放在木工房裡的工具機，還有我們最忠實的剪草機（奧塞羅每有送客興致時，就會舉著獵槍跨上它，一路陪那來人到門口）。我又聽到保羅・杜杭特彈的阿勒芭。一滴眼淚從拉撒路的臉頰上滑下，我看著我師父把那疊手稿扔進火堆中。

　　夜幕尚未完全垂下。拉撒路邊開車邊哼著歌兒。風扇把一股熱風徐徐地往我臉上送。我只能全身放鬆，然後做夢。整個人覺得很平和。我們進城的時候，天還沒亮，待我進去那個掛著紅布幔的房間，躺到那張鋪著藍色亞麻床單的床上時，天還

20　古基摩托車（Motoguzzi），義大利的機車牌子。

是一直沒亮。

　　第二天，拉撒路馬上和他下鄉前的那種夜間生活方式重修舊好——在鄉下時，他都不會隨便說什麼黎明即起是件奇怪的事，因為他發現自己竟然可以跟我們一樣，天亮就起床，然後作出一些最有違他習慣的舉止：把衣服穿上而非脫下，啜飲咖啡而不是倒頭就睡——而我也很快地適應了這種新生活的規則和節奏。我們很少在凌晨四點以前就寢，但睡了兩三個小時之後，天一亮我照樣會醒過來，然後忍著濃濃的睏意，一直看書看到中午。接下來我會讓自己去睡一個長長的午覺，夢見一堆奇奇怪怪的東西。我時常在我那充滿咖啡因的睡眠裡，聽見一些曲思最美妙的樂章，但每每我耳朵尚未張開，那些音符就不見了。直到傍晚，我方從昏睡中掙扎起身，結果是更加疲憊，肚子裡一把火，喉嚨痠痛，整個人幾乎處於一種亢奮狀態之中。於是我躍到浴室那邊去，沖了一個冷水澡，然後，一穿好衣服，就到公園裡去做每天例行的散步。天黑之後，鑽進鋼琴間開始練琴。午夜時分，到大廳去找拉撒路，他則已經準備好加了杏仁糖漿的咖啡和一盤牛軋糖，在那邊等我。

　　我們度過靜靜的夜，一邊吃糖，幾公升的咖啡就這樣下肚。一天早上，我先是起不來，待人一下床，便發出一聲慘叫，抱著肚子折腰。醫生來看了之後說，是肝在發作，要我控制飲食。我這才覺悟到身體健康須靠良好的作息，而我再怎麼

喜歡拉撒路，也不必樣樣學他。

後來我好了，便想出一個既能兼顧友誼，又能無損健康的方法。我不喝咖啡，改喝綠茶（用薄荷葉和 Gunpowder〔中國珠茶〕[21] 一起泡，那種味道會把拉撒路的菸味和記憶中那種殺氣騰騰的火藥味牽到一塊，讓我想起我父親的死），然後在鐘敲三下的時候，上床睡覺。

但不久又出現了另外一個問題，而拉撒路的解決方式還是他一貫的漫不經心。他看出我再也無法忍受靠他度日，所以提議我們來做一筆對雙方都有好處的交易：他提供我吃、住和每月一筆微薄的零用金，我則同意以一年為期，根據一份事先擬好性質、長度和交稿日期的作曲計畫，交給他一系列的音樂作品。計畫內容可以修改，只要雙方都同意的基礎上。就這樣，拉撒路・耶穌活成了我的資助者，而我，成了一個專業作曲人。這種我以為是每個音樂家夢寐以求的境遇，對我來說更像受之有愧的厚愛，因為到目前為止，我除了曾經按照保羅要求將一些禮拜儀式的曲目片段改編為管絃樂之外，尚未寫過一個音符。不過我也不懷疑自己履約的能力。幾個禮拜下來的夜生活已經為我鋪好了道路：我從我那些充滿幻覺的午睡裡，預知到了我的人生目標。午睡讓我有所啟發，所以當拉撒路對我提

21　gunpowder 也有火藥的意思。

出建議時，我毫不猶豫就接受了。說真的，常常我醒來時，都還記得那些幽靈般入我夢中的旋律和和弦，雖然我並未處心積慮，一睜開眼睛將之記下，但至少我可以確定那不是幻覺，而且它們的好，不必歸功於普羅高菲夫（Prokofiev）[22]或比利・史崔洪，我並沒有被那些死去的人纏上，我只是被新的形式附了身。

我們的唯一爭執，在於彼此對音樂的定義上；在於拉撒路為它所劃定的嚴格界線——免得有天它會超出他的理解範圍，也在於我所看到的，領域一天比一天寬闊的音樂世界，即便我一反大部分同代人的做法，還是把旋律排第一順位，而且徹頭徹尾不在乎那些陰魂不散，老說什麼主題已死的哲學謬論。我冷眼看著那種對拆解結構的過度偏愛，極端造作的書寫方式（我常常覺得，除了一些天才之作外，極簡主義［minimaliste］還不是一樣在那邊裝神弄鬼而已），以及對一切自然演化所表現出來的抗拒，共同催生出一種「閉關自守」音樂，這種音樂注定不能登大雅之堂，只能在裁判所的被告席上播放。我也發現因為堅持走神祕主義路線，那些新一代大師竟然能夠寫出一些晦澀到讓人不曉得拿什麼來比喻，最後只好把它們捧上天的東西。

22　普羅高菲夫（Prokofiev, 1891-1953）：俄國作曲家。

拉撒路也同意我說的，晦澀其實是庸才的最後一個避風港。不過他還是會把我們這個時代裡一些很廉價的老生常談拿來人云亦云，看破一切地宣稱在音樂，或更廣泛地說，在藝術的領域上，再也沒有什麼好發明的了，宣稱我們如今只能向過去幾十年來的那些天縱英才討點麵包屑，這個在我聽來就像宣布生命再無活力了那樣荒謬。拉撒路有時候自己也會說，那些掌握了未來的男人和女人，是因為他們曉得如何超越教堂音樂和體育場音樂的對立。但他的話還是在打高空，因為他其實不知道他期待的未來應該是什麼樣子，他其實害怕那種樣子，就像我們擔心聽到有人失敗或死掉的消息那樣。

　　我們的協議於是出現了歧異。這牽涉到他和我各自對作曲一事有不同的界定。我的朋友堅持把過去一個世紀以來在「通俗音樂」中所使用的千百種做法，當成血統不純或已經過氣的枝節末流，主張我應該遵循那唯一的大道，開路前鋒都是這門他認為獨一無二的藝術中的先賢先烈，一直到近代那些出類拔萃的衰衰諸公，一脈相傳，絕不含去跟下等音樂野合來的雜種，因為這些正是敗壞風格和散播噪音的始作俑者。這麼愚蠢的看法，只能顯示背後靈魂之貧瘠。但也唯有音樂可以讓他改觀，使他歸正，而我有志成為作出那樣音樂的人。

　　我最先寫出來的都是一些鋼琴小品，把奏鳴曲和一些花俏的爵士句法結合在一起，但只是湊在一起而已，算是失敗之

作，這個我自己就可以馬上承認。接下來是將這兩種音樂形式作配對的一系列嘗試，問題是它們還是各自為政。當時我開始意識到自己已經走上一條創作之途，數不清的失敗一個個等在路上，而我每日的工作就是披荊斬棘。我的開山刀是一個節拍器。我的指南針是自己那不知所措的直覺。鋼琴鍵盤或各種目標樂器的音域是我的地圖。我有那種膽量，相信迷失會讓我進步。但我還是擺脫不了對拉撒路‧耶穌活赤裸裸的依賴，而他，則用一種兼具了征服和復仇欲望的心態，來干涉著我的靈感。

　　結果，我每失敗一次，我那朋友就更確定我是在白費力氣，而他那種虛情假意的好心，譬如給我一個建議，一個鼓勵什麼的，都會讓我有一股想要殺人的衝動。我後來都只把曲譜直接交給他，也不彈給他聽，也不跟他解釋，教他明白我對他的惡意批評根本不屑一顧。這招很有用。我愈來愈覺得我是在為自己作曲。我的四分音符塗得更黑，八分音符勾得更帶勁，全音符圈得更圓，如此這般在紙上刻出一道道既靈巧又張牙舞爪的旋律線。

　　我那疼痛症大概是在此一埋首工作的時期開始出現的，後來發作頻率和強度愈來愈高，我整個人就像被帶到這個世界的邊緣，那兒各種造物和符號會互相對話，而一旦越過那條邊界，則完全是另外一種天地了──我不曉得要怎麼形容它，我

唯一能做的就是徒勞無功地試著不要受到它的傷害——那邊的話只有符號能夠決定一切，它們執行著它們幻想中的權威，採用的是我有時會在龐菲力公園碰到的那個可憐人的方式：站在一張公園長椅上，眼睛圓睜，比著指控的手勢，喉嚨都扯破了，就對著一大片看不見的人群破口大罵。

　　我就是這麼漸漸地對聽到的各種最不一樣的聲音，變得非常敏感，尤其是那些會重複的聲音。譬如，暖氣爐的嗶嗶剝剝，或我夜裡聽見的、宛如一塊翠玉在黑迷宮中玲玲瓏瓏的時鐘。或是腕錶上的秒針，或是一只鹵素燈泡冷卻時的喀啦喀啦。或自動留言機的喇叭裡傳出來的電話掛斷的嘟嘟嘟（我發現有個人每天晚上打電話給拉撒路卻又不留言，我在想那個人到底是誰）。譬如那些流行歌曲裡頭不斷重複的節奏片段。有時候甚至是我自己的心跳，然後夜裡這個無論如何揮之不去一直重複的聲音，變得像夢魘一樣巨大。

　　因為病是週期性的，所以我並非一直都在受它折磨。他只是會突然攻擊我，讓我覺得身體裡面有東西在抖，嚴重到簡直像有東西壓在身上。發作的時間不長，然後那種解脫的感覺我真的無法形容。「你就想說如果你吞了一個拔開的手榴彈，」我跟拉撒路說，我發病的次數愈來愈多，讓他很擔心。「那我一定是全世界最笨的笨蛋，」他回答，一語道出了我每次發作過後的那種感覺。儘管他很堅持，但我還是拒絕去看醫生，我

沒有告訴他其實我有個土方法：原來節拍器的擺動可以讓我平靜下來。只有那根擺桿那種催眠似的來來回回，可以讓我的身體機能差不多恢復正常。自從我發現我那個帶擺的小金字塔有此等治療功效，每次出門都少不了它。我之需要節拍器，就像一個心臟病人需要起搏器。我的帕卡牌竟能幫助我調整心律。我受到這個滴答症（我都這麼叫它）的困擾，將近八年，一直要等到我那首敘事曲作出來了才獲得解脫。

　　至於拉撒路，我在跟他同住的前面幾個月裡，很快就能感受到他的生活也一樣，每況愈下。我們回城裡後，才兩三個禮拜，他又開始在外面過夜，到後來乾脆每兩天才回家一次。拉撒路和一般憂鬱症患者不同的是，他並沒有放著自己的情緒和外表不管，反而過度地去追求精神昇華和衣著時尚，這其實意味著一種性格上的僵硬，依我之見，他應該對此加以提防，就像我也會一直注意自己內心那些偶爾會想要傾巢而出的暴力欲望。「這都是我們人的本性，」拉撒路說：「國王到哪裡都要帶著弄臣。上帝什麼事都得先問問祂那個小丑的意見。我們是耍傀儡的人，我們也是那個傀儡本身；或這麼說好了，我們連傀儡都不是，我們只是那把看不見的線，繫住傀儡師傅的手，綁住傀儡的四肢，有時候還自己就鬆掉了，把自己纏住，有時則突然纏得緊緊的，但永遠不過是一些一拉就斷的牽絆，如此而已。」他有次這麼對我說。拉撒路最喜歡講一些我覺得空洞到

毫無營養、一點意思也沒有的雙關語。

　　他的一些舉止開始讓我感到怪異：每次吃完糖就刷牙，一天換好幾次襪子和內褲，揮金如土地買保養品（他連看不到的粉刺都不放過，並且擔心自己會早禿），在美容院和裁縫師傅那邊花的時間比在書房裡研究古典文學和拉丁文法的時候多——他宣稱已經深得《Bucoliques》（牧歌）[23]的精髓，正準備寫一篇專論，但我從來只看到一堆廢料——扔進字紙簍裡的紙團。

　　他除了注重自己的外表，還對天主教信得非常虔誠。關於這點我也是，擔心有一種病態的意念正企圖將我那年輕又漂亮的同學，這個聽音樂的行家，溪魚的高手，所有藝術和一切魚類的好朋友（他幾乎每次都會把他釣到的鱸魚和鯉魚放回去），變成一個老得太早的迷信老太婆，最愛被人污辱和受懲，把放晴看成凶兆，出太陽看成天譴，下雨了才是神的恩典。拉撒路同時和好幾個神父來往，還跟一個梵蒂岡我一不曉得二不想知道名字的紅衣主教有交情。他會強迫自己不吃東西，然後躺在一個空房間的地磚上徹夜禱告。不過我還是沒有辦法把他的信仰當真。拉撒路的高貴血統讓他有一種效法希臘

23　羅馬詩人魏吉爾（Virgile，西元前70-19）最早的一本的詩集，共十章，除描寫青年幕人的戀情之外，亦抒發對當是社會政治的觀感。

人的傾向，走到哪裡都要煽情一下——我指的是這個詞的字面涵義——甚至當他在給他的牛排灑鹽時，連鹽罐子灑出來也都是煽情，如果他看報紙，好像也是煽情在敦促他一頁翻過一頁，卻不讓他有時間細讀任何文章，甚至當他在蓮蓬頭下面給自己的老二打肥皂時，手和睪丸之間也要一直保持某種不可稍減、相當於從荷馬式煽情到德謨克利特[24]式煽情那麼遙遠的距離。

　　天性如此，他怎麼可能會去對基督教產生狂熱？我認為根本不可能。就算躺在冷冰冰的地磚上，雙手交叉，全心全意呼喚聖傷（stigmates）[25]出現，拉撒路還是拉撒路，就算鮮血大可從他那雙奉獻犧牲的掌心裡流出，第二天在修指甲師傅和皮膚科醫師的妙手回春下，他那十根指頭又會恢復平日的纖嫩和細緻。拉撒路信基督教，意思就等於史塔汶斯基[26]用裴高雷西[27]的手法來寫《普契內拉》（Pulcinella），用巴哈風格來寫《三樂章交響曲》（Symphonie en trois mouvements）一樣——完美、光滑、得體漂亮，但卻像一尊流著乾燥淚光的大理石像。

　　後來我也猜到了，拉撒路每開著他那輛克萊蒙潘哈外出夜

24　德謨克利特（Démocrite，約西元前450-370）：希臘哲學家，主張唯物思想。
25　stigmates，指某些基督徒身上會出現的傷痕，類似耶穌被釘在十字架上的釘痕。
26　史塔汶斯基（Stravinsky, 1882-1971）：俄國現代作曲家。
27　裴高雷西（Pergolesi, 1710-36）：義大利作曲家。

遊，竟是為了前往某個不知名的房間裡去會那至高無上的婀莉婀娜‧德‧威爾吉利斯，一頓我臨去音樂學院前才嚐到的美酒和精饌，讓我至今夢中難忘她那渾圓細膩的乳房，讓我一思及當年她眼見我就要回鄉，卻仍不許我下到她的低胸領子以下，上去膝蓋以上的做法，還會覺得消化不良。這份榮幸，我想──有點不是滋味地──她應該只保留給我們那唯一共同的友人。

　　不過，我們還是有一個共同點，拉撒路和我。我們之所以能夠維持那多年默契，關鍵就在於雙方都會對一己內心那些朦朧的窺視欲施以強行驅離，態度之凶惡猶如看門之狗。這是我們做人的原則，但有時候更像是怯懦的關係。所以好幾個月下來，我都不願意去問拉撒路有關婀莉婀娜的事情，一面心中又想說他們也許天天晚上都見面的。我其實不只一次發現拉撒路在客廳講電話講到渾然忘我，碰到這種時候我都會踮著腳尖走開，但還是會不小心聽到其中幾句。內容不外是下次要在哪裡見面，或取消約會，一種可以根據他的音色、閃爍其詞和那些難以填滿的無言時刻來感受的愛情，一種我覺得一下熾熱，一下又棄如敝屣的愛情。這個時候，拉撒路的聲音就會變得很粗暴而且冷漠。

　　我當時誤以為有兩個拉撒路在追求同一個愛情，以為我這朋友為了療傷可以自甘墮落，他今天夜裡做的告白，明天

晚上仍要反悔，但事實上，拉撒路就那麼一百零一個，夾在兩個愛情故事中間左右為難而已，一個是想要而且心甘情願，一個是得不到也解脫不了。我因為不知情，所以把不同的人給搞混了，因為被我自己的情感矇蔽，所以聽到各種聲音。我那時絕對想不到婀莉婀娜在這場三角戀情中（其中有兩方尚未現身），根本無足輕重，她甚至對此一無所知，跟我一樣。

3

　奧塞羅和星星是四月十四日過世的。整整一年後，我選了他倆忌日的這一天，到「妖姬贊貝」去打聽艾吉鳩的下落。我其實一直在拖，好像擔心我每天的生活步調一旦受到稍微干擾，就會讓支持我作曲的那些力量一下子失去平衡，波及這種我總算享受到的表面寧靜。

　這天，當我正要把鋼琴蓋放下時，拉撒路便走進來，往書架上一本一本地搜，在找一份總譜——我記得他要找的是《魔笛》——然後又拜託我行行好把那個啪答啪答煩死人的節拍器關掉，我於是擎起蓋子，像在關什麼精神分裂患者似地往節拍器上一蓋。接著，他朝窗邊走去，看看圍牆外藍天下的尤加利樹和海岸松，轉過身來，總譜抱在肚子上，封面正中央是一個莫札特的側面剪影，從我旁邊經過。一直走到門口，又轉過來，整個人倒在地上，哭了起來。

　我坐在琴凳上，用腳去撥踏板，彷彿像這樣把那些琴槌移

226

開的話，可以止住他的痛苦，擦乾他的眼淚。我心中升起了一種混合了憐憫和惱火的情緒。我想要把他抱在懷裡，又想賞他一巴掌。我很慶幸他沒有哭出聲音來。轉眼間，他又好了，深深地嘆了一口氣，閉上嘴巴，手爪子一直緊緊地扣著那本書。「我的小莫哀，」他說，臉上出現那種瑪岱甌死後，他來找我陪他去參加葬禮時的慘澹神情：「我這樣子，你覺得我可能成為一個好丈夫嗎？」

「什麼？」

見我一副目瞪口呆，他笑了：「我這樣子，莫哀，你可以想像我娶到一個好女人，成為一個好丈夫和好父親嗎？你覺得我有那個資格嗎？」

「你這話不是在開玩笑吧？」

「你怎麼會覺得我在開玩笑？」

拉撒路拿出他的絲質方巾擦眼淚，方巾一角還繡著他的姓名縮寫。我開始想像耶穌活先生站在教堂階梯上，一旁笑咪咪的是婀莉婀娜，她那罩著蕾絲花邊的手臂挽著他的，就像我父母親結婚那天照的相片上那樣，然後，藉著某種重疊效果，婀莉婀娜透過鏡頭直視著我，拉撒路則迷茫地望向遠方。「如果，我唯獨僅有的同伴都要忍不住懷疑我，那我要怎麼相信我自己？」

「但是她……她應該知道你講的是不是心裡話，如果……

她應該可以看出你在說謊，或者你口是心非，只不過自己還沒有意識到而已。她其實沒有那麼天真……」

「她？」

「婀莉婀娜。」

「什麼？」

拉撒路其實不太會用感嘆詞。這次輪到他突然對我露出一個驚訝的表情。「婀莉婀娜？」他說：「莫哀……所以……這些年來……你真的以為……」他一面說，一面輪流望著他的手帕和我目瞪口呆的表情。

我還沒說他那種笑聲。很像用沾了洗潔劑的抹布擦在玻璃上所發出的聲響，一串尖銳的音，模仿玻璃在抹布蹂躪下的哀號。這種刺耳的，以 staccato（用斷奏）和 con sordino（加弱音器）所表現出來的快樂情緒，一下子冒出來，彷彿是情況嚴重時的專用對位法，這招總是讓我想起艾伍士[28]作品中那些斷斷續續語帶嘲諷，用木管和銅管吹奏出來的樂句。拉撒路在笑，那本總譜一個翻落，譜頁前前後後地按著拍子發抖。我聽著那些紙張千篇一律的沙沙沙，以及一個笑個不停的 falsetto（假聲）。我聽著那個頭聲發出的不規則切分音，還有那些紙頁扇子似地拍著空氣，然後這兩種聲音匯流到一起，節奏也統一

28　艾伍士（Charles Ives, 1874-1954），美國作曲家。

了。於是就只剩下一組綿延不絕不斷重複的聲音，既像一種皺掉的空曠，又像某種音色受損的低音樂器所發出的ostinato（持續低音）。對深淵的恐懼和對長空的笑聲合為一體，發揮得淋漓盡致，合力對寂靜展開肆虐，彷彿一定要將它公開出來，讓它屈服在聲音的淫威之下，那些依我之見不過是虛無的回響，或虛空達到目的後在喘息的聲音。

我那時很清楚地感受到，某種笑聲、空氣在兩張書頁之間的咆哮和一根琴弦在制音器下的顫動，這些都同樣可以是通向末日的開端；在這種情況下，每一天皆不過是雙重否定的零總和，而光明是暗夜的暗夜，音樂是沉默的沉默。

「莫哀，」拉撒路說，一手按著我的額頭。他站起來，譜往鋼琴上一放：「莫哀……你還在吧？我剛和婀莉婀娜通過話。她已經回國了。」

「回國？」

「她去唸了三年的劇場。」

「在國外……」

「我已經請她今晚過來，」拉撒路說。

然後不等我回答，就走開去要準備晚餐。他得先通知露意莎，家裡每次請客都由她掌廚。然後又要去糖果鋪，「未雨綢繆，」他從穿衣間那邊撂下這句，很擔心的樣子：「不然我們的牛軋糖可能會不夠！」我們於是約好晚上鐘敲九點的時候見

面，在婀莉婀娜的陪伴下——她已經接受了拉撒路的邀請。我還有三個小時多一點的時間可以去一趟「妖姬賛貝」再回來。

莫哀・英撒根進了城。莫哀走上街。一想到就要和美麗的婀莉婀娜・德・威爾吉利斯重逢，我的大腦於是對我的感官和記憶發出總動員令。我不聽不看地往前走。如果我是一個國家，就是一個開戰中的國家。如果我是一條街，就是一條讓人找不到出入口，面目模糊的街；就是一條擠著流動攤販、便宜妓女和許多噪音的街；街上都是雨傘小販和順手牽羊來的吻。這條街從一座公園出口的階梯底下開始，一直延伸到某個車站的月台上為止。如果我是一片天，就是雨過天青，就是放晴後的暖濕。如果我是一件樂器，就是那回我們路過一扇窗下時聽到的低音雙簧管。如果我是一隻蟲，就是一點流螢，一縷被一件白色洋裝吸引過去的夜靈。如果我是一種情感，就是重新燃起的希望，就是可疑的誘惑，就是失效的妒忌。「如果妳是一朵花，那就是……？」我這麼問過婀娜・麗紗・達洛茲，她那時躺在水塔頂上。「……etton id alleb anu[29]，」她答道。然後我繼續搞混她們的臉。

那是一個下雨天。我愈往目的地靠近，整個城市的燈火也

29　una bella di notte的倒讀，意為「一朵夜美人（紫茉莉）」。

漸漸清晰起來。放眼所及，所有事物的線條都被勾勒出來了，這個世界又恢復了它的正常比例和自然狀態。地上鋪的磚塊一格格浮上來，磚頭上的凸粒在我的鞋底跳舞。那些行色匆匆地走在路上的女人，可以從她們歸來的臉上看出是累了一天或迫不及待要去赴約，是一種用從容步伐來衡量的快樂心情，還是痛苦。我每走一步，就覺得更加自由，更能感受清涼的風，陣陣的雨，來往的行人和車輛，左右搖晃的雨刷、樹葉和我的手臂，吹翻的傘，亮晶晶的水坑，車輪蓋的瘋狂旋轉。

到了目的地之後，先是看到一個很大的字母「Z」，在一扇朱門上閃爍，門上掩著絨布簾，我撥簾而入，把城市的擾攘不安留在背後。一走進地下室，首先映入眼簾的是一巨幅海報，也是紅色的，海報四周繞著一閃一閃的小燈泡。海報後面的牆是黑色的，下面則有一排五顏六色、不甚協調的扶手椅，從樓梯一下來一直排到房間的最裡面去，房間很寬敞，有拱頂，海報對面的牆上有一條長長的吧檯，中間那塊地方則是所有旋轉聚光燈的焦點，應該就是舞池了。海報上是一個穿著開岔禮服的年輕女人，一本正經的臉上笑容可掬，大大的眼睛裡有一種迷茫的清澈，那種在狂喜狀態下和臨死前才會出現的眼神，好像她在大限將至時也終於享受到了的樣子。她有點駝背，身子又傾斜，給人一種要跌倒的感覺。一隻手往前伸出，一副打算靠那道陰影來支撐似的，陰影上寫著演出的標題：

「丹瑟‧丹」[30]，陰影中似乎藏了幾張圓圓的人臉、樂器的金屬亮光、螺旋狀的線和銅管的喇叭口。你幾乎可以說那是一支僵屍樂團，而那個女人是一邊唱一邊倒下去，她暢飲過鮮血的嘴唇角落上，還掛著一絲幾乎看不見的血痕。標題下有這麼一道副標：「你的命運在我手裡」。

地下舞廳最裡面有個圓形的隔間，深藍色的石灰隔板上鑲了五顏六色卻黯然無光的水鑽。隔間前遮著布帘，掛帘子的長桿上幾個字母宛如一道彩虹排開：「La Bomboniera」（糖果盒）。那是最不能冒瀆的地方，我在想，聖殿中的聖殿。

直到今天，我每從某個夢魘或夢中歸來，並受遺忘驅使而神遊太虛之際，總會經過這裡，好像這麼做可以讓我免去醒後的不愉快。於是我常常在兩個夢境之間，穿過那座小劇場，那個城裡沒有人知道的地下洞穴，那個從這頭到那頭，布帘和椅子上的血紅與同色瓷燒燈座互相輝映的地方。我發現自己正從那個假穹頂的稜鏡下經過，兩旁都是摺起來的凳子，走向那些黑色板子，其隨著時光荏苒，於我竟成了既柔軟又可怖的世界源頭。

觀眾席的最前面幾排，坐了十來個人，有男也有女，彼此

30　DAMSEL DAMN，DAMSEL即英語「閨女」之意，DAMN在英語中亦有受詛咒的涵義。作者在此又玩了一次迴文：正念反念的發音都一樣。

之間都至少空著一個座椅。我不覺得奇怪，因為這一定是那種人們必然會帶著另外一個自我去看的表演，只不過那個自我臨時決定把你留在門口，還要你在下著傾盆大雨的人行道上等他享受完出來。我坐到第三排上，旁邊是一個綁著辮子，皮膚很黑的女人，右側好幾張椅子之外，一個老人攤在那邊，閉著眼睛，帽子擱在肚上，肥肉都要從兩邊扶手滿出去了。我的前面則是一截很白的頸項，好像鴕鳥脖子似地從一圈皮草領子中伸上來。我看到一個剃著光頭，嘴上無毛的年輕男人，還看到一個兩鬢發白的大鬍子，拿手帕搗著在咳嗽。我隱隱約約看到另外一個女人，但只看到她的肩膀和頸部線條。我從頭到尾沒看到她的臉。我覺得那應該是一個孕婦。等了幾分鐘之後，又有個人來坐在我後面。那人的呼吸有時輕拂著我的脖子，當她（我是從那些手鐲的叮叮噹噹來猜測這人性別的）伸腿或變換坐姿時，我還會聽見椅子發出的吱吱嘎嘎。我漸漸地有點想睡。我真希望這場台上空空如也的表演可以一直持續下去。

　　但那個主角的高大身形還是出現了，那麼突兀，我根本沒看到她進場，霎時還懷疑她不是從化妝室和舞台之間的那條狹道走過來的，懷疑我一進來她就在了，甚至連第一個觀眾都還沒闖進這個紅色的地下墓穴之前，就在那兒了，在我們那漫不經心的目光焦點之下。這個我未曉何名何姓而文法規則亦無法將之歸於陰或陽的奇特人類，占據了整個空間，卻似乎又無意

將其據為己有，也不說接下來要表演什麼，好像一盞啞巴燈[31]不讓燈焰外洩似地對她那突如其來光芒萬丈的現身法，三緘其口。

　　整個空間都在顫動，當雅森・奧黛力現身，裹著金黑二色長袍，那麼輕盈又頎長，抬眼凝視天花板之際。如此高不可攀，不用任何道具，除了他那個曲線詭異，關節鬆弛，四肢迂迴並不時抽蓄的身體。當那女的突然冒出，顛覆我的存在，顛倒光陰的流向，開啟一段以我那老舊節拍器為準的倒數計時；當雅森・奧黛力開始唱歌，舉起雙臂，在自己面前，在一頭短髮和那條男性化的中分線上浪蕩起來的時候，我的身體第一次了解到，原來美竟可以這麼殘酷。

　　當她的聲音出現裂痕，感到撕扯的竟是我。如果他唱錯了一個音，無論多了四分之一還是不夠高，我都覺得他這些不精確的轉調比起那些學校訓練出來、永遠不會犯錯的聲音要來得準。如果他的聲音枯竭了，覺得陷入沉默的是我，必須再深深吸一口氣的也是我，不只為了灌飽那些尚未唱出的歌詞，還包括那些會干擾雅森，在他歌聲上劃圈打點的抱怨、笑聲、嘆息和尖叫。她每試著騰起那神祕的身軀，每將一個母音唱到筋疲

31　啞巴燈（lanterne sourde）：一種舊時的鐵製燈籠，上有遮光裝置，只能發出極微弱的光芒，使提燈的人能視物卻不會被發現。

力竭，每企圖敲開天堂的大門之後，就又會縮回去，他人就會回到舞台上，回歸原狀；她恢復意識，他自暴自棄；穿著晚禮服的天使長又回到他那種面無表情的發光狀態，她聲音與身體的爆發力，皆源於此。

雅森·奧黛力在我們面前進行無痛的自虐，一下走極端，一下又心不在焉。她會趁著高歌、傷痕告白和獻祭的中間空檔，一再回到那個無感的地帶，利用張開嘴巴到再度發飆的片刻，到某個只會讓人暈眩的地方逗留，那是一條緊繃的繩子，介於兩處不斷朝著地平線移動的他鄉和異國之間。我對台上使用的語言一無所知，也不曉得這些言語是怎麼混到一塊的，但無論是不喜哼唱的她，或跟我──也跟鳥脖子夫人，懷孕太太和帽子戴在肚子上的男人──談論某種回憶死光了的記憶還能有多少輕重的他，他們講得我竟全聽得懂。

「現在⋯⋯」我後面的那個陌生女人低語，那個在我脖子上吐氣，那個我看不見的女人。「現在，」她說──這是個命令？觀察？要求？或只是一個簡單的願望？

那陌生女人的話，不管是對我說的，還是偶然飄過我耳邊，非但未曾破壞那種幻覺，反而讓此一法術更加奏效，教我不由自主地盯著演出者最微末的舉手投足，而這些也都會馬上反應到整個劇場密閉的空間裡，就好比一隻蜘蛛會將它的情緒波動，無論威脅或驚慌，傳遞到蜘蛛網上那樣。我完全被雅

森‧奧黛力的一舉一動給控制住了，猶如受制於那些旋律和節奏的變化，受制於一首歌裡頭那些讓我很愛的、怎麼唱都唱不完的音符。

雅森‧奧黛力把肩膀一轉，肩帶便滑了下來，整件禮服也跟著掉在腳邊，好像他有一種主宰物質的超能力，而那塊布料和縫在上面的星辰就在他的敦請下，化為液體，沿著他的手臂和臀部往下流，好讓他看起來更加赤裸裸，散發出一種令人毛骨悚然的優雅。

陰陽人跨過地上的那件綴滿星星的蛻皮，走近觀眾，頭上單打一盞燈，四周是浩瀚的黑。她伸出左手，握住她的性器官。伸出右手，夏入另外一個。肚皮在兩隻手下面搖搖擺擺，聚光燈的光束盯緊了她那淫蕩的骨盆，以及那兩種步調不一，卻顯然各得其趣的進進出出。此一迥異之快感亦可從那兩隻手執行任務的方式看出。若說那右手以極不耐煩且粗暴的方式在向那兩片害羞的陰唇施壓，左手則是慢條斯里彷彿在維持什麼承諾似地讓它的情人感到滿足，一下體貼一下又不用心地騷擾著它那只有一根指頭的同類。一手刺激著它那唇形的伴侶，一手則陰柔地反過來緩和對方的陽剛，然後兩個性器官竟藉著手勢起了爭執。終於——這個高潮在我來說既是解放，同時又像個羞辱和一種肉欲的挑戰——雅森‧奧黛力停止自殘的動作，一面喘氣，接著，因為她要自己入自己，身子往前一彎，因為

他想自己插自己，整個人像痛得直不起腰來那樣折成兩半，他的臉，化作一個無法瞑目的面具，而我，我已經沒有辦法呼吸，完全不曉得這種解剖學式的特技表演到底是什麼意思，然後那個陌生女子的手就從兩張椅背的中間伸過來，握住我的，救了我一命。這一幕就在雅森‧奧黛力默默的高潮中結束。

有好長一段時間，大家都呆在位子上，看著，聽著——我也一樣——台上那個天使怎麼給自己唱歌，怎麼跟自己作愛，而這會兒，一切都煙消雲散了。突然，所有觀眾都站起來，彼此也沒有一個眼神，便逕自走出「糖果盒」。我轉身看著我這些臨時同伴有如一排夢遊症患者似的行進隊伍。我終於和那陌生女子打了照面。

「幸會，」艾吉鳩神父說，那是一個年紀既不大也不小的女人，橘色連身裙，妝有點濃，樣子有點輕挑，有點波西米人，也還有點男人，有點沒有自我，有點像我。可能是剛看過雅森的表演，也可能是他寫給奧塞羅的那些信多少讓我有了心理準備，所以當我看到我那個在結婚相片上還穿著神父袍，笑咪咪站在教堂前面的堂叔，變成這個髮捲染得太黃，胸部隆得太大，太低沉的聲音卻又要捏得太尖，從臉上皺紋和眼睛裡都還看得到那種慈悲心腸的老小姐時，一點也不感到驚訝。「艾吉鳩？」我問道：「艾吉鳩……」

「你可以叫我吉吉。」

「那那個女的？還是男的？你怎麼……？」

「雅森・奧黛力改變了我的人生。跟我來。」

我一聽，當下決定拔腿就逃。我只有一個想法：去找婀莉婀娜・德・威爾吉利斯，然後要她跟我一起在雨中散步。但我還沒來得及執行我那其實很簡單──因為只需要把腳跟往後一轉──的逃亡計畫，我們就已經來到了後台。

走廊燈很暗，吉吉走在我前面。足登繫鞋帶的高跟短靴，我這位姑姑走起路來倒是搖曳生姿，兩片屁股輪流上上下下。她看起來很侷促，重心有點不穩，用江湖藝人踩高蹺的方式行進，既像在走鋼絲，又像個賣身的女人，這種刻意強調出來的性感讓我不禁升起一股憐憫之心。

雅森・奧黛力正在他的化妝室裡卸妝，拿著一塊沾了乳霜的棉花輕拍額頭和眼睛四周。我覺得他就有點像一個至尊至聖的紅牌女高音，在舞台上對自我及其藝術的掌握，皆已達爐火純青之境，一個令我那麼害怕，連見她坐在鏡前（鏡子的上半部矇著一層霧，但很快就消退了），在那間裡面都是鮮花的斗室深處，都還會被嚇得失魂落魄的人物。然而，鏡中那張被劍蘭和玫瑰圍起來的臉，在洗去脂粉後，白皙的皮膚上逐漸露出一條條細紋和疲倦的容顏，竟也是那麼地人性。她對我比個請坐的手勢，然後從梳妝台上取了根菸，讓吉吉為她點著。吸上好幾口，菸從鼻子裡噴出來，嘴角掛著一種愉快的倦怠，也不

在乎菸灰掉得滿地，一會沾在她浴袍濕掉的襟上，一會又掉在那垂著雪絨下襬、交疊起來的大腿之間。

雅森·奧黛力用一種真心的聲音跟我說話。她的嘴唇在抖，那是一串叨叨絮絮，一種心情愉快的波動，一陣呢喃，會迷死人的呢喃，看起來好像沒有說什麼，我卻聽得很認真，聽它不停地漲起落下。她給了我一些讚美，又扔下幾句咒罵。她先是怪我，然後又怪自己不該怪我，然後又咿咿啊啊地褒了我一下，然後又是一頓訓斥——我覺得啦。她莊重得很膚淺，和氣得很刻薄，罵人還不帶髒字，但她究竟說了什麼來著？從她嘴裡說出來的話，不過一些雞毛蒜皮，只是為了讓我聽到，根本不把我的聰明才智放在眼裡，我覺得我好像在聽什麼插科打諢底下的沉默之歌。也許最後我只聽到她笑聲的細微變化。我完全不記得她說過什麼。我以為自己有救，我知道自己被詛咒，但我頂多只能掌握到那些話的外表。我不是在這座城市一處地下劇場的最深處，在一個關起門來，裡頭有一面起霧鏡子、一台嗡嗡響的暖爐和一束不見天日正在凋謝的花的化妝室裡，聽見雅森·奧黛力說話，我也許，是在一條積雪的大道上，在海的那一邊，在很久以前那個為孫子命名的老人臨終前，當被護士小姐接過去的我開始啼哭起來的時候，聽見她說話的；或者是在一塊冷冰冰的岩石上，在暴漲的河水中間。一直到今天，就算我已解脫，黑夜也結束了，但我仍然難以描述

那個地方的情況，我只能說，那個地方僅存在著我過去一切所作所為的回響，在那裡，無論是聲音、痛苦或快樂，皆已脫離了當初那個感受到它們的人，並重複著一種不斷輪迴的存在。我想雅森‧奧黛力的聲音讓我的內心終於靜了下來。

　　我在那場神奇的雨中奔跑，經過車站，經過河和梵蒂岡的城牆，跑到上氣不接下氣，然後在一個廣場中間停住，有醉漢躺在那邊睡覺，頭上蓋的報紙濕了，好像一個照著他臉形製成的石膏面具。我跑著跑著就迷路了。再找到路時，午夜一點的鐘聲也響起來了。抬起頭，耶穌活大廈的七樓沒有一絲光亮。我在穿衣間脫下大衣時，只見拉撒路的外套並不在。我摸黑往房裡走去，把凍僵的衣服脫掉，濕淋淋地擱在衣櫃上。房間的百葉窗是關著的。

　　然後我簡直嚇壞了！當我又摸著要上床時，竟然有個滾燙的身子朝我挨過來，用一床粗毛毯將我倆的身體蓋住。對方緊摟著我，我則渾身發抖，沒有抵抗。我們就這樣在那張唧唧歪歪的床墊上滾了好幾圈，從這邊滾到那邊。然後，我們都沒有力氣了。然後，她的舌頭撬開了我的嘴唇。然後，她被我推倒。然後，我開始看見她。看見一個閃爍的晴光。看見她的側面。唇瓣下的珍珠光澤。「莫哀……，」她喚道：「莫哀，莫哀……。」然後，我們就只能做一件事，那件事讓我們的手

扣在一起，讓我們的聲音互相呼應，我用的是疑問語氣，她的則愈來愈肯定。「婀莉婀娜？」我說，儘管從前我們交往的時候，她不曾對我這麼好過，儘管這美妙的節奏令人渾然忘我。她絲毫沒有糾正我的意思，「婀莉婀娜？」我又問，這個問題讓我的欲望愈來愈高漲，讓我陶醉在這名字裡那些一旦滑入我喉中即化為呻吟的「A」裡頭，動聽極了，好似這名就應該在愛情中呼喚，喚到結結巴巴，喚到口齒不清，喚到魂牽夢縈，喚到將它飲下，喚到最後只剩下一個音節，像她把「莫哀」的莫去掉子音之後，嘴噘成筒狀繼續叫著我的名字，在歡愉中驚呼。

晨間，我望著沉睡的她，一隻膀子遮著臉，面頰上有枕頭縐褶的印痕，實在很難相信這個睡美人——她的小腹連在夢中都要尋找我的下體——就是我要回鄉前，那個像在頒獎一樣讓我碰她胸部的小女孩。我沒有辦法接受白被單下若隱若現的是她的膝蓋和大腿，接受從她身上溜下來的羊毛毯裡露出的，正是過去她胴體的祕密部位。但也只有這麼看她，我才意識到自從我們分手之後，究竟過了多少年，而這個世界趁我不在時的改變，又是多麼地出乎我的意料之外。

從我最早有記憶以來，我就不記得自己有過任何想法或性情上的改變。我遇上保羅‧杜杭特，因此產生了自覺，這是無庸置疑的。從那之後，莫哀‧英撒根就一直追隨著自己那個那

不動如山的影子，他靈魂的樣式。從那以後，沉默就不再許我說話，而我必須一直等到創作我那首敘事曲時（有很長一段時間毫無意識，後來方發奮圖之），才將發言權從沉默那邊奪回來。

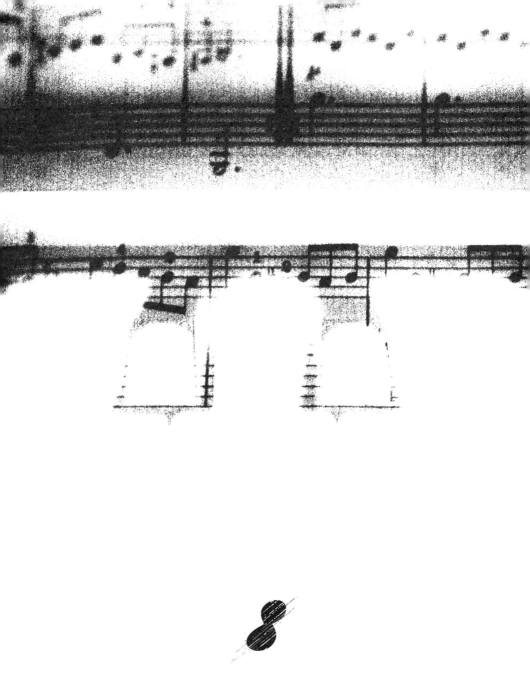

1

拉撒路在提到莫札特的奏鳴曲、雨果的那些《被征服的混沌》[1]和溫貝爾托·薩巴[2]的詩（我就是無意間聽到其中一首才跑到特里斯特去的）時，曾說：「在這些人體內奔流的，正是這個世間的血，這種血液也在時代那不計其數的血管裡頭淌流；這種血既流向永恆，也滴落在當下。」

現在該來交代我那首永生敘事曲是怎麼寫出來的。至於曲子完成和拉撒路的消失，兩件事竟然分秒不差地同時發生，我認為這就好比某一種高級意志的兩種表現——要看你是站在人的角度，還是純音樂的觀點，看你是強調人生自古誰無死，還是創作的本質——只不過我們生產出來的東西，我們寫出來的

1　《被征服的混沌》（*chaos vaincus*）本是雨果名著《笑面人》中的一齣戲碼，這裡泛指雨果的劇作。
2　溫貝爾托·薩巴（Umberto Saba, 1883-1957），義大利現代詩人和小說家，出生於特里斯特，在創作生涯中長年為精神疾病所苦。

詩、歌和小說，少了一顆活跳跳的心罷了。

　　我到底花了多少年的時間？十二年來，只見那些每張都有兩份的手稿愈堆愈高，一部分裝在我房間的櫥櫃中，另外一部分就擺在拉撒路書房最裡面那個帝國式牆角櫃的大理石檯上。但拉撒路不常來這間裡頭都是笨重家具的書房，他對圖書室和他那張小寫字桌還比較感興趣。

　　十二年，我的生活方式並未因此而有所改變，吾友拉撒路那麻木不仁的夜生活也是，我們的牛軋糖會和對藝術未來方向的爭執也一樣。至於我，我也不曉得自己是否要去找人來舉行作品發表會，或者作曲這件事之於我，其實就跟我們同樓層那幾個九十幾歲的鄰居老太太用來殺時間的消遣活動差不多？

　　十二年，我同樣也可以用和婀莉婀娜見面的次數、拉撒路消失的次數（他會什麼都不說，一個禮拜不見人影，有時是跑到厄爾巴島去，有時就不曉得了）、我昏過去的次數以及和穿著豹紋洋裝的吉吉一起到龐菲力公園的小山上去散步的次數，來計算這個由雅森‧奧黛力所開啟的時期。

　　「十二年！」我在心中低語，那天我正坐在旅館房間前，偶爾看見一個人影在碼頭上前進——那是一個太陽都冷掉了的星期天，特里斯特在我眼中從未如此適於回憶——以及我那首曲子的雛形，per pianoforte e metronomo（為鋼琴和節拍器而作[義]）。「十二年！」

我終於走出黑夜。那天早上，當我憶及正在練琴的保羅‧杜杭特和那頁從管風琴譜架上飛起來的琴譜，我的新生於焉開始。剎那間，這十二個埋首工作的年頭，對我而言是那麼地漫長。接下來不到一個禮拜，我就會演出我的敘事曲，並殺了拉撒路，或不如說，成全了他這個想死的心願——唯此人做事一向虎頭蛇尾，所以找不到赴黃泉之路——這是一個手工精製的死，就像他那些西裝和鞋子，在他命運的能力範圍之內，配得上他那雙耳朵，對得起他那個美麗的靈魂。當時，我一面在紙上畫著我那些陰沉沉的圈圈和短豎，突然明白了時間在過，多少歲月流逝，了解到一個終告結束的時期背後有何意涵，這個時期長短又該怎麼算，領悟到我的生命有限和一天的價值。

　　大部分的時間，我都待在音樂間的鋼琴前面。最近我把一份擱了很久的舊稿拿起來重改，但是並沒有改得更成功。那個主題的開頭用了三個低音的do，結尾也是同樣的三連音，彼時拉撒路正在隔壁圖書室裡工作，聽著我斷斷續續地彈著這支不完整的曲子。多虧了他，我才架起這個不穩定的結構。多虧了他，我這道用愛人臉龐當未知數的曲線方程式才有存在的可能。沒有他，我就找不到作出那首敘事曲的訣竅。拉撒路讓我覺得神奇的是，他總是有辦法用文字來描述音樂想從我這邊榨取的東西，好像我會不由自主地拖延時間，故意寫不出來似的。

太陽下山時——這馬上令我聯想到傑基‧拜爾德[3]的指法，米爾特‧傑克森[4]的色調和克里夫‧布朗[5]那種水銀般的音色——我聽的是吉吉，她就坐在我旁邊，在公園草坪上。吉吉還記得艾吉鳩神父，記得他在沙漠裡的日子，記得斯濟蒙老爺和他心情一不好，就會一直去擦袖扣的怪癖，記得我母親和她的 risotto alla zucca（南瓜飯）。某個秋日裡，我們坐在我們的小丘上，吉吉從她的皮夾裡掏出那張憲警作的筆錄副本，因為那天仔叔和卡蘿塔夜歸時在行人道上睡著了。

昏暗的時刻，我都用來跟婀莉婀娜在一起，那是自暴自棄的時刻，也是最歡愉的時刻。但我很快就對我們那些遊戲性質的交歡感到厭煩，重複性太高，儘管我們都很有想像力，最愛想像一個桀敖不馴的身軀，一場淫亂的化裝舞會和一種未曾嘗試過的奢侈，但時間一久，我們的關係還是惡化成最壞的那種，讓我們成了肉體上的敵人。我內心深處，一直沒有辦法接受婀莉婀娜的改變，她那突如起來的棄守，在我們重逢的那天晚上委身於我，也是我反對她的開始。相反地，婀娜‧麗紗‧達洛茲的那種疏離感——我在演奏會前的幾個禮拜，也就是這本書的最後幾頁時，又將重新經歷一遍——在我身上起了某種

3　傑基‧拜爾德（Jaki Byard, 1922-99），美國爵士鋼琴家。
4　米爾特‧傑克森（Milt Jackson, 1923-99），美國爵士鋼琴家、作曲家。
5　克里夫‧布朗（Clifford Brown, 1930-56），美國爵士小喇叭手和作曲家。

蠱惑的作用，而如果不是這種作用後來把我對婀莉婀娜的厭惡一筆勾銷，讓我又能重新去愛的話，我一定把它當成是我內心一種最普通不過的欲望罷了。

不過我還是得先交代一下拉撒路的悲劇。我時常想起他那次在音樂間裡整個人都亂了，還有我那種挫折感：很想幫他，卻無論如何做不出這個其實很簡單的、將他摟在懷裡的動作；想起我們那個聾子和啞巴的對話，而他當初發出的求救信號有多嚴重、多緊急，我一直到十幾年後才明白。

那年我們二十歲，所以我無法想像他為什麼會那麼不安。我完全想不到大勢已去，一切都完了，想不到有個年輕女人懷上了他的孩子，而他那時卻已經明白了自己的性向，以為和另外一個男孩在一起就可以從此脫掉喪紗，讓自己漸漸忘記瑪岱甌。那年我們二十歲。

我根本不認識那個穿絨毛披風的女人，那個天黑後他會到樓下人行道上的路燈下見面的女人，那個有一次還朝他臉上吐口水，而他則回甩她一個耳光的女人。在我記憶中，這對苦命鴛鴦和我俯瞰的眼光之間，永遠隔著一道薄紗窗簾，七層樓的高度，醫院般蒼白的光源。儘管我們最後一次一起跨年的那天晚上，子午過後的數分鐘——我聽到瓶塞爆開的聲音，看見水晶杯中湧上來的香檳泡沫，一滴酒淚沿著整支高腳杯往下流，然後當婀莉婀娜將酒瓶放下時，我聞見從她身上飄過來的香

水、蜂蜜、生薑、辣椒和發熱出汗（她那是正在治感冒）的味道──拉撒路開始招供，儘管他身上發生的事，能說出來的我都知道了，這裡頭總是有一層疑雲，令我永遠看不清那個穿絨毛披風的女人是誰，也無法確定是否真有這麼一個拉撒路從未讓我見過的小孩。

　　十二點過後，拉撒路兩隻指頭夾著香菸濾嘴，開始講故事，眼睛輪流看著婀莉婀娜、一扇東方漆屏風、桌巾上的一大塊麵包和火爐裡的火，但我絕對相信他其實是要說給我這個他日後的遺產受贈人、兇手兼未亡人聽的。他笑笑的，辛酸地說到瑪岱匭天不假年，讓人無法接受，又說我很天真（「不過你竟然認為我值得那個讓你如此怦然心動的女孩去愛，這點讓我覺得很受用，」他說）。至於婀莉婀娜的小弟──那個詩人、作詞家，拉撒路受他啟發，還曾將他的敘事詩譜成一支非常獨特而優美的曲子──死後那幾年有多慘澹，則打高空掠過，好像一隻單飛的鳥，遨翔在草木不生的一望無垠上，尋找獵物，忘了自己的飢餓，只願找到一點水源的閃光，然後，由於對自己能力太高估，從天上掉下來時，還很奇怪自己的翅膀怎麼不拍了，然後，落在一處沙地上的他，只能眼睜睜地望著另外一頭飢渴程度與他不相上下野獸，向他走來。「她就是這樣接近我的，」拉撒路說。

　　「她是誰？」

「妳需要一個名字嗎？這有什麼重要的？我那時還以為我得救了。我還以為我一直在漂泊，而她一直在等我，她就是我的答案。這是這齣戲的第一幕。這齣戲一共有五幕。」

　　「一齣悲劇。」我說

　　「還沒演完，肯定是。不然我怎麼會在這裡？」

　　「那你想要她嗎？」吉吉發言，一臉狐疑，滿嘴東西，正伸手要去拿第三塊蛋糕，也給了我一個機會來完成對我們這個桌邊小圈圈各成員的描述。吉吉——想來我們第一次見面也是十幾年前的事了——一點都不像六十幾歲人。光陰放過了她。到了晚年，她就像作了最後一次脫皮那樣，著實令人賞心悅目，只見柔和的臉龐在燭光的照耀下，這位貴婦人身上已經完全看不出昔日年輕神父的影子了，risplenda per esso o Signore, la luce perpetua, riposi in pace, amen（哦天父，讓他看見永恆的光亮，在平安中安息，阿門）。從主人到三個客人，就吉吉最神氣。她那樣子又浮現我眼前，叉子往盤子裡一叉，對著拉撒路問道：「那你想要她嗎？」

　　「應該是吧……」拉撒路說：「我想要這樣，我想要擁有她。」一襲黑衫的婀莉婀娜，因為發著燒，看起來豔光四射。老實說，她還真適合飲用那種用感冒藥水和堂佩里釀[6]調製出

6　堂佩里釀（Dom Pérignon），一種法國頂級香檳。

來的雞尾酒，而我因為受到一股我以為已經熄滅的欲火催化，直直地在桌底下對她示愛。「大家都清楚得很，拉撒路，你這人是條七命貓，」她說：「不一樣的是你可以同時過好幾種不一樣的生活，而且讓她們彼此都不知道對方的存在，讓我們只知其一，或其二，但還是有某些情況，連拉撒路・耶穌活都不得不攤牌。」

「……然後把老K放在皇后上，J放在A的下面，」我附和道，覺得婀莉婀娜這話雖然不錯，卻少了那麼一點色彩，不然就是因為她對我足部所發出的呼喚，只有非常微弱的反應。

「在這種情況下，我寧願放棄，」拉撒路說：「她年紀比我大幾歲，做事的謹慎卻還少了些，」他續道：「她並不是那麼在乎我要不要她，她要不要我，她只想利用我趕快生個小孩。就在同一個時候——這是第二幕，第一景——我迷戀上了一個男孩……」

所以，同一個時候，拉撒路也愛上了他的白馬王子。「一個小男孩，」非常叛逆又很會見異思遷，但他們的熱情夜夜水漲船高，就像隔天早上有人的肚子也會愈來愈大那樣，而她也從此對他漠不關心、愈來愈疏遠，有天晚上甚至不肯再給他開門，甚至連她產下一子也不讓他知道，更巧的是，他那個情人就在她生產的前幾天，不再回去他們幽會的房間。「好像兩人事先已經約好，好像這從頭到尾都是他們的詭計，好像他們在

報復什麼似的。這是第三幕，」拉撒路說。

　　難道他們是姊弟關係？這個假設，讓人備覺拉撒路口中的「悲劇」一詞之貼切合理。我在想，從這個角度來看的話，他肯定未曾和盤托出，而這確實是一個騙局，那個女人故意幫情夫找了個男人來，是一石二鳥之計，目的除了要獨占兒子的撫養權利，還要教他徹底絕望。小白臉和壞女人，Exeunt（退場）[7]。

　　第四幕的場景包括耶穌活大廈的書房（臨中庭），以及城裡的夜總會和酒吧（公園邊）。它主要探討主角在情感上的垂危，在創作上的無能。他因遭遇到雙重的背叛，所以感受著雙重的孤單，彷彿人心中的孤獨功率會愈來愈大，彷彿人處在某種唯一而且沒有出口的當下時，可以分裂成好幾個孤單的自己。沉悶的日常起居，偶爾會被邂逅、重逢、對《魔笛》，對但丁《煉獄》的全面研究或一個帥哥所打亂。拉撒路的生活只不過是一片浪花，在那兒可以喝到混雜著沙粒的苦澀，喝到打嗝，喝到又吐出來，在那兒就算腳踩不到底，你也不可能沉得更低。直到有一天，那個媽媽跟他聯絡。孩子都四歲了。拉撒路拒絕去看他。

7　Exeunt（退場）：「他們出去」的意思，是常見的舞台劇本指示，指兩個以上的演員退場。

「想到人家會活得比我久……，」他說：「不過他快要十歲的時候，我裡面有些東西，退讓了。我開始想要和他相認。」

「為什麼要等那麼久？」

「偶然不都是這樣子。」

然後第五幕就拉開了。布拉恰諾[8]湖畔的一座鄉村別墅，花園裡，一個老狗追著一個洩了氣的皮球跑，一窩笨手笨腳的小貓，一輛橫倒小徑的腳踏車，門環生著幾點鏽斑，拉撒路伸出手，通知人家他來了。爸爸等了好一會才由媽媽帶進去，冷冷的語氣中穿插著懺悔的沉默，然後那個兒子就突然被帶到他父親前面。

起初，媽媽總在旁邊看著。很快地，男人和孩子之間的父子之情讓他們開始希望能夠單獨相處。父親教兒子甩釣的藝術，怎麼做魚餌（穿過針眼、綁在魚鉤上的彩色絲線，種類繁多、用公雞脖子和鴨屁股羽毛做成的擬餌，亮晶晶、鍍金或鍍銀的金屬絲）。他們去河釣，也去海釣。「……我們愈來愈期待下一次的見面。」

「拉撒路也會等不及？」

「是的，」他說，在暖氣開得太強的廳中打了一個寒顫。我還記得那個降A調，還記得那種他那張能夠發出十分流暢的

8　布拉恰諾（Braciano）：在羅馬的西北郊，距離羅馬市區約四十公里。

圓母音、溫柔得好似光暈、籠罩在光輪中的臉；還記得那一刻，他跟小丘上那座小教堂裡的聖人雕像沒兩樣，因為即使目前根本不可能讓他們繼續維持父子關係，但從他那麼肯定的回答中，還是可以看出一種赴死的決心，讓人感受到他的父愛。拉撒路在回應這句風涼話時，其實也答覆了他心裡唯一關心的問題：「時間到了嗎？」。快了。

　　一種很古怪的樂音從我內心突圍而出，它的節奏烙印在我腦海裡，此時窗外羅馬的天空也燃燒起來了，螺旋狀的煙花、迸開的火樹和啾啾作響的沖天炮，正在慶祝我們這些罪人的救贖。「祝健康！」吉吉說。我們互相乾杯。拉撒路嗆到了，無法呼吸。他站起來，一面拍胸，往手帕裡猛咳，然後一口氣道出了最後懲罰的內容。

　　那就是當孩子的媽突然出現的時候，他說。她聲稱逮到他正摟著兒子，聲稱兒子身上被他父親剝得一絲不掛，聲稱拉撒路還在兒子耳邊喃喃地喚著瑪岱嘔的名字。第五幕，第三景。孩子的媽將這個可恥的擁抱舉動報告給警方。

　　親愛的小孩退場。復仇的女性也退場。第五幕，第四景。就是現在。拉撒路站在廳中間。眾人面面相覷，等著他講下去。他把鋼琴蓋掀開又闔上。身體在發抖。走到火爐邊，拿起火鉗將爐架上一塊倒下去的木頭撥正。一陣星火揚了起來，橘紅色的，然後飄落。

2

　　那天夜裡，吉吉走後──婀莉婀娜留下來過夜，後來我回房時，發現她燒得滿臉通紅，翻來覆去，睡得極不安穩。醒後滿眼血絲，黑眼圈簡直像樂譜上的連線，跟我說，夢裡一直聽到拉撒路一下用挑逗，一下用哀求的聲音，在喚她小弟的名字──我跟著拉撒路來到圖書室裡。

　　我好像走進了另外一個天地，和我所熟悉的完全相反。我熟悉的，是一個井井有條的世界，家中清潔婦的那支小掃把絕對不會放過任何一粒塵埃，而潔癖宛如一道驅鬼符，能夠趕走那些無生物天生的缺乏紀律，逼退這個基本上是亂七八糟的宇宙的陰謀詭計，然後拉撒路每次找不到他那個香菸盒的時候，就會破口大罵，一面把所經之處全掀過來。但無論如何，我都尊重他這種整理東西的方式。我自己不是也有辦法在琴鍵上弄丟我的鉛筆？

　　圖書室裡瀰漫著一股動物和辣辣的薄荷味道。桌上被成堆

草稿和作了筆記的磚塊書所入侵，很多只喝剩的杯子，杯中那些年份久遠的液體裡插著香菸屁股，還有沒有套子的筆，小學生的作業簿和一張已經被玷污卻還在孤軍奮鬥的吸墨紙，正和那些稿紙在搶一塊小得不能再小，尚未被占領的工作地盤。

　　當年，當拉撒路正在構思一部探討《魔笛》內部結構的論文之際，或當他還沒斷氣，就敢拎著但丁寫的那本旅遊指南，到地獄去冒險時（「我愈往下面走，」他說：「就覺得自己愈亞利基利[9]」），這間圖書室曾讓他那文質彬彬的美男子聲望毀於一旦。我注意到牆上用圖釘釘著一大張方格紙，而我這天可憐見的朋友很用心地在上面畫了一個等邊三角形，並在三角型上加了一大堆奇奇怪怪的箭頭。另外還有兩張四個角都用膠帶貼起來的紙，一張是波赫士[10]一篇短篇小說（我覺得應該是《死亡與指南針[11]》）的圖解，另外一張是維吉爾（Virgile）《牧歌》的圖表，其中那些兩兩成雙的詩篇排成一座教堂的樣子。拉撒路見我失神地望著那些交叉圖案和篇名，便拿指頭點撥了我一番。「這兩首講人世的考驗，」他說：「那兩首講愛情的考驗。這首和那首，講音樂對人的解放。第四首和第六首歌頌的是神

9　亞利基利（alighiérise），但丁的全名叫做 Dante Alighieri，但丁‧亞利基利。

10　波赫士（Jorge Luis Borges, 1899-1986），阿根廷詩人、小說家兼翻譯家。

11　《死亡與指南針》（La Mort et la Boussole），為波赫士1942年的作品，收錄在《虛構集》（Fictions）中。

啟。最旁邊的是〈達芙尼〉和〈迦魯斯〉[12]，主要在表達凡夫俗子和神聖上天的對峙。」

「你到底想幹什麼……」

他的回答是往一個硬紙板文件夾上用力一拍，然後遞給我。我打開一看，只見上面寫著《永生敘事曲》。我肚子裡，那些甜點、肉和葡萄酒正在一起歡唱從今以後又少了一年的時光；我覺得頭昏腦脹，得找個地方坐下。「小鳥兒呀告訴我，唱歌時你都怎麼做？」

「你在說什麼呀，」我愈來愈擔心。

「張開嘴巴叫『啾－啾－啾』！這是德布西講的小故事，不曉得哪個中學生寫的著名二行詩。鳥叫聲就像三個倒過來唸的ut[13]。一切都是從聽你彈琴開始的，」拉撒路在那道隔開圖書室和音樂間的牆板上敲三下，最後整個人乾脆靠在上面。

「你喝醉了，」我說。

「一切都是從這三個頑固的音符開始的，還有那首你一直沒有辦法完成的曲子。所以說，莫哀，我總算好好地做了一件

---

12 〈達芙尼〉和〈迦魯斯〉（Daphnis et Gallus）：分別為《牧歌》（*Bucoliques*）的第五和第十首，〈達芙尼〉描述年青牧人達芙尼慘死和升天的經過，〈迦魯斯〉描述詩人迦魯斯的失戀之苦。

13 ut為中古世紀時六聲音階第一個音階的唱名，到了十七世紀時才被Do所取代。這裡會說鳥叫就是把ut倒過來，是因為法文中鳥鳴的擬聲詞或可拼為tu。

事情。」

　　我想起那好幾個月不曉得還有沒有結果的埋頭苦幹，我想起這三個其實是一體的音符，三個標點著四分之一休止符的低音do，由一隻自信的、堅定的、不願意放棄的手彈出來，好像那是一個邀請，一個承諾，一個對未來的賭注，在沙龍裡連續響三百次，一天可以響上九百遍。我記得我那種盲目的自信，毫不理性地認為沉默一定會被我打退，同意讓我的繼續下去並完成作品。我還記得那個三連音的切確頻率，我那些迷茫的清明時刻，這時我就會想到可憐的拉撒路就在牆後面，並佩服他竟然能撐那麼久。他是不是在跟我一起患難？他可以明白在這看似不斷重複的表象下，從一個音符到下一個音符之間所要表達的絃外之意嗎？可以明白這種不可言喻、一生二，二生三，然後三個音在某種理想空間中一起震動的同時性嗎？我覺得我那時好像已經做到最大的專注。我覺得透過我這三連音，接下來的創作之路應該可以一帆風順，但是，我從它那兒得到的只是絕望。「你只要跌倒就行了，」拉撒路說：「只要像這樣一直重複，什麼都寫不出來就行了。只要這一次就夠了，讓我可以完成它，為你完成。」

　　「完成什麼？」

　　「今天晚上，我本來想燒掉我的作品。但我又覺得，如果把你蒙在鼓裡，那你可能會這樣一直下去，什麼都找不到。所

以我下不了手。我必須把你給我的歸還給你。」

「我不明白。」

「你還記得那個猶太教士看見天上兩顆星星正彼此向對方衝過去，然後化為一團的故事嗎？其實地上在看的兩個人，甚至你，還有我，和天上的那兩顆星星並沒有什麼不同。我就是利亞撒，只是我不曉得。你就是阿巴，但你還不知道。我們在地上彼此衝向對方，就像我們頭上的星星那樣。我會怕，」拉撒路說，身體從牆上剝離，朝我走來：「我真的好怕。」

他一直說他很怕，我則不斷跟他重複我完全聽不懂他的話。拉撒路往我大腿上一坐，整個人縮進我懷裡。我抱住他，無邊無際地搖著。

3

　那是一首溫貝爾托·薩巴的詩。婀莉婀娜坐在窗邊，枕著窗外團團銀色的雲肚子，看書。她輕輕唸：「Trieste ha una scontrosa grazia（特里斯特有著嚴酷的溫柔）」，肩上披著一條毯子，「Se piace, è come un ragazzaccio aspro e vorace（可以這麼說，就像一個尖酸又貪婪的女孩）」，那張小圓桌的血玉髓桌面上有一杯冒煙的咖啡，「con gli occhi azzurri e mani troppo grandi per regalare un fiore（有著藍色眼睛而手又大得無法獻花）」，她手裡拿著一本詩集，書頁被翻到連書脊的線裝都鬆掉了，詩句因為太常瀏覽以致看來不費吹灰之力；她像我練琴那樣，在晨曦中唸詩，「come un amore（像愛情）」，她唸道：「con gelosia（攪了妒忌）」。

　她長大了。這個誰會否認？最近我雖只短暫地跟她碰過幾次面，但每次都必須動用我那取之不盡的壞心眼，才能無視於她那些再明顯不過的春風滿面。不然，有那麼多的線索、字眼

和動作都可以提醒我：她終於妥協了，她已經在那把將她與這個世界聯繫起來的光束中，找到維持友誼的祕方，一種既有禮貌又很熱情的距離。她就這麼直直地靠在那些打著底光的雲朵上，天空在動，她看起來也在動，但她並沒有發現我。她那雙全世界最美麗的手捧著詩集，好像在熱那本書。

這個專愛在韶華荏苒中作特技表演，多少時辰因她一個搖擺，立被化約為某種靈光乍現的小女孩，究竟變成什麼樣了？如今的婀莉婀娜，不會再用突擊法去過日子。她開始願意負責，好好地把事情做完。她開始接受有頭有尾的生活方式。無論幸福快樂或擾人的麻煩，她都不再只取最重要的部分，也不再硬要把直線弄彎。她甚至打算在某個專業的面具下安身立命，意欲獻身於某個志向，再也不會去跟劇場裡那些把她捧為明日之星的人唱反調。而我那種學徒創作者的自私心態，讓我根本無法了解這個轉變的實質意義。婀莉婀娜在找一種均衡人生中的那個變動不居的消失點，就跟拉撒路（最糟範例），跟保羅·杜杭特（不幸的例子），跟吉吉（相較之下好多了），跟我，還有全人類一樣。有人倒退著往前走，有人一階階地在他們心目中的那條梯子往上爬，有人造橋，有人披荊斬棘，其他的不是專挖牆腳，就是埋地雷，搞破壞。至於婀莉婀娜，她試著去探索自己性格的另外一面，漸漸地能夠掌握這個從前她一直想否定的時間。但她那樣努力不懈，我卻只一直看到一個

什麼都算了的女生。她終於成功了，我真是個瞎子。一直到最後，我都賴在婀莉婀娜成不了事的舒適幻影中，不肯讓我心裡那些反對意見出聲，讓它們說出一個什麼都看在眼裡的護花使者的肺腑之言。

　　我們究竟在一起過多少次？多少次我以為我們已經是一對？我們又曾分手了多少次，並且每次兩人都以為比上次更認真？我們又復合幾次？我問我自己，而她就坐在那邊將一隻橘子剝成一瓣瓣的微笑。這次她看到我了，我這麼跟自己說，但習慣規定她還沒喝完咖啡、天還沒全亮之前不准理我。當下我似乎見到了這份感情隱藏在我心中的巨大分量，相較之下，我們對彼此的誤解幾乎變得微不足道，就像一頁書上的一個誤植，或像一部樂譜，綿綿無盡，其中不斷潮來潮往的是我們過的日子和說的話，而這樣的一部樂譜中出現了一個錯誤記號。怎麼會這樣？要如何才能回去？一反這個好像豺狼虎豹的光陰——它會向每個快樂的靈魂扣稅，誰要是得到了愛，它就會馬上上門來討債，而且，就算我們是凡人，大家也都知道自己得到的愛不過是某個承諾來轉世，一下子就要死的——回到從前，回到第一天晚上（婀莉婀娜撐著傘，步下滿地落葉的台階走向我，我傍著她前行，一面輕觸著她的身體，雨點打下來，還有我們那些為了說而說的話）？要怎麼重新開始？

　　那只瓷杯琤的一聲離杯碟而去，她飲下一口咖啡而我喚

道：「婀莉婀娜。」我喚著這個沒有唇音的名，這個就像婀娜·麗紗的一樣，必須張開嘴巴唸的芳名。我發不出聲音來，所以她根本聽不到。我就這樣默默地跟她道別，覺得自己好像在哪裡經歷過這種情形，而直到最近我才明白原因：原來我想起那天夜裡在森林中，當我父親把槍遞給我時的聲音，儘管那時四周一片全黑，我的話還是卡在喉嚨裡說不出來。悲劇又重新上演，在這我們共度的最後一個早上，我再度無法表達出自己的情感。

天黑後，我去搭火車。坐在末節車廂，和車行反向的位子上，我看著鐵軌往前衝，穿過暗夜，闖出這條列車方駛過的閃著亮光的斑紋路。一路上，我一小段一小段地讀著拉撒路的手稿，並追憶往事做為旅途中的消遣。事實上，他的《永生敘事曲》之能喚起回憶，就像真空之能招來空氣，而我每讀一段，就非得把頭靠在坐椅的靠頭上，慢慢地呼吸，好讓記憶漫溢出來。真的，沒有一頁我讀來，不會聽到某個回憶的敲門聲，要我馬上放它進來。我漸漸地明白拉撒路這部作品的涵義。那些文字一筆一劃地精確描繪出了我的心靈地圖。這不是一本書，而是一張世界地圖。真是太不可思議了。

拉撒路發明了一個故事，其實就是我的，但背景換成另外一個人生。拉撒路生下了一個叫做何莫（Homo，跟雨果小說裡笑面人沉下去時在海邊一直叫的狼同名）的莫哀，生活在一

個叫做阿莫（Amo）的世界裡。拉撒路想像出一座小島，讓保羅·杜杭特在島上改名叫但丁，然後那座山丘上的教堂成了島中央的塔，教堂裡的管風琴成了一架機器，機器上都是用白金、鋼、金和玻璃做成的管子，島主是他，我是學徒，我們打算在島上布下一個很大的陷阱，合力蓋了一座形而上的，名喚「監獄大教堂」（Cathédrale carcérale）的捕鼠器，然後，死神被處女婀莉娜（婀娜·麗紗和婀莉婀娜的混合體）的輓歌所吸引，親自來到島上，但我們靠著努力奮鬥的奇蹟，以及天意的舉手之勞——以大肚天使（雅森·奧黛力）為代表——最後還是把祂給送進棺材。

　　拉撒路這個末世意味濃厚的故事裡，我的每一個過去，都被扭曲成另外一種樣子，只不過我還是全都認得出來。音樂學院變成了一個模範監獄，典獄長阿尼馬拔（Animabal）對他禿頭上的那綹頭髮呵護備至，巡監時則一定會拿著一條鞭子。他的叫聲很恐怖，不然叫的也有可能是地下室裡那些遭他刑求逼供的可憐犯人。另外一處有個叫做赫爾摩（Hellmore）的，算是奧塞羅的分身，被一隻名喚阿爾卡札（Alcazar，這既是摩爾族的王宮名，但也教人不得不聯想起另外一座叫做阿爾卡塔茲[14]的銅牆鐵壁，星星監獄的島嶼版）的怪獸追得走投無路。

14　阿爾卡塔茲（Alcatraz）：位於舊金山灣中的小島，十九世紀曾為軍事要塞，後

仔叔是一個專打抱不平的騎士，名叫馬切魯斯，後來攻下小島，把何莫從黑牢裡放出來。吉吉還是一樣不男不女，只不過在拉撒路筆下，那話兒不是切掉而是裝上，愛姬達因此成了艾吉鳩，然後奉派到另外一片大陸上去當神父。至於我的好朋友，則一次也沒有出現。他躲在字裡行間，從內部監視自己的作品，絕不許自己稍有任性，連一個路人的角色也沒有，連某個裝飾性的句子裡那個在天邊釣魚的，也不是他。

在這部寓言小說的開頭，他放了兩個引言。一個我知道是聖奧古斯丁[15]的墓誌銘：「你口中唸的句子，其實是我想出來的，所以如今你的聲音，多少也成了我的聲音。」下面那個則是一首法文四句詩，用的是一種極其艱澀的雙藏頭詩體[16]，拉撒路肯定是——不是的話你們可以來砍我的手——在拉沙特爾[17]的《新通用字典》（*Nouveau dictionnaire Universel*, 1865）中挖出來的：

改為重犯監獄，今為國家公園。

15 聖奧古斯丁（Saint Augustin，354-430），著名基督教神學家、哲學家。

16 雙藏頭詩體（acrostiche）：藏頭詩是一種詩體，若將詩中每句的第一個字母取出，由上往下拼，可得一對作者、題獻對象或詩題有特殊意義之人名、座右銘或句子等等。這裡的是一首雙藏頭詩，也就是取句首和句尾字母皆可拼出所藏之字。

17 拉沙特爾（Maurice Lachatre, 1814-1900），法國社會主義作家、教育家和出版人，編《通用字典》（*Dictionnaire Universel*）鼓吹其社會及政治理念，譴責殖民主義，主張男女平等，曾因此被判入獄，逃往巴塞隆納，返國後續編「新通用字典」。

婀娜心中愛情烙印

　　我深喜之伊人芳名

　　非汝非我無者可絕

　　此情不渝至死方盡[18]

　　讀到最後，我不得不承認拉撒路的這本小說除了文學價值
之外（如果它有的話，而我對此是一竅不通），特別是一種很
有效的驅鬼行動。就像一瓶防患未然的解藥，這部《永生敘事
曲》的文字版目的在於及早將我不知不覺中和內心一些未知力
量所簽下的這份合約給解除了，為此，必須將我生命中經歷過
的一些事情賦予相反的意義，這樣才能抵消它們帶來的負面影
響。這本書企圖針對我，執行某種次臨界的影響力，只不過這
種想法雖然值得敬佩，卻非常荒謬，就跟計畫打造可以回到
過去的時光機一樣沒有意義，或說和最初那些形形色色的精神
醫師和心理學家一樣瘋狂而自大，妄想可以透過暗示或什麼回
憶來治療精神上的疾病。拉撒路的故事遠無法將我已感染的那

18　原文為Amour au cœur d'Anna imprimA，Nom très heureux d'une que j'aime bieN，
　　Ni de nous deux cet amoureux lieN，Autre que mort défaire ne pourrA，取每一行的
　　第一個字母和最後一個字母，分別從上往下拼，皆得Anna名。因中譯無法比照
　　原詩體，故僅採意譯。

些有害毒素在潛伏期時就殺掉，它像一面鏡子在我的靈魂前展開，給它所缺乏的，讓它在另外一個世界，也就是創作的天地裡，得到互補，得到夢想中的平衡點。這個寓言非但不能取消我們和黑暗之子的約會，反而更加速了拉撒路的墜落和我的解脫。我到特里斯特時，天已經亮了。

　　我在港邊找到住的地方。旅館的房間很大，掛著絳紅色的大窗簾，設備的話有不可或缺的（坐北朝南，浴室和三語聖經），有配給的（床頭一排三個鈕，一個「按摩床墊」的開啟鈕，一個電視開關——不過那台電視一早我就要他們抬出去了——還有一個是控制風扇的），有有用的（一張大圓桌，沒得挑的隔音效果）和令人心曠神怡的（可以看到碼頭，看到起重機和林立的桅杆，看到灰綠色的海）。我把桌子拉到窗邊，把我的節拍器、收音機和稿紙擺到桌上，並將我父母結婚那天的相片，靠著那只插著乾燥花的花瓶放。然後就開始埋頭苦幹。

　　我現在沒法說那只節拍器究竟在我空空如也的腦袋上狠狠地敲了多少天，那種感覺活像我眼前碼頭上那個陰魂不散，噔音從早響到晚的乞丐。至於夜魔，它們八成也覺得我快一命嗚呼了。我那些夢，就像老虎鉗一樣，除了醒過來——有時在驚叫聲中——根本沒有辦法擺脫它們。我在黑暗中，耳朵緊貼著收音機喇叭，嘴裡一直呼叫我那些守護神的法號——小鳥（查

理・派克）[19]、青豆（柯曼・霍金[20]、火車[21]、書包嘴[22]、胖妞[23]、公爵、昏頭基爺、總統（萊斯樂・揚[24]和明格斯男爵[25]——我呼叫Metronome All Stars（《節拍器群星會》）[26]。天亮了，我還在苦苦哀求斐迪娜和珠笛思，我那兩個死去的媽，拜託她們結束我的等待，為我校正音準，給我靈感。常常，我會看到保羅・杜杭特就在旁邊。每當我坐在桌邊，奄奄一息地抄著那三個堅決不讓第四個符號——我有預感，隨之而來的將是一種具有摧毀力量的音樂，一種我非得把它攤在陽光下不可的音樂，不然我自己就會先被炸死——在紙上出現的音符時，總覺得聽見我師父的聲音，好像他正站在背後彎腰看著我，待我一回頭，卻又只看見房間門上掛著的那件舊外套。

我前面提到，保羅自從那次對阿勒芭的曲子作出精采詮釋

19　小鳥（查理・派克[Charlie Parker], 1921-55），美國爵士薩克斯風手，綽號「小鳥」（Bird）。

20　青豆（柯曼・霍金[Coleman Hawkins], 1904-69），美國爵士薩克斯風手，綽號「青豆」（Bean）。

21　火車（「train」）是約翰・柯川的綽號。

22　書包嘴（「Satchmo」）是路易・阿姆斯壯。

23　胖妞（「Fat Girl」），指小喇叭手肥仔拿瓦洛（Fats Navarro），而「肥仔」之所以會演變成「胖妞」，據聞乃是因為拿瓦洛不但身材肥胖，而且聲音尖高。

24　總統（萊斯樂・揚[Lester Willis Young], 1909-59），美國爵士薩克斯風手，綽號「總統」（Prez）。

25　明格斯男爵：「男爵」是查爾斯・明格斯的綽號。

26　Metronome All Stars（《節拍器群星會》）：一支成立於四〇年代的爵士大樂團，成員包括前文提到的查理・派克、拿瓦洛和昏頭基爺等。

之後，就一直無法恢復過來。我上一次去看他已經是六年前的事了。我發現他坐在早已荒廢的菜園子裡的一截樹根上。我們幾乎沒講什麼話。他已經無話可說。如今他每天只在家裡或到教堂去彈一些簡單的兒童練習曲。在那些對舊日時光和往日情懷的追思大會之後，我完全失去了再見到他的意願。後來，換成我打電話給他，每個月一次，還有我生日那天。「有人寄了個包裹給你，」那天他說，聲音在發抖：「從美國寄來的。」

「那肯定是仔叔寄來的靴子，你也知道……」

「是嗎？」

可能是太孤單了，我開始後悔十二年前為什麼要跟著拉撒路，坐著他的克萊蒙潘哈離開。有時候我也會跟自己說話，眼睛盯著節拍器的擺桿——左邊右邊左邊右邊——耳朵數著拍子——一二三一二三，我想像有另外一個莫哀，正遙望海平線，或躺在床上，或對著浴室鏡子刮鬍子，我跟他說：「你為什麼要離開？你在這裡幹什麼？」我用很嚴厲的口吻責問他：「你是哪根筋不對才來這邊？你到底要想怎麼樣？」我這麼勸他：「你最好回羅馬去。你也曉得婀莉婀娜會擔心，而且你心裡是愛她的。你現在終於能夠了解她了。再說吉吉，你有替她想過嗎？總之，你到底在這裡做什麼？」

沒有回答。有天晚上，我一直睡不著，痛苦之致，結果半夜爬起來，穿了衣服走到港邊，在水上面待了許久。數不清的

垃圾繞著棧橋的橋墩兜圈子。我想到該把衣服脫下來。我甚至把一隻鞋子的鞋帶解開了。我已經可以感受到浪花冰冷的擁抱，我讓自己飄到海上去，我的腿都凍僵了，我的手臂再也不聽使喚，我的腦袋往無底的深淵下沉。我想起婀娜，在她那座驚濤裂岸的孤島上。我回房裡睡下。

我整個人沉浸在對婀娜‧麗紗的回憶裡，完全忘了天亮。Trieste a scontrosa grazia（特里斯特有著嚴酷的溫柔），」我淋著蓮蓬頭，一面唸道：「Se piace, è come un'ragazzacio aspro e vorace（可以這麼說，就像一個尖酸又貪婪的女孩）。」突然之間，我很懷疑只因為婀莉婀娜退燒之後，心情愉快，在沙龍裡唸了一首溫貝爾托‧薩巴的詩，就可以決定我的去向，懷疑我之所以會來到這個威尼斯區的首府，是因為朗誦聲加上想要逃避的關係。我在我那個手提箱裡找了半天，找出一張發黃的舊剪報，就是透著它我才知道我家土地上出現了一個逃跑的女孩：「昨天晚上，在安提帕提診所（第里雅斯特）頗受爭議的著名心理疾病專家史督肯史密特教授的領導之下，曾經展開一場一直持續到深夜的搜索行動，目的在尋獲一位由史博士所主持的療養院中所逃出來的女性病患。該位女病患在前一天夜裡搭乘火車離開港都……」。我從查號台查到了診所——一直都還在——的電話號碼，拿一張放在電話旁邊的紙抄下，上面註明「史督肯史密特醫師」。然後再也不敢去動它。

我重新陷入我那首仍在虛無縹渺間的敘事曲，以一個三角形為基礎，試著變化出各種可能的圖形，但音樂仍不肯誕生，讓那些幾何線條痛得直不起腰來。我照拉撒路的做法，牆上貼滿我那些同位圖、對稱圖和形形色色的旋轉圖。我的探索從此分出了三條主軸：那三個不能更改的音符；梅爾里尼太太那番有關迴文的話；梅爾里尼在威尼斯達到聲音極致的同時，巨大的舞台吊燈摔落。自從認識拉撒路以來，我對物理學，尤其是聲學，就一直很感興趣。

　　我的救星，用一種白紙隨風起的滑翔之姿，來到我面前。在一整天的徒勞之後，我的身體開始像節拍器那樣在椅子上搖晃起來，腦子裡一對亂七八糟的符號，其毫無意義，大約和如今北歐巫師的後人面對那些「艱深晦澀」、「樂於助人」和「百戰百勝」的盧恩符文[27]而不知所云亦相去不遠矣。一陣微風吹過，一張紙動起來，我眼看著它翻了個跟斗，又在桌上像飛機起飛時那樣先滑了一段，上升，愈飛愈高，然後一個大轉彎，最後降落在椅子腳下。我覺得兩邊太陽穴上一陣刺痛，俯身要去撿那張不安分的紙，就在那個當口，我想起了第一天走進教堂的情境，想起保羅・杜杭特那張友善的臉，那兩塊放在管風琴鍵盤兩端的銅板，和他說來平撫我傷痛的，那個關於人

27　盧恩符文（runes）：一種北歐的古文字。

性的故事。

接下來發生什麼事，我無法說清楚。就好像有一陣狂風，從全部的開口席捲而入，然後，在靈魂之窗的水晶體中，所有的門皆發瘋似的大開大闔，發出劈里啪啦的響聲。就算有一支拍子整齊劃一的節拍器大軍，也不足以將我突然被上身的那個惡魔驅走。

完全被擊垮，失去意識的我，往地上一倒。

我醒來時，發現一支聽診器冰冷的吸音盤正在我襯衫下面猥猥瑣瑣地探刺。我睜開眼睛，幸虧鼻子前面有只擺錘在那邊晃呀晃，把我的心神和脈搏穩住，不然我可能又會馬上發作起來。醫生將他的工具放進口袋，搔搔花白的鬍子。兩隻耳朵裡插著聽診器的橡皮管，鼻梁上架著雙焦眼鏡，光禿禿的腦門反射著電燈光，讓他看起來活像個介於馬克思（因為那把大鬍子）和火星原住民之間的外星人。我被他迷住了，仔細端詳他，也開始診斷起這個特殊的病例，渾然不知四周已非旅館房間，而是某家醫院的病房。「很典型，」他一面說，一面將聽診器管子從那兩隻毛茸茸的耳朵裡拔下來：「卻很罕見。」

「什麼意思？」

「不要說話。你的情況非常嚴重，最短暫的連續動作，即使是一串聲音，也可能引起精神分裂。你應該早點來的。」

「哪？」

「很好。說話不要超過一個音節。這樣，你就沒什麼好擔心的。旅館服務生發現你躺在地上，口吐白沫。我的號碼就在電話旁邊。他打電話給我，我就趕來了。就這樣。」

「史督肯史密特醫師？」

「噓！我再說一遍，不可以超過一個音節！你這個病，我想，應該有好一段時間了。說對或錯。」

「對。」

「很好。主要的原因就在於你對一切重複現象過度敏感，對不對？」

「對。」

「很好。你每次發作都是跟某種節奏有關？」

「對。」

「非常好。你還沒到末期，我們應該還能幫你走出來。你是我第十四個病人。我大部分的同行都還不肯正視情感的特殊性。不過歷史上已經有許多前例可循。而這些例子在我們這個時代裡又特別多。我為了這個還特別去找了許多資料。這個病不是我發現的，是一個美國人。他把這個病命名為 the Blakey syndrome（布雷基症候群）。亞特·布雷基（Art Blakey）[28]，一個

---

28 亞特·布雷基（Art Blakey, 1919-90），美國爵士鼓手，硬比砲（hard bebop）的

鼓手，你聽過嗎？他就有這樣的問題。再說，那個時代許多音樂家都有這個病。你知道我在說什麼嗎？」

「砲（bop）。」

「沒錯。我的結論就是，Blakey syndrome（布雷基症候群）的流行對比砲爵士運動有很大的貢獻。你知道昏頭基爺，就那個吹小喇叭的，他是怎麼說的？他說比砲就是白人警察拿警棍敲在黑人頭上的聲音。不過這裡說的警棍打人主要是一種心理感受。基爺他也有這個病，就像查理・派克，還有巴德・波威爾[29]和比較近期的賈柯・帕斯妥瑞斯[30]。事實上，這些人大部分都有病，病得還不輕。你運氣不錯，碰到我。他們就沒這個運氣。你知道教宗若望二十二世在一三二二年頒發的那份諭旨嗎？聽著……」

史督肯史密特醫師打開他的手提袋——樣式比我的新，但我遠較喜歡我那個——拿出一份影印的文件，對我唸道：「某新派信徒致力於節拍的準確化，企圖透過一些前所未聞的音符，表達唯有他們聽得懂的曲調。這些人將旋律切割得支離破

開創人物，並將爵士鼓帶往一個更生動和變化豐富的方向。

29　巴德・波威爾（Bud Powell, 1924-66），美國爵士鋼琴手，因精神病、毒癮和酗酒而英年早逝。

30　賈柯・帕斯妥瑞斯（Jaco Pastorius, 1951-87），美國爵士貝斯手，音樂生涯因酗酒和毒癮所導致精神不穩定和行為偏差而中斷，終至流落街頭，英年早逝。

碎，利用反行調[31]來使其顯得陰柔，偶爾還會加入三聲部和一些低俗的經文歌，以至於時常忽略了《輪唱讚美詩集》和《彌撒唱經本》的基本原則，對此兩者的建立基礎置之不理，他們非但不區分調式，甚至在對調式一無所知的狀況下去混淆它們。他們馬不停蹄，從不歇息，志在讓耳朵陶醉，絲毫無法拯救靈魂。」

史督肯史密特唸完，又放回去，然後好像是在對那個病而非生病的人說話一般，用挑戰的口吻道：「我會把你治好的，我，用休息！」接著語氣稍微放緩：「新藝術就是這樣來的。不過真正的災難，應該是對位法，是那些佛來米樂派[32]的門人，你知道嗎？」

「知。」

「說來都是比利時人的錯。我們診所裡就有個安特衛普[33]來的單簧管家。他吹的是古樂，但這一點用也沒有。他來得太晚了。現在我手上接受治療的除了你，還有四個病例。一個工廠女工，一個鐘錶師傅，一個 D. J.（也是個比利時人），和一

---

31 反行調（déchant），十二、三世紀的一種複音音樂風格，在花式平行調上加入反行的曲調，並注重音與音之間的節奏對應關係。
32 佛來米樂派（Franco-Flamands），文藝復興時期主要複音音樂流派之一。佛來米地區包括今天的比利時西北部和法國北部。
33 安特衛普（Anvers），比利時佛來米地區的重要大城。

個低音提琴手。提琴手已經完全好了。其他的也有了起色。我已經讓人去旅館把你的東西取來。從今天起不許你作曲,看書或練琴,所有你想做的都不可以了。保持安靜,好好休息,我明天再來看你。」

史醫師交代完這些話之後就走了。我在安提帕提診所大概住了三個禮拜。我那毛遂自薦的醫師所發明的治療方式,在我看來就跟作磁氣療法的用手給人催眠,或那些新世紀導師的心靈實驗一樣沒有什麼科學根據。不過我相信他真的是一片好意,每次見他因我又有好轉而手舞足蹈,也會在旁一直點頭表示贊許。我的療程包括擺錘催眠,洗冷水澡和很熱的熱水澡。每天都要去上一堂「呼吸教學」,還有一個很漂亮的語言治療師以及一個有口臭的教唱老師,來跟我做了很多次的面談。話說史醫師為我安排的復元時間表非常奇怪:我用餐的時刻永遠不一樣,上課時間、泡澡和沖澡的時間也每天都在變。「要把你的生理時鐘打亂!」他跟我說:「必須克服那些已經根深柢固的步調,好讓那種一直被你嚴重踐踏的生物節奏重新運作起來,恢復原有的重要性。你了解嗎?」

「了。」

「非常好。」

由於一次只能發出一個聲音,所以我無法將內心深處的想法向他表達,也就是說我其實快要無聊死了。然而,臨到還剩

幾個小時我就能提前獲釋（「你好棒，英撒根先生！」我那恩公高聲說道，一面用托盤親自為我端來最後這一頓乏味的早餐）之際，我亦不得不承認，史督肯史密特醫師在治療某些重大的精神混亂問題上，還是很有兩把刷子的。

我不曉得該不該說，我無時無刻不會看到小女孩模樣的婀娜‧麗紗‧達洛茲出現在我床前，從我的記憶之井爬上來？我不曉得該不承認自己一直有種強烈的欲望，希望從史醫師口中聽到她的下落？

我倆重逢，既非在我房裡，也不是在花園中，像我夢見的那樣，而是在一個從地板到天花板全貼了磁磚，裡頭囚著一縷蒸氣香的房間裡。她看到我時，我整個人都泡在一團白色泡沫裡，只有頭露出來。那是我恢復自由身之後的第一頓澡。我還自己調了水溫，奢侈極了。她走到浴缸旁邊，對我伸出手。我緊緊地握住她，發現是真的，我想要將她留在指間。但她又把手抽走。

我心中一片迷惑。她的確就在我面前，從容得那麼躁急。我的意思是說她那狂野的尊貴，桀敖不馴的優雅，儘管仍依稀可辨，但已頗有被餵飽的野獸在太陽底下伸懶腰的姿態。婀娜沒睡著，她只是平靜下來罷了。婀娜尚未被馴服，她變乖而已。當然，她現在年紀比較大了，因為我和她如今都已有當年少年少女的兩倍歲數。但年齡在那種她默默傳達給我的靜定

中，只能算是次要因素。她的美，除了「毫無疑問」，我想不出還有什麼其他的字眼可以形容，而我當時的表情，除了像個傻笑的白痴之外，什麼都不像。水漸漸涼，寒意竄過我的背脊，瀰漫的霧靄也全上升了，我又將她看得更清楚。她一副不想說話的樣子，我想替她發言。但這三個禮拜來的聲音節食並非未曾留下後遺症。我只能結結巴巴。

　　婀娜‧麗紗兩隻手搭在浴缸的邊緣上。她往泡沫上吹氣，好像人們將蒲公英的白毛吹入風中那樣（她從前吹過一次）。一團肥皂泡沾在我的嘴角。她又照樣往我唇上一吹，將泡沫趕跑，接著將她的唇便印上我的，當她的舌尖抵住我的牙齒時，我的舌尖也碰到了她的肉。「莫哀」，她說，世上再也沒有比這更溫柔的聲音。然後她就走了。

　　我回到飯店後，住進同樣的房間。我的永生敘事曲如今就只看我願不願意了。我一口氣將它寫下來，彷彿有個人在旁邊唸給我聽似的。這就是我這首作品的第一版，或說它的雛型也行。我回羅馬的那天晚上，子夜過後，拉撒路也喝完了他的咖啡，我坐到鋼琴前，把曲子彈給他聽。

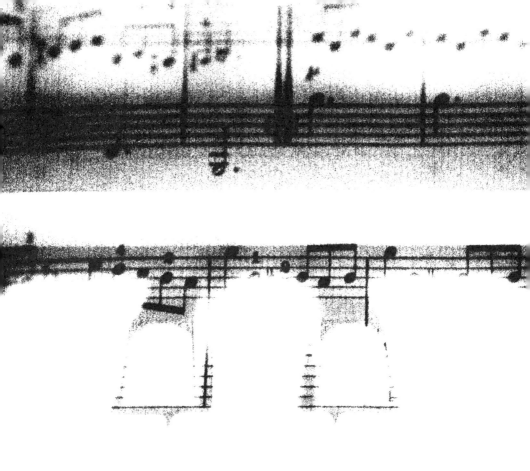

舉行大型公開演奏會那天，本來答應我不出席的婀莉婀娜，還是來了。本來答應我不出席的吉吉，一樣來了。我很驕傲地通知保羅・杜杭特這件事，以為他絕對不可能出門的，竟然也來了。仔叔從吉吉那邊得到消息（看來她是把這當成一個和他和解的大好時機），定了兩張芝加哥－羅馬的機票，在開演前的數分鐘現身，一手拽著妻子卡蘿塔的臂膀（義大利男性不折不扣的怪癖）。

　　看見親愛的叔叔帶著嬸嬸出現，已經夠讓我吃驚了。但真正的戲劇性高潮，還是當阿尼拔・梅爾里尼的身影突然從卡羅素音樂廳（Auditorio Caruso）的大紅地毯上冒出來之際。他左手拿著一支杖頭亮晶晶的手杖，右手搭在夫人的肩膀上，走路一拐一拐的，套頭高領下藏著一圈頸托。仔叔找位子時經過他前面，他好像沒看見。

　　燈光暗下來的時候，史督肯史密特醫師才氣喘喘地吹著鬍

子，從側門溜進來。他起初還執意要把一面後備摺椅扳下來，後來不得已才坐到一張被柱子擋住的空位上去。他之所以會來，與其是為了聽音樂——但他確實是個愛樂者——還不如說是基於某種醫療上的興趣；再說這也和他的聲望有關。事實上，多虧了他，我才能組成樂團，根據他派給我的那些音樂家各自擅長的樂器來對曲子做最後的定稿。樂團成員全部——除了婀莉婀娜介紹來的小喇叭手，一個加拿大籍的音樂神童——都在安提帕提診所接受過治療。我們全都被史醫師的擺錘催過眠，在同一條冰水柱下哀嚎，被同一缸滾水燙得面紅耳赤；都上過同樣的歌唱課、說話課，學過同樣的呼吸法。所以說，每一個演奏者都是入會篩選嚴格的布雷基症候群病友俱樂部成員，而在史醫師的想法中，這場演奏會根本就是一種集體療法。樂團包括一個節奏部（包括打擊樂器、低音提琴和我本人負責的鋼琴），一支巴松管、一支雙簧管、一支長笛、一支長號和一支小喇叭。

節目單上寫著：「永生敘事曲，為室內樂團與節拍器所作之同步反向二聲部曲」。兩個聲部分別由四種樂器合奏。至於那第九拍，則非常理想地位於整支曲子的中央，就在兩個反向聲部的交接地帶上。其實，我也無法預知那致命的一刻何時出現。不過我很確定演奏會一定能夠獲得空前的成功。排演時我發現，九個演奏者——包括我在內——對節奏和拍子的掌握，

簡直已經準確到讓人有種超現實的感覺（但史醫生可能會說這是「病態」）。

樂團團員圍成一個半圓，半圓中間放了一張凳子，節拍器就君臨天下地坐在上面。我們是背對著觀眾演奏，理由我想也不用我明講。順便一提，為什麼音樂家們能夠倖免於難？如今仍是個謎。

一排排陌生的人頭中，保羅・杜杭特、吉吉和仔叔的面孔，尤其是婀莉婀娜的臉，好像打在我肚子上的拳頭。我決定取消演奏會，但我什麼也沒說。自從拉撒路死後，我心中總有一股揮之不去的喜悅，一種很聖潔的——或說很邪惡的——無動於衷。

唯有婀娜・麗紗的現身，能夠讓我睜大眼睛，對這首作品視若無睹。我並未看到她入場。但她也來了，跟其他人一樣。她是唯一活著走出去的。我是唯一知道這事的人。婀娜・麗紗・達洛茲，從我們過去相愛一直到久別重逢，已經把她自己給看透了。她已經克服內心的不協調，再也不會倒著走路和說話，所以我的音樂無法毀了她。除此之外，我找不出其它解釋。

我自由了，我快樂了，我像在看播放舊幻燈片那樣，望著那些曾經出現在我人生中的臉孔。他們還在過去，而我已經來到現在。我是最後一個。我絲毫沒有那種殺人犯行動前的預期

性悔恨。說真的，看到台下那麼多就要被處死的生靈，我一點都不會膽怯。至於為什麼會來這麼許多人，我只能說是出於人類那種齷齪的好奇心，想要看看十幾個所謂的神經病齊聚一堂的盛況。我咬緊牙關，忍住不笑。

鈴聲響過，所有的臉都不見了。燈光打在舞台上。我把魔鬼從盒子裡拿出來。那根讓人心煩意亂的擺桿開始搖晃。我坐到位子上。然後，我開始大笑起來。我隱約看見自己那張合不攏的嘴，正在黑色琴身中亂顫，低頭盯著兩腳中間，塗了漆的舞台地板上又浮現我那張陰森森的臉。我一聲不響地笑。我開懷大笑，但寂靜中唯聞節拍器滴答作響。我調整了一下鋼琴凳子，然後對樂團比了一個手勢。我的笑聲已直衝九霄。死神極其優雅地正等著我琴聲響起，好唱出我那敘事曲中所缺乏的歌詞。

直到現在，我才意識到自己鑄下的大錯。每思及那些我所鍾愛卻被我害死的人，總讓我肝腸寸斷，於是才明白這件慘劇的後果有多嚴重。婀莉婀娜、吉吉、梅爾里尼太太和先生、馬切羅叔叔和卡蘿塔嬸嬸，拉撒路。我讓自己的記憶變成了一座墓場。我自由了，但我也成了最後一個。我雖擁有現在，但未來將伶仃孤獨。每天夜裡，我都會夢見那個流著黑血的演奏廳。我逐一檢視著那些屍體，然後白日不肯教它們從我眼中滾落的淚珠，此時就會蜂湧而出。

　　那是演奏會──大家都說它是這個時代的里程碑，說它在我同代人的精神裡勾勒出沒落的模樣，尤其是逼著他們不得不去思考自己那種令人無法承受的不完美──過後的某一個晚上，我來到那片曾經和拉撒路共同造訪的墓園中，彼個舉行喪禮的早晨，我第一次見到他那年輕女友的迷人臉龐。這次唯有我一人前往。一路上，我哼著瑪岱甌的歌。我手裡拿著一把十

286

字鎬和一根槓桿，胳膊下夾著一包捲起來的大帆布袋。貓在陰影下叫春。大理石做的墳頭上擺著菊花、白玫瑰和紫丁香束。我將婀莉婀娜的屍體掘出。如今，她就躺在我的近旁，在我僅存的土地上。

我搬進已故的保羅・杜杭特的狩獵小屋中居住。拿一塊木板釘在門口，上面寫著「啞居」。從前人都會給像這樣的小屋取這一類的名字。就像我父親在世時那樣，偶爾我也會舉著獵槍去驅逐不速之客。他們現在仍為數不少，全都想來刺探我的祕密，贏得我的友誼，或要我的命。所幸這樣的人應該是會愈來愈少。

我這故事就是在這裡寫的。就在此時此刻，我完成了最後的校閱。我望著窗上那些露珠凝成的虛線。天還沒亮。一聲落地的悶響把森林吵醒了。那是一根斷裂的樹枝？一頭經過的野豬？還是一個眼睛不看路、逃逸而去的小孩？我發現爐灰上正在冒煙。我覺得肚子好餓。

再過不久，我將寫出我的第二部作品。我想我已經掌握了它的基調。我會好好地完成這個任務，希望可以透過它，帶來愛的新希望。解鈴還須繫鈴人，這就是為什麼我要繼續寫下去的原因。我將為生命而作，為了這個躺在我旁邊的女人，為了讓她再活過來。

國家圖書館出版品預行編目資料

音樂之魔／伊安‧亞貝里（Yann Apperry）著；
  黃馨慧譯. -- 初版. -- 臺北市：麥田，城邦文
  化出版：家庭傳媒城邦分公司發行, 2011.09
    面； 公分. --（around；24）
  譯自：Diabolus in musica: roman
  ISBN 978-986-120-980-7（平裝）

876.57   100014706

around 24

音樂之魔
Diabolus in Musica

作   者／伊安‧亞貝里（Yann Apperry）
譯   者／黃馨慧
選 書 人／林則良
責 任 編 輯／吳惠貞
封 面 設 計／朱 陳

編 輯 總 監／劉麗真
總 經 理／陳逸瑛
發 行 人／涂玉雲
出   版／麥田出版
        城邦文化事業股份有限公司
        104台北市中山區民生東路二段141號5樓
        電話：(02)2500-7696 傳真：(02)2500-1966
        部落格：http://ryefield.pixnet.net/blog
發   行／英屬蓋曼群島商家庭傳媒股份有限公司城邦分公司
        104台北市中山區民生東路二段141號11樓
        書虫客服務專線：02-2500-7718‧02-2500-7719
        24小時傳真服務：02-2500-1990‧02-2500-1991
        服務時間：週一至週五09:30-12:00‧13:30-17:00
        郵撥帳號：19863813 戶名：書虫股份有限公司
        讀者服務信箱E-mail：service@readingclub.com.tw
        歡迎光臨城邦讀書花園 網址：www.cite.com.tw
香港發行所／城邦（香港）出版集團有限公司
        香港灣仔駱克道193號東超商業中心1樓
        電話：(852) 25086231 傳真：(852) 25789337
        E-mail：hkcite@biznetvigator.com
馬新發行所／城邦（馬新）出版集團【Cite(M)Sdn. Bhd.(458372U)】
        11, Jalan 30D/146, Desa Tasik,
        Sungai Besi, 57000 Kuala Lumpur, Malaysia.
        電話：(603) 90563833 傳真：(603) 90562833

印   刷／前進彩藝有限公司
□2011年9月 初版一刷   Printed in Taiwan.

定價／320元
著作權所有‧翻印必究
ISBN 978-986-120-980-7